梁緣成蓁

2

文創風 678

北棠 著

目錄

第十一章

齊滑想起上次見到她時是在泉城。那次那個江南瘦馬還跟著他，但他已經忘了那個姑娘的名字。

齊滑記得很清楚，當時他覺得這女子挺有意思的，但見她是婦人打扮，便歇了心思，沒承想卻在這裡碰到她，還女扮男裝，做了酒樓裡的夥計。

人生真是何處不相逢啊！齊滑難得在心裡酸了一句文。

沈蓁蓁見今天酒樓客人多，有些忙不過來，加上她是東家，自然要出一份力，便換上店小二的衣裳，幫忙上菜。

梁珩本來怕她累，又見她興致盎然，不忍阻攔她，便由著她去了。

沈蓁蓁並沒認出齊滑，只道是一般的客人，這會兒見這個模樣俊逸的男客盯著她，露出意味不明的笑，心裡覺得怪怪的，又想到這是自己的酒樓，怕個什麼？便也衝他笑了笑。

齊滑心下「哎喲」一聲。這小娘子的膽子還挺大的嘛！只怕是沒認出他來。

他不道破，道：「那就煩勞小哥唱唱菜名吧！」他對女人向來溫柔，說話不自覺客氣幾分。

沈蓁蓁面不改色地將幾道菜的菜名說了一遍。

齊滑點點頭，不說話。

沈蓁蓁正欲離開，就聽齊滑又道：「既然這酒樓叫做『飲一杯無』，那敢問貴店有何美酒？」

沈蓁蓁抬眼道：「小店有秋露白、屠蘇、竹葉青。」

齊滑嗤笑一聲。「還以為你們打著這麼招搖的招牌，有什麼好酒呢！原來不過是些平常之物。」

沈蓁蓁陪著笑。「真是對不住，小店只有這些酒。」

齊滑又道：「秋露白倒是有點意思，是採懸崖上草木的秋露釀造的嗎？」

沈蓁蓁笑容僵了僵，就聽齊滑又道：「這樣倒有些意思，那就……」

齊齊滑話還沒說完，沈蓁蓁連忙打斷他。「真是對不住，客官，小店的秋露白不過是坊間普通的酒肆釀造的，並非客官所說的秋露白。」

滑是喝慣了名酒的，這會兒聽沈蓁蓁這麼一說，不禁興致大減；但看著沈蓁蓁臉上的僵笑，想起自己對女人要溫柔的原則，便道：「那就來壺屠蘇吧！」

沈蓁蓁應下，下樓拿了一壺屠蘇酒，給齊滑倒了一杯。

齊滑盯著她蔥白纖細的玉指，輕輕捻起酒壺，乳白色的屠蘇便傾瀉而下。

他在女人海中，可謂過盡千帆。論美貌，眼前的女子絕對排不上號，但她皮膚白皙，眉眼溫婉，他盯著沈蓁蓁小巧白皙的耳朵上細細的耳洞，不覺心下一癢。

他突然想起上次那個江南瘦馬來，江南就是個溫柔鄉，讓人待著都不想走，話說那個女子叫什麼名字來著？

齊湑沒再說話，想著那瘦馬的名字，任沈蓁蓁告退了。

忙碌了一天，傍晚之時，酒樓打烊了，眾人圍在一起吃飯，算是慶祝開張順利。易旭吃過飯後就告辭了，沈蓁蓁幾人也回了巷子。

夜晚，沈蓁蓁在燈下算帳，她是學過算盤的，梁珩便在一旁看書，如意和菱兒都睡下了。

梁珩偶爾抬頭看一眼旁邊的沈蓁蓁。她怕吵到他，動作很小，但依然還是有輕輕撥算盤的聲響，聽在梁珩耳裡，卻覺得十分悅耳醒神。

梁珩正看到入迷處，突然感覺被人抱住了腰。

他轉頭，就見沈蓁蓁一臉喜色地看著他。

「今天共進帳兩百三十二兩五錢銀子！」

梁珩轉過身來，輕輕抱住她。

「萬事起頭難，如今開了個好頭，後續會順利的。」梁珩道。

「都多虧了梵弟，要不是有他幫忙，酒樓怕是會一團糟。」

梁珩不禁有些自責。酒樓幾乎是沈蓁蓁一個人籌劃的，他都沒怎麼幫上忙。

沈蓁蓁見他面有愧色，伸手摸了摸他的唇，輕笑道：「你說你一個男子，怎麼長了這麼好看的嘴唇？」

梁珩抬頭看向她。「好看嗎？」

沈蓁蓁點點頭。

梁珩輕輕一笑。「送給妳，都送給妳。」

沈蓁蓁一愣，反應過來後，抱著梁珩的腦袋，悶笑半晌。

梁珩的臉正對著沈蓁蓁胸口，等沈蓁蓁笑完放開他，梁珩已是滿臉通紅了。

杏花初綻，杏榜臨放，京郊山上的明覺寺人滿為患，皆是為自家舉人考生祈福的。放生池內，烏龜堆了滿滿一層又一層。

沈蓁蓁想著今天酒樓應該沒什麼生意，梁珩從昨天就開始緊張，便沒有去酒樓，而是讓黃梵出去打聽消息。

梁珩焦急地在屋裡踱起步來，他很久沒像現在這麼焦慮了。

沈蓁蓁見他著急，卻又不知怎麼安慰，畢竟科舉對許多讀書人來說，看得比命還重要。

大半個時辰後，黃梵推開門跑了進來，邊喘著粗氣，邊道：「中了、中了——第二名！」

梁珩懸著的心倏地放下，轉頭看向沈蓁蓁，隱有熱淚。

真好，他離娶她，又近了些。

杏榜下，萬頭攢動，議論紛紛。

「今年這春闈可真有意思，前四名都是年輕新秀啊！」

「可不是？劉公子當真有真本事，又中了第三名！」

「我就說吧！上次林公子屈居亞元，是因為外鄉人的身分，這次果不其然，林公子奪下了會元！」

「你這人真有意思，考試試題不一樣，發揮就不一樣，你敢說林會元的學問就比梁解元高嗎？」

榜下眾人喋喋不休，報喜之人卻快將林家門檻踏破了。

「恭喜貴府林行周公子，蒙禮部侍郎欽命高中會試第一名，恭喜、恭喜！」

錢氏站在大門口，激動得話都說不出來。林行周心裡也很高興，只是收斂著情緒，臉上只帶著淺笑，一一拱手謝過眾人。

報喜之人上門不光是為了報喜，有的純粹是為了喜銀來的，這會兒見林家人沒什麼表示，只當是太過高興，一時忘了，便在門前等著他們的興奮勁過去。畢竟這可是中了榜首，喜銀當然不會少了。

沒承想這一等便等了大半個時辰，報喜之人都來了一波又一波，林家還是全無動靜。

錢氏看著門口百來個報喜的人，臉上笑容越來越僵。

這些報喜的人也是想占便宜想瘋了，一看周兒中了會元，全都來報喜了，一個喜要報多少次？還不是想著要喜銀來了。家裡的銀子上次湊給兒子去書院了，現在餘銀還不夠一家人生活，哪裡還有多的喜銀可發？準備的幾十個銅板也不夠啊！

錢氏見人越來越多，都眼巴巴地看著她，等著接賞銀，乾脆一不做、二不休，將準備好的幾十個銅板端了出來。

林行周也知道家裡只準備那些銅板，很不好意思，逕自進門去了。外面眾人等了半晌，才見林家人端著銀子出來，全都蓄勢待發。錢氏將簸箕裡的銅板往天上一拋，眾人立刻一擁而上。零零散散幾十個銅板落在地上，響都沒發出來就被撿完了，這不是想像中的錢雨啊！等眾人回過頭來，哪裡還有林家人的影子，林家大門已經緊緊關上了。眾人心裡不禁破口大罵。這不是耍人嗎？若不是林行周現在是貢生身分，又是前途無量的會元，說不定眾人會砸開林家大門，將人痛打一頓。有的人報了多年喜，別人家都是沒錢也要借錢散喜銀，如此吝嗇的人家，當真是不多見。

眾人心裡痛罵一番，卻也無奈，只好悻悻然散去。

而梁珩他們這邊卻是安安靜靜，並無報喜之人上門，畢竟沒人知道他家的住址。

至於劉家宰相府門前，劉家的小廝一籮筐、一籮筐地將銅板抬出來撒，地上都鋪上了一層銅板。報喜之人彎著腰，不停地撿，衣裳口袋卻裝不了太多，只恨自己沒帶個布袋來裝。而豁出去的人，紮上褲腳，解開褲帶，一手提著褲子，一手不停撿銅板往褲子裡扔。眾人看這個法子好，紛紛仿效。等到地上的銅板撿完，不少人的褲腿裡都塞滿了銅板，鼓鼓囊囊的，一走就有銅板從腳踝處掉出來。

一個月後便是殿試，本來想退的院子繼續租了下來，梁珩閉門在家，專心準備。

黃梵做了酒樓的掌櫃，有事都是黃梵在忙，沈蓁蓁便坐在櫃檯後專心收帳；只是她不好以女兒身出面，便買了兩套男子衣裳，若是不說話，就像是個清秀的少年。

齊湑再次來酒樓時，發現那個小娘子已經不做跑堂，而是坐在櫃檯後結起帳來。

這小娘子還挺有能耐，這麼快就混上帳房先生了？齊湑心道。

這次他沒有要雅間，而是在大堂找了張桌子，大力地坐下。

陳山連忙上前招呼。

齊湑不是來吃飯的，便只點了一壺酒和兩碟小菜。

他面對沈蓁蓁坐著，給自己倒了杯酒，端起來卻不喝，只是往櫃檯那邊瞧。

沈蓁蓁正低頭算帳，穿著一身青布長衫，衣裳有些大，穿在她身上卻別有一番風情。

齊湑看著她胸前微微突出，抿了抿唇。也是這小娘子運氣好，才沒被人認出來。

沈蓁蓁算完抬頭，就見對面坐著的客人好像正看著她，上次齊湑給她留下很深的印象，所以她一眼就認出他來。

剛好陳山收了銀子過來，沈蓁蓁便站起身，秤了碎銀，拿給陳山，讓陳山將碎銀拿去還給客人。

等沈蓁蓁再次抬頭時，齊湑還在看她。

齊湑原還以為這小娘子是女扮男裝，混進客棧，可剛剛那夥計稱呼她的那聲「東家」，他聽得明白。

原來小娘子竟是這酒樓的東家！

齊滑這一壺酒直喝了小半日，桌上的菜也沒吃兩口，早就涼透了。

陳山早就注意到這個早飯時分就進來的客人，點了一壺酒，喝到午飯時分，走到櫃檯旁邊，輕聲道：「東家，那人喝了快兩個時辰了。」說著朝齊滑那桌使了個眼色。

沈蓁蓁抬眼看了看，一身天青色的綢緞深衣，上面繡著暗紋，她也是精通女工的，不說這衣裳的料子，單這繡工，怕不是平常的繡娘能繡出來的，更別說男子頭上戴的羊脂玉髮冠。

那人雖坐在那兒一動不動，卻渾身帶著一股氣場，讓人難以忽略。

男子身分怕是不簡單，沈蓁蓁暗自忖量了一番。

「客人願意坐就坐唄，還能將凳子坐穿洞不成？」沈蓁蓁低下頭，輕聲道。

陳山只好應了一聲，兀自去忙了。

坐穿洞嗎？齊滑笑了笑，他耳力靈敏，他們雖說得小聲，但他聽得真切。

齊滑沒多久後就結帳走了，沈蓁蓁不由鬆了口氣，那人時不時盯著她，讓她有些汗毛倒豎。

只是她沒想到，齊滑第二天又來了，還是坐了半晌才離去。接下來幾天，齊滑每天準時出現在酒樓，甚至自帶茶點，要了開水，自己泡起茶來。

這天，齊滑又準時出現在酒樓，還是只點了一壺酒、兩碟小菜。

沈蓁蓁抬頭看了他一眼，又低下頭去忙自己的事。這人天天早上來，吃午飯前走，她都有些見怪不怪了。

這時，大堂裡有兩人吃了飯欲走，陳山上前攔住，賠笑道：「客官，您兩位忘了給飯錢呢！」

兩人皆是二十七、八歲的模樣，一聽這話，瞪大眼睛，怒喝道：「要飯錢？這一條街都是我們兄弟罩著的，還沒找你們要銀子，竟敢找我們收飯錢?!」

陳山在這裡做了幾年的跑堂夥計，從沒聽過這條街有人收保護銀子，明白這兩人是想吃白食。

陳山還是賠笑道：「沒聽說過這條街有人收銀子呢！」

「那好，你現在聽說了，正好哥兒倆在這兒，免得再跑一趟，今兒就將銀子交了！」其中一人道。

陳山正欲說話，就被人拉住了。

沈蓁蓁看著兩人邋裡邋遢的模樣，想著應該是兩個潑皮。

「兩位還是將飯錢給了，省得麻煩官爺來。」對付這種潑皮，態度絕不能軟弱，否則以後怕是再無寧日。

其中一人冷笑道：「今兒我還真就不給了，你這小娘皮，能將爺怎麼著？」

說著兩人就要往外走，陳山上前攔住，誰知其中一人突然出手搧了陳山一記耳光。

「敢攔你家爺爺，活膩了？」

齊滑站起身來，也不說話，掄起一張板凳，朝兩人砸去。

其中一人被砸中胳膊，痛得「哎喲」一聲。

兩個潑皮轉過頭，就見齊滑負著手，冷眼看著他們。

兩人罵了兩句，朝齊滑撲了過來。

齊滑自小練拳腳，打這兩個潑皮自然不在話下，兩人被揍得直喊「好漢饒命」。

沈蓁蓁見齊滑將兩人打趴，忙叫陳山去報官。

兩個潑皮見陳山跑出門報官，趁齊滑不注意，拉過身旁兩張凳子朝齊滑扔了過去，接著爬起來就往門外衝。

齊滑閃過凳子，見兩個潑皮跑出了門，既是除暴安良，如何能讓人跑了？他拔腿追了過去，沒承想其中一個潑皮拉過站在門口處的沈蓁蓁，將她舉起，朝齊滑扔來。

齊滑下意識上前，用雙手接住她。

沈蓁蓁在半空中轉了一圈，嚇了一跳，以為自己只怕要摔慘了，就感覺到有人接住了自己。

齊滑低頭看向懷中女扮男裝的小娘子，暗自笑了笑，見她嚇得愣神兒，也不主動放下她，就這麼抱著。

沈蓁蓁怔了怔，回過神來，忙道：「公子請放我下去吧！」說著就掙扎起來。

齊滑聞著她身上的幽幽清香，不覺心下甚癢，但還是將她放下了。他自詡風流公子，唐突佳人的事從來不會做。

沈蓁蓁理了理衣裳，福了福身欲道謝，想起自己現在扮作男子，又直起身，謝道：「多謝公子出手相助。」

齊滑看著她生澀的拱手動作，心底暗自笑了笑，忽又想起那兩個潑皮來，等追出去時，哪裡還有兩人的影子？

齊滑只好轉身進了酒樓，自己英雄救美，說不定小娘子會以身相許呢！

沈蓁蓁還站在原地，見他進來，連忙招呼他坐。

大堂裡弄得一團糟，幾張凳子腿都斷了，只能等陳山回來再收拾。

沈蓁蓁端了茶，又拿了杯子。

「今兒多謝公子出手相助，公子請喝茶。」沈蓁蓁說著，給齊滑倒了杯茶。

齊滑接過茶喝，兩名衙役在陳山的帶領下，快步走了進來。

「何人膽敢鬧事？」一名衙役大喝道。

另一名眼尖的衙役，一進來就看到坐在一旁的齊滑，連忙拉了拉同伴，向前略走兩步，朝齊滑躬身拱手，見禮道：「小的見過三公子。」

齊滑在家中排行老三，外人皆稱他三公子。

另一個衙役也反應過來，連忙上前見禮。

齊滑斜睨著眼，道：「無賴潑皮都欺負到老百姓頭上來了，你們京兆尹的人是怎麼辦事的？」

衙役連忙賠笑。「三公子，真是對不住，最近杏榜初放，衙門那邊抽不出人手來巡邏。」

齊湑冷哼一聲，沒有再說話。

兩名衙役心底暗自捏了把冷汗。究竟是哪個不長眼的，惹到三公子頭上來，害得他們受了連累。

兩名衙役詢問了一番情況，並跟沈蓁蓁保證一定會抓到那兩個潑皮，悄悄看了一旁沒吭聲的三公子，見他面上並無不滿，微微鬆了口氣，告辭離去。

緊接著，齊湑也走了，沈蓁蓁送他到門口，又道了聲謝。

見兩個衙役對他如此客氣，沈蓁蓁猜想這人應該是個權貴，肯出手幫她，想來不至於有什麼惡意，至於是不是因為看上她，沈蓁蓁想了一下就否決了。先不說她穿著男裝，就算這人認出她的身分，像這種貴公子，什麼樣的女子沒見過，她也不是什麼國色天香，如何會對她起什麼心思？

接下來的幾天，齊湑都沒有再來，沈蓁蓁不由鬆了口氣。不管那人是好意還是惡意，那種權貴不是他們惹得起的。

酒樓的事，沈蓁蓁並沒有和梁珩說，這種關鍵時刻，她不想讓他分心。

只是黃梵談完生意回來，聽說了那事，擔心若是潑皮再來，沈姊姊一個姑娘家，容易出什麼意外，便跟她商量，把酒樓的事都交給他。

沈蓁蓁本是因為酒樓新開張，還未步上正軌，才在酒樓幫忙，如今酒樓生意漸漸有起色，黃梵也成長不少，加上自己若是再待在酒樓，只怕梁珩也會擔心，便同意了。

梁珩見沈蓁蓁不再去酒樓，心裡是極高興的。她一個女子，就怕在外面會遇到什麼事。齊湑又去了酒樓幾次，都沒再看到沈蓁蓁，頗感到有些無趣，之後其他事多了起來，就逐漸忘了那名字特別的酒樓，以及那個奇怪的女人。

這天，沈蓁蓁坐在梁珩房裡看書，她愛看雜史，梁珩卻沒有，只好退而求其次地拿了本詩賦翻看。

「野有蔓草，零露漙兮，有美一人，清揚婉兮……」

看到這裡，沈蓁蓁不禁抬眼看了看梁珩。

他身著一身天青長衫，筆直地坐著，專注寫著文章。側顏顯出他稜角分明的輪廓，高挺的鼻梁下，薄唇緊抿著，鬢髮一絲不亂，束在頭頂，用一方青布包著。

房裡只餘沈蓁蓁輕輕的翻書聲，突然，一陣敲門聲傳來，將兩人驚醒過來。沈蓁蓁起身出了房，走到院門前打開門。

她看著門外的人，震驚得說不出話來。

門外站著一名男子，二十七、八歲的模樣，穿著一襲交領暗紋品竹色緞錦長袍，腰帶上掛著一塊羊脂俏色玉蓮。雖年近而立，臉上卻不見多少風霜，劍眉入鬢，目若朗星，只是臉色卻是緊繃著，氣勢嚴肅。

「大哥……」沈蓁蓁看著大哥沈宴眉心的皺褶，不禁一陣語塞。

沈宴抬腿就往裡走，他一動，便看見站在他身後面帶著急的如意，如意緊咬著下唇，不敢看小姐。今天她上街去買東西，誰知正好撞見大公子，大公子從來都是不苟言笑的模樣，雖然沒見他生過氣，但光看那張嚴肅的臉，就能讓人心生怯意。

大公子一問小姐在哪兒，如意不敢撒謊，抖豆子似地說了；大公子又讓她帶路，她不敢拒絕，只好帶著大公子來了。

沈蓁蓁看著大哥逕自朝屋裡走去，心裡暗叫了聲糟。

果然，沈宴走到門口，看到裡面背對著他的陌生男子，愣了愣。

沈蓁蓁咬了咬唇，連忙跟了上去，輕咳一下，叫了一聲。「梁珩。」

梁珩放下筆，轉過身，就見門口站著一個陌生男子，雖然不認識，還是站起來見禮。

「在下有禮了，不知兄臺是？」

沈蓁蓁在後面輕輕說道：「這是我大哥。」

梁珩仔細一看門口的男子，確實和沈小姐有幾分相像。

他壓下心裡驚濤駭浪般的驚訝，又趕忙行禮。「原來是……大哥。」這聲大哥叫得有些氣短，畢竟他和沈小姐還沒成親。

沈宴看著朝他行禮的梁珩，又聽他稱他大哥，不禁僵硬地轉過身，看向背後的小妹，眼裡滿是不可思議的詢問。

沈蓁蓁勉強笑了笑。大哥來得太突然，誰都沒預料到，這驚完全蓋過了喜啊！

三人在梁珩房裡坐下，氣氛詭異地沈默著。

良久，沈蓁蓁撐不下去了，小心翼翼地開口問道：「大哥，你是進京來談生意的嗎？」

「不是，是來找妳的。」沈宴沈聲道。

沈蓁蓁心裡不禁愧疚，她離家這麼久，想必家人急壞了吧？

「母親身體可好？」沈蓁蓁又問道。

沈宴搖搖頭。「不好，年前病了一場，前些日子才好轉，接到妳的信，急得要親自上京來尋妳，被我們攔下了，母親便讓我來了。我進京多日，直至今日才找到妳。」

聞言，沈蓁蓁的眼淚倏地落了下來，她如此不孝，讓母親白掛念了一場。

沈宴本來心裡有氣，進來就繃著臉，這會兒見小妹哭成淚人兒，終是不忍，但伸手給小妹擦淚的事，他這種硬漢做不出來，不由看了旁邊的梁珩一眼。

梁珩見沈蓁蓁哭，早就心疼得不得了，但未來大舅子就坐在對面，他不敢有什麼動作，這會兒見大舅子看他，不知怎地福至心靈，忙掏出手帕，替沈蓁蓁擦眼淚。

沈蓁蓁哭得止不住淚。母親如此掛念她，她卻拖著不想回去，真是枉為人子，如今聽說母親生病了，恨不能立刻就回去。

「好了、好了，我來的時候，母親已經差不多大好了。」沈宴本來準備好好訓訓她，這會兒見小妹哭得傷心，心疼得緊，教訓的話卻說不出來了。

又沈默良久，沈宴出聲問道：「你們打算什麼時候回去？」

梁珩卻是不好接話，沈蓁蓁道：「等梁公子考完殿試就回去。」想起還沒跟她大哥介紹，便道：「大哥，他叫梁珩。」

梁珩又站起身來，彎腰見了個禮。「梁珩見過大哥。」

沈宴看梁珩就是個讀書人的模樣，又見他講究這些繁文縟節，感覺很不自在，生硬地應了一聲。

梁珩見沈宴沒什麼表情，心下不由有些惴惴不安。

沈宴注意到沈蓁蓁說的殿試，便問道：「梁公子已是貢生了嗎？」

梁珩點點頭。

沈宴忽又想起來，幾日前，杏榜放榜之時，滿街都是販賣杏榜名次的小販，他也買了一張，隨意看過幾眼，記得第二名好像就叫梁珩。

他便問道：「第二名也叫梁珩？」

梁珩點點頭。沈蓁蓁道：「就是梁公子。」

沈宴這才認真打量梁珩，見他相貌雖俊美，清秀的眉眼卻很是剛正，心裡不由生出一絲滿意。

沈宴坐了一會兒，見小院十分簡陋，不由心疼。小妹在家時，事事皆有人好生伺候著，何時吃過這種苦？

「小妹，京裡有處宅子，妳和梁珩搬去那裡住吧！那處宅子裡配了些下人。」沈宴道。

那處宅子就是當初她陪嫁的那棟，沈蓁蓁心裡膈應著呢！便道：「這裡都住慣了，換了地方，說不定梁公子會不適應，過些日子再說吧！」

沈宴見她堅持，便不再多說，一起吃了晚飯，說了明日再來看她，便回去了。

沈宴走後，兩人皆是鬆了一口氣。

沈宴來得太突然，又是沈蓁蓁的至親，梁珩大氣都不敢喘，生怕未來大舅子對他心生不滿，畢竟兩人如今連親都還沒訂，卻住在一間院子裡，只怕大舅子會生氣。

還好他表情雖然嚴肅，卻沒有多少不滿。可梁珩卻不知道，沈宴心下確實不滿，畢竟梁珩身為讀書人，應更守禮才是；好在梁珩表現得很有禮節，稍微讓沈宴滿意了點，況且如意也在，想必兩人不會做出什麼出格的事。

沈宴是生意人，沒有大家族對男女之別那麼嚴苛，且都是年輕人，還能理解的，只是尋思著私下找個機會提醒梁珩，殿試一過，立刻把婚事辦了。

次日，易旭來找梁珩探討學問，兩人坐在房中說話，沈蓁蓁便在廚房燒水，準備泡茶。這回易旭運氣不錯，沒有再分到屎號，考了第四名。故此頭四名皆是二十出頭的年輕新秀，一時成為佳話。

沈蓁蓁提著茶壺到了門外，正欲敲門，就聽裡面傳出聲音。

「梁兄不知道，如今外面可熱鬧，那林行周考中會元，便有人說梁兄的解元不過是因為林行周是外鄉人沾了光……」

沈蓁蓁敲門的手僵在空中。林行周是會元？林行周怎麼會是會元呢？上輩子林行周雖然一路順利進了三甲及第，可卻一直是不上不下的位置，怎麼這世竟然中了會元？

叫林行周又是外鄉人的，除了他，應該不會有第二個人了。

沈蓁蓁的心倏地涼了，她還求老天能開眼，如今看來確實開眼了，卻是對林行周開的。

高中會元……她都能想像，未來林行周會是怎樣的平步青雲了。
梁珩本來聽見一陣熟悉的腳步往這邊來，到了門口，卻不見沈蓁蓁推門而入，不由有些疑惑，起身打開門，就見沈蓁蓁端著茶托發著愣，臉色不大好。
他連忙將茶托接了過去。「怎麼了？」
沈蓁蓁聽到梁珩溫柔的聲音，驚醒過來，搖搖頭，生硬地說了句「沒事」後，轉身就往廚房走去。
梁珩見沈蓁蓁情緒不大對，忙將茶托放下，跟易旭招呼了聲，跟在沈蓁蓁後面進了廚房。
他見沈蓁蓁背對他呆站著，便走到她面前，輕聲問道：「沈小姐，妳怎麼了？」看著沈蓁蓁難看的臉色，他伸手摸了摸她的額頭，又摸了摸自己，沒感覺發燙。「生病了嗎？」
沈蓁蓁搖搖頭。
梁珩扶著她在一旁坐下，擔憂地看著她慘白的臉，見她還是雙眼無神，不由焦急。「我去請大夫。」他匆匆說了句，起身便要往外走，卻被沈蓁蓁伸手拉住了。
「梁公子。」沈蓁蓁抬頭看向梁珩。
梁珩見沈蓁蓁終於有點反應了，緊緊握著她的手，蹲下身。「我在，妳說。」
沈蓁蓁猶豫了下，低下頭，輕聲問道：「梁公子認識林行周嗎？」
梁珩雖然心下奇怪，但還是道：「認識。」
沈蓁蓁猛然抬起頭，眼中滿是恐慌，抓著他的那隻手驟然用力。

「怎麼了？」梁珩輕聲問道。

沈蓁蓁卻只是盯著他，沒有再說話。

梁珩直覺是林行周這個名字讓她變成這樣的，便補充道：「只是一面之緣，說不上認識。」說完感覺手上的力道一鬆，頓時明白了。

就是這林行周讓她突然變成這樣，只是見她這麼大的反應，梁珩怕再問什麼會更刺激到她，不敢多問。

沈蓁蓁沈默良久，突然出聲道：「林行周就是我在涼州退親的人。」梁珩遲早會知道，沈蓁蓁並不想瞞他。

梁珩的驚訝之情溢於言表，萬沒想到林行周竟然就是沈蓁蓁的退親之人。他將她眸中的不安看在眼裡，收起驚訝，伸手將她攬入懷裡。

「幸好妳沒嫁給他。」他輕拍著沈蓁蓁的背，輕聲說道。

沈蓁蓁聞著梁珩的氣息，煩亂的心逐漸安定下來。

快一個多月沒見過人影的劉致靖，終於在這天想起自己的好兄弟，剛上門就將正準備出門的齊滑堵了個正著。

齊滑見劉致靖笑嘻嘻地從院門走進來，轉頭罵了句身邊的小廝青山。「怎麼做事的，什麼人都放進爺的院子裡來？」說完也不看劉致靖，自顧自地往外走去。

劉致靖見齊滑忽視他，忙湊上去，嘻嘻笑道：「我還真是來巧了，三公子這是往哪兒去？帶上小的唄。」

齊滑卻是悶不吭聲，繃著臉往外走。

劉致靖跟在他身後，自顧自地說著話。「你看我都中了第三名，三公子賞個臉去喝一杯吧？」

齊滑還是冷著臉。

劉致靖正要上前拉他，就聽齊滑氣悶地道：「你要慶祝找那個姓易的不就行了？聽說他也中了，你倆剛好一起慶祝，我可是大字不識一個，可別辱了你劉大才子的名聲。」

劉致靖道：「易旭我當然請了，還差你啊！這不過來請你了嗎？」

聞言，齊滑停下來，認真道：「你走吧！再不走我讓下人放狗了。」

劉致靖明白齊滑這是跟他鬧彆扭呢！兩人從小到大，並稱「長安雙霸」，感情自不必說。

劉致靖便道：「易旭是我表兄。」

齊滑倏地轉過頭來，有些不相信。「你從哪裡冒出來的表兄？」

劉致靖見他不信，便解釋道：「我有個姑姑，早年不顧我祖父母的心意，非要嫁給一個窮酸書生，你聽說過沒？」

齊滑搖搖頭。

「沒聽說過就對了，我姑姑見我祖父他們不同意，便悄悄跟著書生走了。我祖父他們大怒，嚴令劉家上下不得將消息透露出去，只當姑姑死了。」

齊滑瞪大眼。還有這事？這不是私奔嗎？劉致靖的祖父乃是三公之一的劉韞申，二十年前劉家就開始顯赫，這種醜事自然要掩蓋起來。

劉致靖繼續道：「本來二十多年過去，我們家也真當姑姑已經死了，沒想到祖母年紀大了，越發思念起流落在外的姑姑，我爹便派人去查了姑姑當年的下落。」

「易旭就是你姑姑生下的孩子？」

劉致靖點頭。

齊滑問道：「那你家打算將你姑姑認回來？」

劉致靖搖搖頭。「我姑姑已經死了。」

齊滑抿抿唇。

劉致靖繼續道：「真為姑姑她不值，毅然拋棄家人，跟著那男人到了泉城，誰知那家長輩不肯接受姑姑，就因為兩人是私奔的。那男人也是軟弱的，不敢和家人鬧翻，當時姑姑又懷孕了，見男子家人不肯接受她，也被那男子傷了心，便獨自在外面生下了我表兄，卻沒幾年就病了，臨死前讓我表兄上門去認親，也將自己的娘家告訴表兄。現在表兄還未正式認祖歸宗，這事便沒對外面說。」

齊滑驚訝地微張著嘴。

其他的劉致靖卻不說了，拉著齊滑就往外走。齊滑也不說話，跟著他到了聚仙樓，見到劉致靖口中的表親。

果然兩人眉眼有些相似之處，齊滑不由心想。

轉眼兩個月過去，到了舉行殿試的日子。

寅時正，幾人便起身，天色還是漆黑一片。點著燭的房間裡，梁珩的身影被燭光拉得修長，映在牆壁上。

殿試這天，不能再穿得隨意，都須著常服、冠靴，卯時初刻便要入宮門點名領卷。

如意在廚房做著早點，沈蓁蓁走到梁珩門前，輕輕敲門。「衣裳換好了嗎？」

聽見裡面應了一聲，接著梁珩打開了門。

他身著一身草藍色長衫，足上穿著那雙梧桐色的靴子，背對著燭光，看不清臉。

梁珩讓到一邊，讓沈蓁蓁進去。

「易公子會過來嗎？」

梁珩搖搖頭，還沒來得及說話，就覺頭上髮冠一歪，他趕忙伸手扶住。他以前沒怎麼束過冠，都是以青布方巾束髮。

沈蓁蓁見梁珩自己束冠甚是艱難，便走到他身邊。「梁公子，你坐下。」

梁珩有些不明白，但還是依言坐下了。

沈蓁蓁走到他身後，撫上他的髮冠，將其輕輕解下。

梁珩心下一動。

他的頭髮傾瀉而下，散落在肩頭。沈蓁蓁以指為梳，輕輕梳著他烏黑的頭髮，一下又一下。

悸動自心底升騰而起，髮絲纏繞在她手上，也像是情絲，纏繞在她的心上。

梁珩靜靜感受著沈蓁蓁輕輕為他梳髮，對殿試的緊張和焦灼似緩緩被梳順，他不禁閉上眼，身心都舒緩了下來。

沈蓁蓁最後為梁珩戴上髮冠，放下手。

「好了。」

梁珩轉過頭，看向站在昏暗燭光中的沈蓁蓁，她穿著一身藕色長裙，纖腰盈盈不足一握。

他站起身，伸手攬她入懷。沈蓁蓁靠在他胸前，誰都沒有說話，卻是無聲勝有聲，心都在為對方而跳動著。

「今天過後，我們就啟程去涼州好嗎？」良久，梁珩輕聲問。

沈蓁蓁正欲說話，就聽如意敲了敲門。「小姐、梁公子，早點好了。」

沈蓁蓁忙應了聲，離開梁珩懷裡，走到門口開門，就見如意端著饅頭和粥站在門外。

如意笑了笑，將早點端進來，放在桌上。

「快吃吧！梁公子。」

梁珩沒有得到沈蓁蓁回答，略有些失望，卻想著這事先前就已經定下來了，稍稍釋懷了些，謝過如意，坐下吃起早點。

如意見兩人似乎有話要說，又出房去了。

沈蓁蓁隨意掃了一眼房間，見到一旁放著的籐筐簍子，以及一塊模樣奇怪的板子。

這是易旭昨天送來的，聽說考場裡的桌子極矮，考生得盤腿坐在地上，都不大習慣，便自己帶桌子進去，又用這種籐筐簍子裝東西，也可以做凳子。

上輩子他們不知道，林行周進去時並沒有帶這兩樣東西，考完還埋怨她準備得不周全。只是沈蓁蓁這世又忘了，還好易旭心細送來了。

梁珩吃完早點，已是寅時三刻，時間所剩不多，便揹起簍子準備出門。沈蓁蓁和如意將他送到朱雀街上，便停下來，目送著梁珩往宮城方向而去。

梁珩走到幾十步遠，不禁停下，回頭見沈蓁蓁和如意還站在原地，往這邊望著。距離太遠，街上燭光太暗，已經看不清沈蓁蓁的動作和模樣。

等我回來娶妳。

梁珩看著沈蓁蓁，輕輕說了句。話音出口，便飄散在春風裡，唯願春風解人意。

梁珩到了宮牆外時，已是寅時五刻。

一些赴考的貢生行色匆匆，紛紛從東華門進去，大多人像梁珩一樣，揹著簍子和桌板，與整齊的衣冠頗不協調，顯得不倫不類，很是滑稽；但誰都不敢明著嘲笑這些新科貢生們，畢竟這些人一路過關斬將，如今只缺一陣東風，便可扶搖直上，順風而起。

梁珩也加快腳步，遞上身分牌子查驗後，平生第一次，踏入這個尋常百姓難以涉足的皇權中心。

高高的宮牆在明亮的宮燈照耀下，露出冰山一角。不遠處的鐘角樓上，幾盞玉色宮燈在風中搖晃，城上守衛的身影模糊不清，卻依然能夠感受到一股肅殺之氣。宮道十分寬敞，在宮燈的照射下，漢白玉質的地磚反射出一陣朦朧的白光。

梁珩不敢再多看，匆匆跟著前面的人往前走。

很快地，眾人就到了中左門下。

十幾個官員排成兩排，站在臺階上，最下面的兩人手裡拿著點名冊，皆是一言不發地看著下面的新科貢生們。

宮裡的肅穆氣氛，讓很多第一次進來的貢生們心下惴惴，有人大氣都不敢喘，更別提說話了，故此廣場上一片安靜。

五月的清晨還是有些冷，穿得少了些的人，忍不住直打哆嗦。

梁珩左右都站了人，倒是沒感覺到冷。

卯時初，站在臺階上的官員終於有了動靜，話語也很簡潔。

「現在開始點名，諸位貢生聽好，等一下排成兩列，單名東，雙名西，按照名次，點到誰，就依次上前來。」

「林行周。」

林行周從人群中擠了出來，站到東面首位。

眾人不由齊齊看向那個筆直站在首位的青年，他背上揹著箱笈，沒有像他們一樣揹著怪異的板桌，負手而立，沈穩不躁，似乎已是胸有成竹。

「梁珩。」

梁珩也從人群中往前走。林行周因為常參加一些茶會，認識他的人不少，倒是梁珩一直閉門家中，認識他的人寥寥無幾。眾人看著頗具爭議的梁解元，又看看東面的林會元，心下不由比較起來。

梁珩站在西面首位，背上揹著板桌和簍子，與東面衣冠整齊的林行周一對比，倒是顯得林會元頗為風流倜儻。

「劉致靖。」

「易旭。」

劉致靖和易旭分別站在林行周和梁珩身後。

「高鶴年……宋山遠……」

唸完前三名後，點名的速度明顯加快不少，頓時場上就有些混亂起來，只是前四人一直筆直地站著，巍然不動。

很快地，點名完畢，貢生們整齊地站成兩排，站在臺階上的大臣們還是一言不發，似乎在等待什麼。

一刻後，就見宮門處來了一行鹵簿儀仗。前有駕頭，後擁傘扇，公卿在前奉引，扈從、宮侍數十人眾。

「恭迎陛下，跪——」最前面的內侍高唱一聲，站在臺階上的官員們都順著臺階跪下，高呼。「臣等恭迎皇上，吾皇萬歲萬歲萬萬歲！」

場中的貢生們慌忙跪下，跟著高呼。「吾皇萬歲萬歲萬萬歲！」

梁珩跟著跪下，低下頭不敢抬起，只見一雙著朱襪赤舄的腳，快步從他面前走過。

「眾卿平身。」一年輕而雄渾有力的聲音傳來。

「謝皇上！」眾人這才起身。

等帝王先進了殿，眾官員才跟著進去；接著又有官員拿著點名冊唱名，將題卷一一發下來，貢生須跪著受卷。

林行周是第一個被唱名的，跪著接過題卷後，便進了殿。

梁珩是第二個，也跪著接過題卷，只見題卷是用白宣紙裱著幾層精製而成的冊子，長一尺餘，寬兩、三寸，兩面一開，共十餘開。

入殿後，梁珩抬眼就見帝王端坐在殿堂後方，目光如炬地看著緩緩進殿來的貢生們。梁珩只是匆匆瞥了一眼，便低下頭，沒看清皇上掩在垂白珠下的容貌，只是第一眼感覺很年輕。

皇上的確年輕，今年不過二十有三。

梁珩走到座位上，面前擺了一張矮几，几腿確實很矮。他解下背上的板桌和簍子，一時殿內搬桌聲不絕於耳，很是嘈雜。

林行周將背上的箱笈放下，將文房之物取出來後，便施施然安坐下來，面色沈著。

梁珩將板桌上的桌腿放下來擺好後，將筆墨放在板桌上，又將矮几搬過來當凳子用，研起墨來。

殿試不再考八股詩賦，而是考時策。進殿時並不搜身，一是皇上和七、八個官員都在殿內，二是書上也找不到時策的答案。

梁珩快速看完題目，提筆在履歷一頁寫上自己的姓名、籍貫後，便思索起試題來。

齊策端坐在龍椅上，表情肅穆，心下卻樂開懷。

一排擺四張桌子，首排四名皆是二十出頭的後起之秀，又皆是一等一的好相貌，看得人一陣賞心悅目。齊策知道會試前四名皆是年輕新秀，早就想見一見了，這會兒看看林行周，又看了看梁珩，兩人長相都不俗，卻給人截然不同的感覺。

林行周長相更為陽剛強健，梁珩則是清秀儒雅。

齊策又看了看旁邊緊皺著眉頭的劉致靖。劉致靖以前是他的侍讀，兩人私下關係很好；旁邊的易旭也是一副清俊長相，眼眉帶著一股剛正之氣。

齊策看著未來的新生力量，不禁滿意地點點頭。

第十二章

殿試試題為「問帝王之務」。

這題目一個處理不好，別說高中了，就連頭上的腦袋可能都保不住，一時殿內人人眉頭緊鎖，有甚者甚至冷汗涔涔。

梁珩也覺得這試題極為棘手，一時不知從何下手。

他苦苦思索間，不自覺抬頭看了看上位安坐的年輕君王，沒承想皇上也正看著他。

齊策見梁珩抬頭看他，突然對他露齒一笑。

梁珩心下一驚，慌忙低下頭。

齊策見梁珩被他嚇到了，悻悻地又繃起臉來。

這一驚，倒是將梁珩的靈感激出來了，突然就有了想法，執起筆，蘸了墨，開始寫下答案。

殿試是不續燭的，時間一到就要交卷，貢生們就算毫無頭緒，也逼著自己開始動筆。

齊策坐了快兩個時辰，已是腰瘦背痛，他站起身來，正低頭奮筆疾書的貢生們沒有看見，官員們卻是看得真切，皇上這是要走了。

諸位官員正要相送，就見皇上抬手往下壓了壓，眾官員就噤口了。

齊策毫無聲息地走出大殿。

梁珩這一寫就忘其所以，直至寫完落款才放下筆。

殿試不僅是考時策，對字體也有所要求，必須黑、大、光、圓，最好是館閣體，獨具一格的字體首先就要淘汰，因為這種人以後做官很可能會不聽話。

梁珩寫的便是館閣體，他本來練的是柳體，因為殿試需要，便又練了館閣體。

等梁珩抬起頭，才發現之前坐在上面的君王已不見蹤影，空餘一把明黃色的龍椅。

他看了眼殿中的刻漏，推算現在應該是申時正，酉時三刻便要交卷，只剩一個多時辰。

他估算答卷一行能寫多少字後，便迅速將文章抄寫了一遍，增減了一些字，排好了版面。

時間已所剩不多，梁珩不禁深吸一口氣，壓下心底的焦急，定下心來，一行一行將策對謄抄至答卷上。

一旁的林行周則有些煩躁。

盤坐幾個時辰的腿早就痠疼不已，不僅讓他無法靜下心思索，還極影響他寫字，寫出的字跟他平日的水準相差甚遠，而字好不好看，也是殿試的評比因素，這不由讓他心下更為煩悶。

等梁珩放下筆時，已是酉時一刻，他又將答卷檢查一遍，沒發現什麼錯誤。其實就算發現有錯，也只能將錯就錯，因為殿試的答卷是不可以更改的，連錯字都不能有。

林行周終於趕在酉時三刻前謄寫完畢，臉上冷汗涔涔，心底也是一片頹喪。先不說內容，自己這字肯定已與三甲無緣了。

酉時三刻一到，監考官員立即鳴金，讓眾貢生起身。

梁珩站起身來，看著監考官員將自己的答卷收走，心底長吁了一口氣。

等監考官員將答卷收完，眾考生才能動作，收拾東西。

梁珩彎腰將文房之物收進簍子，抬眼就見一旁的林行周愣愣地站著，臉色略有些難看。

梁珩自然不會跟他打招呼，不知道他是沈小姐的退親之人就算了，現在知道了，心裡自然膈應。

梁珩這邊收拾好時，易旭他們也好了，便相偕一起出殿。

監考官將答卷收上去後，立即送至彌封處，彌封官將答卷首頁捲成筒，彌封後加蓋禮部關防印。答卷並不易書，次日由讀卷官共同批閱，五月十五就會將推評出來的答卷呈至御前，由皇上欽點名次。

梁珩、易旭和劉致靖並肩往宮外走。

「梁兄答得如何？」易旭問道，劉致靖也看了過來。

梁珩答道：「答得倒是很順利，只是這題目太過凶險，我也不知如何。」

劉致靖聞言，輕笑一聲。他就知道皇上出題定不會平常，果不其然，出了這麼個千古第一題——論帝王之務。

也就只有皇上會這麼出題，若換作別人，說不定早被拉出去砍了。

劉致靖的家就在朱雀街上，劉府雄偉的朱色大門上，掛著一副牌匾，上刻「敕造宰相府」五字，大氣磅礴，渾然天成。

劉致靖邀梁珩進去喝茶，可殿試一畢，梁珩恨不能立刻回家，便謝絕了劉致靖的好意。

梁珩問易旭道：「去我家喝杯茶嗎？」

易旭剛要說話，劉致靖便道：「祖母昨天交代我了，讓你今天去陪她用飯呢！」

易旭點點頭，對梁珩道：「那我明日再去。」

梁珩並不知道兩人的關係，這會兒聽兩人這麼說，雖然不明白，但還是點點頭，告辭後先走了。

天色漸晚，沈蓁蓁幾人還沒有吃飯，焦急地等著梁珩。

沈蓁蓁還記得，上一世林行周考完便與友人出去喝酒，到很晚才醉醺醺地回來，所以她不知道殿試何時結束，正想讓如意他們先吃，院外便傳來敲門聲。

她急忙走至院門前，打開院門，就見梁珩揹著東西，站在院門外。

梁珩看著門裡的沈蓁蓁，兩人這一路走著，像是走在無邊的黑洞裡，終於能看得見光了。

沈蓁蓁看著梁珩笑了笑，梁珩卻突然走進門，緊緊地將她抱在懷裡，像是想將她融入骨血。

沈蓁蓁驚了一下，伸手反抱住梁珩的腰。

如意在廚房裡等了良久都不見兩人進來，從廚房裡伸出頭，看到院門處緊抱著的兩人，又連忙縮回頭。

梁珩抱了一會兒便鬆開手，沈蓁蓁還沒來得及說話，梁珩便匆匆放下背上的東西，進了茅房。

保和殿內並無恭桶，貢生們全都憋了一天。

沈蓁蓁將地上的東西拿到梁珩房裡，又等了一會兒，梁珩才出來，看到她還站在院中，臉色不覺紅了一下。

「淨手後就來吃飯吧！」沈蓁蓁笑道。

梁珩輕應一聲，去水缸邊打水淨手。

今晚的菜色格外豐盛，梁珩也確實餓了，雖然帶了乾糧進去，但時間根本不夠，連水都沒來得及喝上一口。

接下來的等待，對每個新科貢生來說都極為煎熬。

到了十五這天寅時左右，梁珩他們睡得正香，就聽到敲門聲傳來，還有人喊著梁珩的名字。

梁珩從睡夢中驚醒，聽聲音像是易旭，剛披上外衣，就聽隔壁房門打開的聲音。

梁珩拉開房門，外面天色一片漆黑。

沈蓁蓁摸黑打開院門，就見外面站著三個人，一人提著燈籠，正是易旭，其他兩人則很面生。

「易公子，出了什麼事嗎？」沈蓁蓁問道。

易旭笑了笑。「梁兄怕是忘了今天要去宮裡候著聽宣呢！」

梁珩這時也走了過來。

「易兄、劉兄。」

易旭又道：「梁兄，今天要去乾清門前聽宣，我們怕你忘了就過來叫你，你果然忘了，還好我們來了。」

「啊？聽什麼宣？」梁珩不解地問道。

劉致靖道：「梁兄竟是不知道嗎？今天卯時，前十名都會被宣進太和殿覲見皇上。」

「可……」

易旭笑道：「梁兄定在前十以內，別多說了，快去換身整齊的衣裳，我們即刻就出發。」

梁珩點點頭，請他們進來等。

三人走進院來，沈蓁蓁招呼著他們進屋坐，易旭便笑道：「我們不是外人，弟妹就別忙了，我們在這兒等就好，外面風大，弟妹趕緊進屋去吧！等梁兄換好衣裳，我們就走了。」

畢竟還有兩個不認識的男子，沈蓁蓁便抱歉地笑了笑，進屋去了。

梁珩很快換好一身衣裳，四人一起出發了。

沈蓁蓁一直坐在房中，聽著院門被輕輕帶上，心裡忍不住緊張起來。

今天便是放榜之日了。

梁珩和易旭坐上劉致靖的馬車，三人來到宮門前，門前站著幾列守衛，神色肅穆。

三人驗過身分，從午門進宮，穿過太和門，經過太和殿、中和殿、保和殿，這才到了乾清門。

乾清門前早有貢生候著，竟有四、五十餘人，且還有人不停地過來。雖然今天皇上才會欽點名次，名次尚且未知，且只有前十名，但是一旦欽點完畢就會傳臚，前十人會被引入養心殿覲見皇上，而一旦傳呼未到，名次就會由前十降到三甲末等。故此，認為自己可能會進前十的貢生們皆來了，甚至完全沒把握的也來了，萬一祖宗保佑，自己就進了呢！

眾人在清晨的寒風中佇立大半個時辰，皆是冷得直打哆嗦，心下焦急，卻又無可奈何，到了這裡，只能聽天由命。

梁珩三人站在人群中間，緊張地握緊手，颼颼寒風中，竟出了一腦門的汗。

站在人群另一邊的林行周，心裡既期待又緊張，不禁深深吸了一口氣，一股寒風沁入肺腑，稍稍平復了焦躁。

終於到了卯正，養心殿內，開始填榜了。

讀卷官拆開彌封，於御前用朱筆填寫了一甲三名次序，二甲七名也按照次序書之。

眾人在乾清門前焦灼著，幾個官員從乾清門內走了出來，眾人頓時屏息凝氣，接著就聽裡面傳來高聲唱名。

「一甲第一名，劉致靖——」

劉大紈袴竟中了狀元？這廂還沒驚訝完，裡面又唱了一聲。

「一甲第二名，易旭——」

「一甲第三名，梁珩——」

劉致靖對自己中狀元並不意外，這裡面各種因素很多，除了黨派之爭，最重要的是，自己的文章自己最清楚，點個狀元他是問心無愧的。

易旭倒是很驚訝，畢竟自己在前兩回考試中一直不出色。

劉致靖轉頭恭喜兩人，三人互相道喜。

眾人這才發現，一甲前三名竟是在一起的。這麼巧，三人約好似地一起來，還一起中了？眾人心裡不禁生出猜疑。

三人卻不知別人的想法，上前幾步在一旁等著。

林行周卻是呆立當場，臉色慘白。

他本來還抱著一絲希望，這會兒卻如雪地裡被冰水澆頭一般，全身都涼透了。他知道考試時最好帶板桌，只是當時他嫌棄板桌模樣太怪，揹著有辱斯文，便沒有帶，誰知為了它，竟是連一甲都丟了，如今卻是後悔晚矣。

「二甲第四名，張懷瑜——」

「二甲第五名，宋遠山——」

林行周緊張地聽著裡面的傳唱，心也一點點地沈下去。

「二甲第十名，林行周——」

這一聲聲唸下來，已將眾多心懷希望的貢生們打入深淵。十多年甚至幾十年寒窗苦讀，所懷的希望皆在今日化為泡影，甚至有人掩面而泣。

禮部的官員客氣地請新科進士們跟著他們進去，十人便跟著進了乾清門。

眾人一進養心殿，見殿內點著數百根蠟燭，將殿內照得恍如白晝。天子齊策正襟危坐於明堂之上，面色肅穆，沒有垂白珠的遮掩，相貌便看得更真切些。

只見燭光下的面容年輕，卻略顯蒼白，但也是相貌堂堂。

梁珩還未來得及多看，便低下了頭。又有一班官員將眾人引至丹墀下跪著，讓每人背奏自己的履歷。

劉致靖身為狀元，自然頭一個背奏。

「臣劉致靖，長安人士，年二十一。」

齊策坐在龍椅上，看著劉致靖笑了笑，劉致靖也笑了笑。

「臣易旭，雍州泉城人士，年二十二。」

梁珩也跟著說道：「臣梁珩，雍州泉城人士，年二十。」

「臣張懷瑜，青州人士，年三十八。」

「……」

齊策說了些祝賀的話，幾個官員才引著眾人走出養心殿，外面的人卻早已散了。官員交代了明日傳臚大典的注意事項，分發完朝服，才由小吏引著諸位新科進士出宮。

林行周看著前面正和一甲另外兩個進士說話的梁珩，內心一片複雜。

但他能怨誰呢？怨天怨地怨自己。

易旭兩人本來打算送梁珩回去，梁珩卻謝過他們的好意，在朱雀街就下了車，自己步行回家。

這時不過卯時末，天色逐漸亮了起來。

梁珩慢慢地往回走，街上行人漸漸多了起來，皆是行色匆匆，並不知道新科探花正與他們擦肩而過。

梁珩看著過往行人的臉上，或歡快、或苦楚、或淡然，人生百態不過如此。他突然後悔起來，他該麻煩易旭他們送他回去的，這樣便能早點見到她。這些人生百態，他想以後都不會再獨自品嚐。

到了家門外，梁珩的情緒已經平靜下來。

沈蓁蓁聽到敲門聲，猜想是梁珩回來了，小跑至院門前，打開門。

果然是梁珩，她見梁珩面上沒有多少喜色，有些不敢問結果。

如意和菱兒聽到動靜，也從屋裡出來了。

梁珩很想抱一抱沈蓁蓁，只是如意和菱兒都看著，不好意思起來，輕聲說道：「沈小姐，我中了探花。」

沈蓁蓁微微一愣，反應過來，喜得不能自制，伸手緊緊抱住梁珩的腰。

沈蓁蓁身後的如意高興得歡呼了一聲，見院門前擁抱著的兩人，忙拉菱兒進屋去了。

兩人相擁良久，沈蓁蓁甚至喜得掉下淚來，不是為她自己，而是為梁珩。讀書人為了考取功名，付出多少努力、流了多少汗水，甚至是血淚，她都知道。

如意特地上街買了鞭炮，慶賀一番。兩個姑娘自是不敢點火，而梁珩這輩子都沒有放過鞭炮，拿著一根燃香，猶豫半天都不敢點，抬眼又見沈蓁蓁鼓勵地看著自己，心一橫，將鞭炮點著了。梁珩不禁嚇得拔腿就跑，直奔進院門裡，回過神來，不覺羞赧。

沈蓁蓁三人難得見梁大探花失態的模樣，不禁都笑起來。

梁珩看著沈蓁蓁笑顏如花的樣子，不覺走到她身邊。門外鞭炮聲噼哩啪啦地響著，他伸手替沈蓁蓁捂住耳朵。

沈蓁蓁轉頭看向梁珩，梁珩也看著她，眉眼含笑。

次日便是傳臚大典。

依然是卯時開始，梁珩一早就起來了，換上昨日發下的朝服和三枝九葉頂冠後，匆匆出門，往宮城方向而去。

到了宮門前，卻不用再驗看身分牌，這一身朝服，就能說明是新科進士，且這時候估計也沒人敢冒充。

梁珩進了門，門口便有內侍指路，大典在太和殿舉行。

梁珩走至太和殿，只見殿前鑾儀衛設了法駕、鹵簿於太和殿前，更有樂部和聲署設中和韶樂於太和殿簷下兩旁。梁珩剛到便有內侍上來詢問姓名，引著他前往自己的位置。

劉致靖和易旭過了一陣子才到，後又有數眾王公大臣結伴而來，皆在丹墀上就位，一切就緒後，便有禮部的官員到乾清宮奏請皇上。

一會兒後，齊策便著通天冠、禮帽、朱襪赤舄，乘坐輿車而來，入了太和宮升坐。執事官、讀卷官三叩九拜，奏韶樂，司禮官鳴鞭三次。

隨後，大學士鄭均之將皇榜從太和殿內捧出，放於丹陛正中的黃案上，奏大樂。

樂畢，禮部鴻臚寺官員便開始宣《制》：「奉天承運，皇帝詔曰：甲寅年丁巳月，策士天下貢士，第一甲，劉致靖、易旭、梁珩，賜進士及第。第二甲，張懷瑜、宋山遠……賜進士出身。第三甲，吳茂、高鶴年……賜同進士出身……」

宣禮畢，便開始唱名。唱第一甲第一名，鴻臚寺官員引著狀元劉致靖出班就御道左跪；唱第一甲第二名，引著榜眼易旭在御道右稍後跪；唱第一甲第三名，又引著探花梁珩在御道左稍後跪。

一甲三人姓名，皆唱三次。

一甲唱完後，又唱二甲若干人、三甲若干人，皆只唱一次，不出班就跪。唱畢，丹陛大樂奏《慶平之章》，眾官員與新科進士行三叩九拜之禮。

隨後禮部官員捧著皇榜，以雲盤承托，黃傘鼓吹在前，出了太和門，將皇榜掛至長安門外，供人瞻仰。

大典之後，眾人出宮，三鼎甲走在最前面，往午門走去，象徵著無上榮耀的午門中門，徐徐為三人而開。這門平日只有皇上能由此經過，就連皇后也只有大婚那天由此走過一回。

今日特許三人走在午門正中，意氣風發地出了午門，陽光正好從雲後照下，那一刻，萬物都為之閃耀。

三人從午門出宮，眾官員則從昭德門、貞度門出宮，前往長安街看榜。

順天府尹早已在東長安門皇榜左側搭了彩棚，設紅案陳列禮部頒賜的金花綢緞表裡，迎接一甲三人。

等梁珩三人到後，京兆尹陳弘文連忙上前賀喜。他對劉致靖可謂是相當熟悉，雖然十分驚訝劉致靖奪得榜首，但面上還是不動聲色，笑容滿面地賀喜，又為三人各斟了一杯酒。

等三人喝了酒，陳弘文又為三人簪花披紅，這時有人牽過馬匹，扶著三人上馬。梁珩沒有騎過馬，還好前面有人牽馬，倒也安穩地坐了上去。以鼓樂、彩旗、牌仗等引路，由東北行經東四牌樓，至順天府尹衙門，下馬宴飲。

順天府衙早就備下了豐盛的宴席，幾人由陳弘文引進衙門。梁珩酒量極差，只略喝了兩口，陳弘文也不敢勸酒，等等三鼎甲還要遊金街，萬一這會兒倒下，他鐵定會被參上一本，嚴重點說不定會貶官。

三人喝了酒，又上了馬，經帝安門外，由西城出正陽門至南門，騎馬遊金街。

長安街上早已是人山人海，街邊的茶樓、酒肆上，皆是擠滿了人，不僅男女老少，甚至還有不少外鄉人，都伸長脖子，等待一睹三鼎甲的風采。

終於，有金鑼鼓聲傳來了。

「狀元郎來嘍！」孩子們大聲歡呼，人群倏地騷動起來，皆踮起腳，殷殷朝正陽門那邊瞧著。

遠遠地，就見一行鼓樂彩旗隊伍，出了正陽門，緩緩地往這邊行來。

人群頃刻沸騰起來，樓上的人從窗口伸出半截身子，興奮地揮舞著手。一些大膽的姑娘，也是滿臉激動地憑欄而望。

等看清三人相貌，人群更加躁動。

丰神俊美，顏如舜華，劉致靖更是不停朝樓上的姑娘們揮手，臉上還掛著笑，引得姑娘們滿臉通紅，將事先準備的手帕、花瓣，朝下面騎馬而過的三人拋撒而下。

梁珩坐在馬上，滿頭都是花瓣，肩頭還掛著兩張繡花手帕。

三人並馬而行，前面牽馬的衙役也是滿身花瓣，激動得滿臉通紅。這得燒幾輩子的高香，這世才能替狀元、榜眼和探花牽馬，走這麼一遭榮光之路啊！

街道兩旁的歡呼聲震耳欲聾，梁珩抬眼望去，一張張興奮的臉皆是陌生的，如此的榮光，本該是狂喜的，梁珩卻感覺心下一片平淡。

突然，梁珩好像聽到有人在叫他，連忙抬眼，掃過兩旁樓上的窗口，卻都不是想看的人。

如意見梁公子好像聽到了，卻沒往這邊看過來，又大聲疾呼。「梁公子！」

菱兒也大聲叫起來。「梁哥哥！」

這下梁珩聽得真切了些，是如意的聲音！只是太嘈雜，分不清聲音的方向。他轉頭掃過兩旁街道，就見一側街邊站著沈蓁蓁、如意和黃梵兄妹，如意正踮著腳叫他，見他看過來，不禁跳起來朝他揮手。

沈蓁蓁面帶笑意地看著他，見他望過來，也伸手朝他揮了揮。

梁珩看見沈蓁蓁，內心突然被喜悅填滿了，不禁粲然一笑。

而這一側街邊的姑娘們見新科探花這風華絕代的一笑，更是驚為天人，瘋狂地揮起手帕來。

梁珩卻沒辦法多看沈蓁蓁幾眼，很快就過去了，可他心裡卻是極滿足，臉上不由掛上了一絲笑意。

沈蓁蓁看著身著朝服、頭戴三枝九葉頂冠，騎在毛色發亮的高頭大馬上的梁珩，他對她的那一笑，風華逼人，天地都為之褪色，讓她驟然間失了呼吸。

而聚仙樓三樓的一間雅間裡，齊湑正坐在窗邊，看著從人山人海中騎馬而來的三人。待隊伍走到聚仙樓下時，齊湑站起身來，隨手將手中的玉骨摺扇扔了下去。

劉致靖正風流倜儻地朝另一邊樓上的姑娘們揮著手，突然感覺一物呼嘯著朝他襲來，他連忙轉過頭，就見一柄摺扇正從半空朝他落下，他立刻伸手一把抓住。

看見這一幕的人都不禁驚呼出聲，誰這麼大膽，敢當街襲擊狀元？

待劉致靖看清了手中之物，卻露出微笑，抬頭就見齊湑倚在三樓窗邊，面帶笑意地看著他。

劉致靖朝齊湑揚了揚那柄摺扇，這摺扇正是齊湑的隨身之物。

齊湑看著下面出盡風頭的劉致靖，心裡不禁冒出酸意，早知道這麼風光，他當年打死也要去國子監聽講個一、兩堂了。這三鼎甲遊街，果然如詩文「狀元登第，雖將兵數十萬，恢復幽薊，凱歌榮旋，獻捷太廟，其榮亦不可及也」所說，可謂是春風得意馬蹄疾，一日看盡長安花。

三人遊完街，又回到京兆尹處，鴻臚寺官員早已召集了名伶戲角，張羅盛宴，歷屆三鼎甲在京者皆至。

梁珩作為新科探花，自然敬酒者眾，喝了幾回酒後，也漸漸地會擋酒了，但在座的幾乎都是進士出身，誰的口才都不差，實在擋不過去的，梁珩只好喝了。

宴席才進行到一小半，新科探花就倒了。

夜色越來越深，梁珩卻還沒有回來，沈蓁蓁不由著急起來。

沈宴也過來了，見沈蓁蓁面帶著急，安撫道：「新科鼎甲們要赴宴，應該會喝到很晚，別擔心，說不定等等就回來了。」

「梁公子他酒量很差，說不定這會兒已經醉倒了。」沈蓁蓁道。

如意在一旁說道：「還有易公子在呢！易公子應該會送公子回來的。」

沈蓁蓁想到今天騎馬走在另一側的易旭，不用說，易旭肯定是榜眼了。中間那個狀元好像是上次半夜和易旭一起來叫梁珩的公子，沒想到三人竟將三鼎甲全包下來了。

等至亥時，才聽到院外巷子傳來馬蹄聲，沈蓁蓁倏地站起身，連燈燭都沒拿，摸黑到了院門前。沈宴和如意捧著燈燭，跟在後面。

沈蓁蓁打開門，就見門外站著好幾人。易旭和一個衙役扶著梁珩站在最前面，後面還跟著幾個衙役。

兩人皆是一身酒氣，易旭看著沈蓁蓁笑了笑，叫了聲「弟妹」。

沈蓁蓁忙讓她大哥幫忙將梁珩扶進去，幾人將梁珩扶至房間躺下，就欲告辭，沈蓁蓁又留幾人喝茶。

易旭笑道：「這幾位差爺奉命將我們送到家呢！我改日再來。」

沈宴今日也在長安街上，這會兒看清易旭的長相，認出他是今天遊街的榜眼，心裡不禁有些驚訝，看來梁珩和這榜眼的關係極好。

沈蓁蓁聽他這麼說，也不再多留，又分別謝過易旭和幾位衙役，送他們出去了。

易旭上了馬車，又轉過身來，笑道：「我們這就走了，弟妹進屋去吧！」

沈蓁蓁點點頭，易旭跟著幾人離去。

她站在原地，看著馬車越來越遠，直至消失在轉角，才進了屋。

梁珩這次醉得很徹底，兩頰酡紅，安靜地睡著。

沈蓁蓁剛進房間，如意就打了一盆涼水端了進來。她接過來，絞乾帕子，輕輕地給梁珩擦臉。

沈宴在一旁看著妹妹專注地給梁珩擦臉的舉動，心裡不由感嘆。以前哪曾見過妹妹做過這種事啊？妹妹這回出了一次遠門，再見面，竟是感覺完全不一樣了，成長了太多，變得沈穩嫻靜。以前妹妹在家時得了太多寵愛，心高氣傲不說，任性更是免不了的，不然也不會在家人都不贊同她和林行周的婚事時，非要嫁給他了。

話說他直到現在都不知道妹妹當時為何退親，不只他不知道，自家人乃至整個涼州城的人都不知道。只是現在有了梁珩，卻是不好再多問了。

沈宴沒有回去，跟梁珩擠著睡了一晚。

次日，梁珩醒來時，睜眼看到的便是大舅子的臉，委實嚇了一大跳。

他不顧頭疼得厲害，輕輕起身穿了衣裳，出了房門，就聽到廚房傳來聲響。

他洗漱完，走進廚房，就見沈蓁蓁坐在灶門前，往灶洞裡添著柴，如意低頭切著菜。

沈蓁蓁正和如意說話，沒注意到梁珩進來，冷不防手突然被人握住，微微驚了驚。

梁珩在沈蓁蓁身旁坐了下來，沈蓁蓁抬眼見是他，笑了笑。「起來了？頭疼嗎？」

梁珩輕輕搖搖頭，執起沈蓁蓁的手。她的手十分纖細白皙，因為拿柴火，手上沾了些灰。

從沈蓁蓁她們的做派，以及她和沈大哥的對話，就能猜出她必定是大戶人家的小姐，以前定是呼奴喚婢，十指不沾陽春水，如今卻跟普通人家的姑娘一樣生活著。梁珩不禁心疼起來，這裡面縱然有她自己的選擇，大多還是因為他。

沈蓁蓁看著梁珩眼裡的心疼，明白他在想什麼，伸手拍了拍他的手背，輕輕笑了笑。

兩人正拉著手說話，就聽後面傳來一聲咳嗽。

梁珩慌忙放開手，轉頭就見沈宴站在門口看著他們，趕緊站起來，心下惴惴地看著沈宴。

沈宴見自己嚇到兩人，也頗有些不好意思。

他想梁珩如今是探花了，該把小妹和他的婚事提上日程，畢竟梁珩沒多久就要為官，兩個未婚男女卻住在一起，被有心人利用的話，會對梁珩的仕途造成不好的影響。
沈宴想叫梁珩出去喝一杯，但梁珩下午還要赴瓊林宴，便只好等他回來再說了。
申時不到，梁珩就換上那身朝服，等待衙役來接。
沒多久，院門被敲響，如意去開了門，見兩個年輕的衙役站在門前。兩衙役滿心喜悅，這差事還是他們和年紀大的衙役許諾請他們喝酒才換來的。
兩衙役滿臉堆笑，問道：「姑娘，請問探花老爺可準備好了？」
如意笑道：「好了，兩位差爺進來喝杯茶吧！」
兩人連忙搖頭，這會兒他們哪敢喝探花老爺家的茶啊！
一人笑著道：「麻煩姑娘請探花老爺出來吧！我們這就出發去瓊林苑了。」
梁珩在屋裡聽到外面的對話，便站起身來。
「那我去了。」
沈蓁蓁也站起來，伸手替梁珩理了理衣襟，交代道：「別人敬的酒，能擋就擋了。」
梁珩輕應了聲，準備離開，沈蓁蓁想起昨天梁珩的手帕弄髒了，這會兒洗了還沒有乾，便將自己的手帕掏出來，遞給梁珩。
梁珩接過，小心地放進袖子裡，出了房。
衙役見到一身朝服的梁珩，作揖道：「見過探花老爺。」
「兩位差爺客氣了。」梁珩笑道。
兩人請梁珩坐上馬車。

沈蓁蓁並沒有出來相送，兩人現在住在一起的事要迴避著人，免得對梁珩造成不好的影響。

梁珩坐著馬車，來到城郊的皇家別苑瓊林苑。

門口站著禮部的幾個令史。令史是九流之外的員吏，並無官服，皆是穿著一身藍色長衫，站在門口迎接新科進士。

這會兒見梁珩下了馬車，能有資格由衙役送過來的，必是三鼎甲。一個令史迎了上來，朝梁珩拱拱手，問清名次，便道：「梁探花請隨我進去。」

梁珩不知該如何稱呼他，稱呼大人是萬萬不可的，只有五品以上的官員，才有資格被稱做大人，只能拱了拱手。「有勞。」

令吏領著梁珩進門。

穿過一道影壁，瓊林苑的景象豁然開朗於眼前。

苑內種滿了各類奇花異草，皆是江南、嶺南進貢的名花。東南處有一座高數十丈的假山，山上建有樓閣，山下鋪有錦石小道，院中有一方池沼，滿池碧綠，夏荷開得嬌豔。

苑中早已擺滿八仙桌，已經坐了半滿。

梁珩被引至靠前面的一桌坐下，劉致靖和易旭還沒有來。

等了兩刻左右，其他進士們漸漸到齊了，四人一桌。劉致靖和易旭也來了，坐在梁珩旁邊，和他一樣，一人一桌。

坐在梁珩他們前面的，皆是身穿紫色官服、深緋官服的大員，亦是一人一桌。三品以上著紫服，四品以上著深緋色官服。大員們皆是不停見禮，平級互相見禮，下級則給上級見禮。

席上還有兩個已屆杖朝之年的老者，兩人是六十年前甲寅年的進士，一個甲子後，作為特賓被請至瓊林宴。其中一人便是劉致靖的祖父，如今三公之一的劉韞申。

劉韞申是當年的狀元，而劉致靖的老子劉竟榮也是當年丁亥科的狀元，一門三狀元，可謂幾百年難得一見的盛事，勢必要流芳百世。

劉致靖的老子劉竟榮扶著他爹坐下後，就坐在第一排，旁邊坐著左僕射趙贇、中書令韓仲景、伍秉敘，以及門下侍中余隆、姚騫之。

以前劉致靖和齊滑兩人在長安城裡蹦躂，弄得雞飛狗跳時，劉竟榮教訓過兒子幾回，卻不起作用，他就對這個小兒子深深失望了。

沒承想浪子回頭金不換，兒子轉眼給他考了個狀元回來，還補全了劉家一門三狀元，連皇上都親自送了牌匾嘉獎。

劉竟榮看著坐在進士首位的兒子，心裡一陣滿意，轉頭看見老對頭趙贇滿臉勉強的笑意，心下就更舒暢了，趙贇的兒子趙博裕連會試都沒考上。

他忽又想到兒子還未訂親，想著回頭該讓他娘給兒子找個貴女了。

到了酉時，宴會正式開始。

司儀官走至最前面，先朝前面諸王公大臣做了個揖，又說了幾句場面話，才讓諸進士起身拜謝會試主考官禮部侍郎馮敬亭。

眾進士隨即站起身來，梁珩也起身。

馮敬亭就站在眾進士前，司儀官唱了聲「拜」後，梁珩躬身做了個揖，卻良久沒聽到「起身」；又聽到一聲「拜」，梁珩起身正打算再拜，就見前面的大員們看著後面，臉色都沈了下來。

梁珩也順著往後看了一眼，沒發現什麼異常，不禁疑惑。

此時聽前面一官員站起身來，冷喝道：「你們這是為何？成了新科進士，如此了不得，連老師都不願拜了，尊師重道都不懂了?!」說話的正是禮部尚書李牧。

此時從後面進士中站出一人來，這人梁珩見過，正是那個扯著「奉旨鄉試」，招搖過市的書生。

就見那書生拱手朝前面的大員們一拜，雖王公大臣盡在，他面上卻毫無懼意，道：「古有云：明師之恩，誠為過於天地，重於父母多矣。學生等皆不敢忘，只是學生等有一事疑惑，望讀卷官能給予解釋。」

這話說得很有一番深意——若你是明師，我自然尊敬你；若不是，就另談尊敬了。

幾百年來，還是第一次遇到新科進士不肯向主考官謝恩的，禮部眾人不禁冷汗直冒。一、兩個就算了，大半的新科進士不肯拜謝師恩……御史臺的人就坐在下面，這些人不抓住機會，好好參一本禮部辦事不當才怪。

「你們有何事？」司儀話音裡的氣都弱了不少。

那書生道：「學生等疑惑，何以三鼎甲皆出自順天省下，我外省之人盡沒？本科中讀卷官大半皆是順天之人，學生等不敢猜疑讀卷官有失公允，但學生等請求拜閱三鼎甲的答卷，好讓學生等心悅誠服。」

禮部眾人不禁面面相覷，李牧也不禁眉頭緊鎖。

答卷都入檔庫封起來了，何以得見？須得上稟皇上，才能拿到答卷；可若是上稟皇上，只怕皇上會震怒。科舉之制乃是國之根本，新科進士更是國之棟梁，朝廷上下莫不重視，遑論一國之君？如今這邊出了樓子，不到萬不得已，誰敢去稟告皇上？大家一起等著倒楣吧！

讀卷官皆是四品以上的大官，今天都在場，只是這山芋太燙手，接不得。這些進士明擺著不相信，就算他們站出來，也是於事無補，且皇上看過答卷，心裡清楚著，所以座上的其他大員皆低下頭，裝聾作啞，置若罔聞，也不管禮部的人如何著急上火。

李牧又說了幾番話，勸諸新科進士容後再商討這事，只要瓊林宴了畢，任他們怎麼鬧，都扯不上禮部；偏偏這些進士們，僵持著不肯拜恩，也不肯入席。

吉時眼看就要過去了，禮部的人沒辦法，馮敬亭正欲稟告皇上，就見鼎甲席上站出一人，定睛一看，竟是梁探花。

梁珩往旁邊略走兩步，朝前面禮部的官員拱了拱手，說道：「學生尚還記得策對，願意背予諸位同年。」

禮部的人一聽，真是喜出望外。

李牧忙道：「那就有勞梁探花了。」說完不禁有點擔心，萬一裡面真有灌水……轉念又想這梁探花的答卷，自己是看過的，確有高才，不禁微微放下心來。

梁珩轉過身，朝後面的進士們拱了拱手，也不多說話，開始背誦起來。

「臣對臣聞，開治必宗法，三代而後，其治純道，必兼綜百而王其道……」

場上安靜下來，皆凝神靜聽著。這些進士們是因為上次在乾清門下見梁珩三人一起，像是約好了一般，心裡生了疑惑，會有這種巧合嗎？這幾天進士們自發籌辦的宴會上，有人提出疑惑，這樣、那樣地一分析，眾人心裡就越發懷疑，這才相邀今天在瓊林宴上與禮部發難。

這會兒聽梁探花不疾不徐地將策對背了出來，眾人心裡就有了數；再看前面眾大員聽得頻頻點頭，兩位老進士更是閉眼聆聽著。

「天行不息，日進有功，則古聖以民推至仁，以育物固幾道……」

梁珩朗朗背完了全篇，朝眾進士拱了拱手。「以上，請諸位斧正。」

場上一片鴉雀無聲。

還有什麼好說的？能從幾萬考生中脫穎而出，眾人都是有真才實學的，自然能明辨好壞，人家這探花可謂是當之無愧。

那書生臉上再無質疑，正欲拱手道歉，就見劉致靖也站起身來。

「既然諸位懷疑我這狀元是水貨，我也只好將策對背出來。」說著斜眼睨了一眼後面的進士們，繼續道：「讓你們看看自己到底差在哪裡。」

劉致靖這番話可謂極不謙虛、極不客氣，能考到這分上，眾人都是自命不凡，有心高氣傲者更是被氣得臉色脹紅。

劉致靖卻不管他們如何反應，張嘴就背了起來，不過他不像梁珩那樣謙虛，全程以睥睨之態背完。

聽完，場上一片沈默。

劉致靖人張狂是張狂，文章卻寫得有理有據，引經據典，全篇洋洋灑灑，對策題分析得入木三分。

這下眾人再不敢說話，不等榜眼站起身，眾進士就不約而同地彎腰致歉，又給馮敬亭做了揖。

禮部的人見眾進士不鬧了，自然是樂見其成，也不敢苛責，請眾人入座。

站在後兩排的林行周看著首排的人，眼色陰沈不明。

待眾新科進士入席後，氣氛卻尷尬起來，他們甚至忘了是誰先起的頭，說要在瓊林宴上發難的。

旁人忘了，那出頭的書生卻是記得。那天在曲江宴上，有人起了話頭，眾人義憤填膺地議論了大半日，皆是憤憤不平，這科舉本該是公平公正、不分門第的。

這時便有人出了主意，說趁著瓊林宴，在宴上發難一番，若是鼎甲有灌水，當堂要求朝廷重新批卷。

眾人自詡有一身文人傲骨，他們如何能忍受這種愧對先聖、枉顧自己十多年寒窗苦讀的事？便一呼百應，商量了起來。

這書生正是中了二甲的王朝宗，他滿腔少年意氣倏地被點燃，見商量了，卻沒人願意做這出頭之鳥，便自薦成了領頭之人。

王朝宗與林行周坐在一桌，他記得清楚，出主意的人正是林行周，可剛剛自己分明見他彎腰行禮了。

王朝宗心裡頓時看不起這林會元，當時也是見林會元掉到了二甲末，眾人才更深信這裡面有齷齪，沒承想人家卻是能屈能伸的。

司儀官見氣氛低落，趕緊進行下一步，請探花折杏花。

梁珩見司儀官提到自己，站起身來，跟著一個捧著金盤的小吏，行至院邊杏樹下，用盤中的金剪刀，折了幾枝杏花花枝下來。

這折下來的杏花花枝分發給三鼎甲外，在座的大臣也有討要的，皆是受家中女眷所託。沒要到花枝的大臣還請梁珩再去剪兩枝下來，梁珩也欣然應允，又剪了不少花枝。

進士各賞了宮花一枝、小絹牌一面，上刻有「瓊林宴」三字，裡面只有鼎甲的絹牌不同，是用銀做的。

一時氣氛終於熱絡起來。

而梁珩並不知道，坐在進士後面的官員裡，有一人自始至終都在打量著他。

第十三章

樂隊開始奏「啟天門」樂章，宴會正式開始。

只見上菜的數十個宮娥，嫋嫋婷婷地端著宮盤進院，將盤中的菜餚放至眾人桌上。菜盤為銀製，鼎甲酒杯為金製，菜餚、果品四十餘道，皆是珍饈美味，極天廚之饌。

等眾進士給前面的大員們敬過三輪酒，這才喝了起來。

梁珩還沒吃兩口菜，其他進士就一排排地過來給鼎甲敬酒，於是梁珩很快又倒下了。

瓊林宴直喝到月上中天才散，這回還是由易旭送梁珩回家。

易旭將梁珩扶至房裡躺下後，沈蓁蓁留易旭坐坐。易旭也是喝得半醉了，哪敢多留，便告辭了。

次日梁珩醒來時，已是日上三竿。

沈宴已經等他多時，等梁珩洗漱完，不待他多說什麼，便說兩人去外面找地方喝一杯茶。

沈蓁蓁道：「大哥，讓梁公子先喝點粥吧！」

沈宴拉著梁珩，道：「我們找間酒樓，餓不到他的，小妹放心。」

梁珩一聽大哥有話要說，猜想定然是跟沈蓁蓁的親事，心下喜不自禁，跟沈蓁蓁匆匆說了兩句，便跟著沈宴出院。

兩人打算就近找一家酒樓，但離這裡最近的，就是沈蓁蓁開的酒樓了，梁珩便提議去那裡。

一聽小妹竟然還開了酒樓，沈宴不禁驚訝。雖說沈家是商賈之家，但小妹從來沒有接觸過商事，心裡也起了好奇，便跟著梁珩去了。

到了「飲一杯無」，沈宴看著牌匾上的四字就笑開了。

梁珩笑道：「這是沈小姐想的。」

沈宴點點頭。「好名字，只怕店裡大半客人是衝著這名字來的。」

梁珩並不清楚酒樓的經營，便笑了笑，沒作聲。

兩人走進去，裡面有兩桌客人在用飯，黃梵在櫃檯後面，見梁珩進來，連忙出來打招呼。

梁珩便向黃梵介紹。「這位是沈小姐的大哥。」

黃梵聽沈蓁蓁說過她大哥來了的事，這會兒見到真人，連忙行禮。「黃梵見過大哥。」

沈蓁蓁已經跟沈宴說過黃梵兩兄妹的事了，沈宴不覺得有什麼不好，就當是認對乾弟弟和妹妹，便笑著應了一聲，又問了幾句酒樓的經營。

黃梵帶著沈宴和梁珩到了二樓雅間。

沈宴注意到雅間裡的椅子，和家裡他爹的幾乎一樣，便知道這一定是小妹想的主意。

兩人坐了下來，黃梵又問兩人想吃些什麼。

沈宴笑道：「梁探花還沒吃早飯，上些清淡的粥品和小菜吧！」

黃梵應下，見兩人似乎有話要說，便告退下樓了。

沈宴和梁珩還沒說幾句話，雅間便被人敲響，黃梵親自將粥擺上桌後，又下去了。

沈宴已經吃過早飯，梁珩迅速將粥喝完，便殷殷等待沈宴開口。

沈宴斟酌一番，緩緩道：「如今你高中了，你和小妹的親事，打算如何？」

果然是說親事的，梁珩不禁心下一陣狂喜。

「我當然想早點娶沈小姐，此間事畢，我就陪沈小姐回鄉去求伯父、伯母，將沈小姐嫁予我。」

沈宴沈吟半晌，問道：「新科進士多久擢用官職？」

梁珩一愣，道：「估計就這些天吧！」

沈宴道：「等你擢用了官職，肯定要立刻走馬上任，不會有時間回去，這些天事情又多，也不可能回去。我想，不如讓小妹先回去，和長輩先通個氣，等你有時間了，再一同回去。」

梁珩聽完，臉色倏地變得慘白。他一下就想了很多，不讓他陪沈小姐一同回去，這是不贊成沈小姐嫁給他嗎？以後有時間……凡事說到以後，基本上就很少有發生的可能了，萬一沈小姐回去了，家人不讓她回京來怎麼辦？

沈宴見梁珩臉色一下就變了，意識到自己的話說得有些模稜兩可，解釋道：「我也會跟著小妹回去，不然你就把生辰八字給我吧！我回去勸父母，先把你和小妹的親事定下來。」

父母連女婿的面都還沒見過，就這樣訂親的話，確實不大合規矩，但身為探花，年輕俊逸的梁珩現在太危險了啊！不知道已經被多少高官大臣看上了，若是梁珩還沒有訂親，都不好回絕，一個不好，人家就會記恨上，這對梁珩的仕途極為不利，乾脆趕緊將兩人的親事定下來，以後也好回絕。

梁珩一聽沈宴這話，忙不迭地點頭，但又想到家裡的老娘；自己就這樣答應親事，雖然他娘也接受了沈小姐，但這樣他娘心裡肯定會有疙瘩。

梁珩沈吟半晌，沈宴見他不說話，心裡著急起來，面上卻是不顯。

梁珩將自己擔憂的事說了。

沈宴心下一鬆，提議道：「不然這樣吧！你先把八字給我，再修書回去跟令堂說明原因，我們回去也要一段時間，到時候令堂也算是同意在前了。」

梁珩想想，現在也沒有別的辦法了，事急從權，萬一出了什麼意外，才是一輩子後悔莫及，便同意了。

兩人茶也不喝了，匆匆回家。

一到家，兩人便直奔梁珩房裡，沈蓁蓁還以為出了什麼事，走到門口，只見一人研墨，一人鋪紙，便問怎麼了。

兩人這才想起還沒跟沈蓁蓁商量，一時激動就忘了，皆停下手中的動作，對視一眼，都從對方眼中看到了心虛。

兩人與沈蓁蓁商量了一番，沈蓁蓁雖然羞澀，但明白大哥這是為她好。雖然相信梁珩不會負她，但梁珩現在的確很搶手，說不定哪天就被人捉去當女婿；且梁珩早就想娶她，說了無數回要陪她回鄉去，如今梁珩走不了，先將親事定下來也行，便同意了。

梁珩即刻寫了一封家書，本想託貨商帶回去，沈宴卻覺得不妥，派了個玉坊的夥計駕車送去。

既定了下來，當天沈蓁蓁他們就收拾好行李，只待第二天清早啟程回涼州。

是夜，沈蓁蓁翻來覆去，總睡不著。

如今就要回家了，她心下既歡喜又擔心。爹的脾氣她太清楚，最重禮節，又有些固執，她不知道這次回去，爹能不能原諒她？

次日，天剛濛濛亮，沈宴就坐著馬車過來了。

如意沒有要回去，畢竟這邊還有菱兒。

趕車的小廝搬著沈蓁蓁的行李，沈宴便坐在廚房裡等著。

梁珩和沈蓁蓁在房裡說著話。

「沈小姐……」

「嗯？」

「妳……妳一定要早點回來！」

沈蓁蓁看著梁珩面上的緊張之色，面上露出笑，心底卻深深不捨起來。

她主動抱了抱梁珩，故作嚴肅道：「我不在京裡，你可別被人捉去當女婿了。」

梁珩使勁搖搖頭。「我可是訂了親的，誰敢捉我，我就去告御狀！」

沈蓁蓁看著梁珩滿臉的認真之色，心不覺融成了一灘水。

她只是說笑，沒想到卻一語成讖。

沈宴兩兄妹行了一段陸路，之後搭船上運河，前往涼州。

沈蓁蓁站在船板上，遠遠就能看到涼州的城池。高大古樸的城池高高聳立，上刻有兩個大字「涼州」，城門口處，人來人往，十分熱鬧。

沈蓁蓁突然生出一股近鄉情怯的情緒。

碼頭上早有馬車候著，兩人一下船，等候的人眼尖地看到兩人，連忙迎了上來。

「大公子、大小姐！」

沈宴應了一聲，轉頭招呼沈蓁蓁上馬車，就見沈蓁蓁愣了一下。

「小妹？」

「嗯？哦，好。」沈蓁蓁回過神來，跟著沈宴上了馬車。

大小姐這個稱呼，太遙遠了。

兩人坐著馬車往沈府趕去。

沈蓁蓁撩開車簾，見外面街道上的人群熙熙攘攘，小販以涼州特有的口音叫賣著，讓她頓覺恍如隔世，不，分明是隔了一世了。

沈宴見小妹一路都在走神兒，只當是她經歷了那麼多事，再次回來後有所感觸，便沒有出聲。

終於，馬車到了沈府大門。

沈宴先下車，門口的小廝趕忙上前見禮。「大公子回來了！」

說完就見大公子從馬車裡扶了個姑娘下來，定睛一看，這不正是大小姐嗎？

「大小姐回來了！」小廝驚喜地問好。

沈宴轉頭吩咐道：「去裡面通報，就說大小姐回來了。」

「是！」小廝三步併成兩步，趕忙跑進去。

沈蓁蓁下了馬車，抬頭看向沈府的門匾，兩扇大門緊緊地閉著，只有旁邊一扇小門開著。

一股熟悉又陌生的感情湧上，這是她的家啊！

「進去吧！」一旁的沈宴輕聲說道。

沈蓁蓁點點頭，抬腳往裡面走去。

一穿過影壁，就進了主院。

只見東西兩面皆是抄手遊廊，左右皆是雪白粉牆，下有虎皮石砌面，雕梁畫棟，簷下皆是細雕花鏤。院中一條寬闊的青石路，直鋪至穿堂的石階下。庭院中間擺著一只青色大缸，缸中養了些金錢蓮，穿堂處擺著一張紫檀架子雕花屏風。

隔了一世再回來，沈蓁蓁一路都有些恍惚。庭院中的擺設還是當年她出嫁時的模樣，卻已遍布著陌生感。

兩人還沒走進院子，遠遠地就見一行人往這邊趕來，沈蓁蓁一眼就看到她一世未見的娘。

許氏身著一身青襖，頭上插著釵環，正急步往這裡走來。

「蓁兒啊！」許氏看到女兒，一下就哭了出來。

沈蓁蓁怔了怔，小跑至許氏跟前。「娘！」

許氏三十多歲才生下沈蓁蓁，又是獨女，從小就當眼珠子疼，可這個獨女退親了不說，還獨自離開涼州，不知去向。許氏擔心得著急上火，不知多少個夜晚，想到女兒就擔心得整夜睡不著。

許氏上前兩步，一把將沈蓁蓁摟進懷裡。

「蓁兒，妳總算回來了！」

沈蓁蓁聽著母親的哭聲，也不禁淚流滿面。

許氏身後的容嬤嬤、大丫鬟們，也跟著抹起眼淚。

沈蓁蓁擔心娘哭壞身子，便止住哭泣，勸起許氏來，沈宴也上前勸了幾句。到底女兒回來了，許氏心裡很高興，也慢慢止住眼淚。

許氏拉著沈蓁蓁往正院走，直說她瘦了。

沈蓁蓁卻越加難受，母親連一句不是都沒有說她。

前些日子沈宴就已經寫信回來，說過些日子便帶小妹回來，許氏等得望眼欲穿，老早就命人將沈蓁蓁的房間好好收拾了一番。

沈忞將許氏的歡喜看在眼裡，雖不出聲，心裡卻是期盼的。只是這天沈忞出去談生意了，沈家如今除了玉石生意，也開始做起糧食生意。

沈蓁蓁隨著許氏到了正院，幾人進了房。

臨窗軟榻上鋪著玫紅絨毯，擺著一對印蘭花引枕，上面擺了幾張雕花小几，几上放著一套白玉茶具。

許氏拉著沈蓁蓁坐上軟榻，細細地問她這半年的去向。

沈蓁蓁一一說了，將房裡的丫鬟們遣退後，才說起梁珩的事。

由於沈宴怕信裡說不清楚便沒說，所以許氏一聽，自然是大吃一驚。

沈蓁蓁將梁珩的事細細說了一遍，沈宴安靜地坐在一旁，時不時地幫腔。

沈蓁蓁以為說服母親會費一番口舌，不料母親卻是極為歡喜。

許氏聽女兒說梁珩性格好、模樣好、家世清白時，便動了些心思。如今女兒在涼州退親的事鬧得人盡皆知，再想尋個好人家怕是難，只是嫁到外鄉卻是不捨的，許氏又猶豫了。

又聽女兒說那梁珩竟高中探花，不禁歡喜。雖說沈家是涼州的大戶，卻是最末等的商戶人家，一年到頭不知得花多少銀子，才能保沈家安然無事；若是能有個當官的姑爺，那真是求都難求的事。

「只是……如今那梁珩考上探花，咱們家又是商賈之家，他……」商家攀官家的親，只怕女兒會吃虧。

「娘，梁公子不是那種人。」

沈宴也在一旁道：「梁珩品性極好，是個可靠之人。」

沈宴在外面走南闖北多年，識人這點，許氏放心，便稍稍安心了些。

「那他怎麼沒和你們一起回來？」許氏又問。

沈蓁蓁便解釋說梁珩作為新科探花，脫不開身。

說到這裡，沈蓁蓁看了一眼沈宴。

沈宴明白過來，便把先將沈蓁蓁和梁珩親事定下來的事說了。

許氏自然是不同意的，人都還沒見過，怎麼可能就這樣草率地將女兒的親事定下來？

沈宴和沈蓁蓁對視一眼，皆是噤口。親事就這樣定下來確實有些荒謬，便想著等過些日子再說吧！

京城。

釋褐謝師後，禮部又舉行了朝考。

三鼎甲雖可以直接進翰林，卻也要參加朝考，不過是走個過場，朝考的機會主要是對二甲、三甲進士的。

朝考後，便是皇上欽點翰林。

本該穩入翰林院做修撰的劉致靖，卻上書請求皇上將他外放去做知縣。

本該是二甲、三甲朝考不順者，才會外放知縣，一般以三甲居多，因為三甲是同進士出身，很少能進翰林院。

但劉致靖的理由極為懇切，深得帝心。

「臣想，只有深入民間，體會民間疾苦，才能真正明白為官之道、了解百姓所需，為百姓做一番實事……」

這一席話說得齊策龍顏大悅。都說「窮翰林、窮翰林」，翰林除了俸祿少之外，入翰林院至少須學習六年才有機會做官，但翰林有「儲相」之別稱，可知它的終點之高。但凡重臣，幾乎都是出自翰林，若是外放知縣，不說消磨的時間，也很少有人能做成大官。

而劉致靖卻放棄入翰林院的機會，選擇外放知縣，可知他是想為百姓做實事的人。作為長安城裡臭名昭著的紈袴，能有為民做事的心意，可知齊策有多感動。

齊策當庭就准奏，還下了旨，凡是朝考中成績優異者，自願外放為縣官的，三年後一律調回京城來。

梁珩也不想入翰林，他來自民間，在翰林院消磨的這六年，他寧願拿去為百姓做點事，這是他為官的本心。

於是梁珩也上奏請求外放，皇上見最看好的梁珩果然沒讓他失望，即刻就准奏了。

而林行周自然也聽說皇上的旨意，正猶豫地權衡利弊，入翰林院的前程自是不必說，外放就不一定了。

林家最近上門提親者眾多，林行周雖說是二甲末等，但也是進士出身，且林行周年輕有為、一表人才，又在朝考中考了朝元；朝元若入翰林院，甚至比鼎甲還受重視，這麼一個有潛力的佳婿，自然被不少人家看中。

錢氏早就打算幫兒子在京中挑一個貴女，好為兒子以後鋪路。畢竟林家在京城毫無根基，若是有個做大官的岳丈，以後的前程就不愁了。

但來提親的人家皆是五、六品的，因為三、四品甚至二品大員都盯著三鼎甲，錢氏很是看不上。

這天，終於來了一個三品大員家請來的媒人，說的還是吏部尚書孫瀚家的嫡小姐。

錢氏一聽對方名頭，頓時激動得雙頰通紅，立刻就想點頭同意，忽又想起兒子之前說過要和他商量的事，便生生忍住話頭，但怕對方回頭後悔，便讓媒人在廳裡等著，自己去尋兒子問問。

孫家可是允諾了不少謝銀，媒人便欣然應允。

林行周正在房裡練字，杜月茹在一旁替他研墨。

杜月茹一邊研墨，一邊看著低頭寫字的林行周俊逸的側顏，不覺癡了。

突然，錢氏風風火火地闖進來，兩人皆是嚇了一跳。杜月茹反應過來後，給錢氏見禮。

錢氏卻不理會她，也不管兒子皺著眉頭，當著杜月茹的面，就將吏部尚書家請人來提親的事說了。

杜月茹的臉色瞬間變得慘白。

自從林行周中了進士後，杜月茹就一天比一天擔心。如今林郎是高高在上的進士爺了，還會娶孤苦無依的她嗎？好在林行周對她的態度還是一樣，杜月茹才稍稍安下心來，想催林行周娶她，又不敢明說，只能暗自著急。

林行周看了杜月茹一眼，皺眉道：「娘，您說什麼呢！回絕就是了。」

「回絕？那可是吏部尚書！聽說天下的官都是他管著呢！你以後是要做官的，若是做了吏部尚書家的女婿，就不愁前程了。」

林行周嚇了一跳。「娘，您胡說什麼，這天下的官都是皇上管著的。」

錢氏回過神來，嚇了一跳，頓了頓，道：「周兒，你好好想想，男兒目光要長遠一些，那可是一輩子的事。咱們如今在長安，根都還沒安下來，連宅子都是租的，咱們林家就靠你了！」

林行周沈默不語。

杜月茹見林行周不說話，心倏地冰涼一片。

錢氏又道：「你好生想想，娘先去跟媒人說咱們家要考慮考慮。」說著轉身出去了。

杜月茹也不說話，慘白著臉站在一邊，只是不停地掉著眼淚。

林行周轉頭就見杜月茹緊咬下唇，泫然欲泣的模樣甚是可憐，他不禁伸手拉住杜月茹的手。「茹妹，我會娶妳的。」

杜月茹抬起頭，眸中還含著淚水，輕聲道：「林郎，我只有你了。」

林行周將杜月茹抱進懷裡，輕輕應了聲。

杜月茹倚在林行周胸前，心裡不禁慶幸那晚自己狠下了心。

那晚，林行周喝醉了，錢氏叫她過去照顧林行周後就走了。她看著睡熟的男人，心底有了大膽的念頭，怎麼都壓不下去。

林郎是讀書人，最有責任感了，若是……林郎必會娶她的。

下午，沈蓁蓁在正房裡陪母親說話，聽到外面傳來聲音。

「老爺回來了！」

沈蓁蓁慌忙站起身，就見簾子被人從外面掀開，一道偉岸的身影走了進來。

沈忞剛進來，沒注意看，直往軟榻這邊過來。

「爹！」

沈忞一怔，轉過身，就看到一旁站著離家半年的女兒。

「蓁兒……」沈忞似乎有些難以置信，輕輕地叫了一聲。

「爹，我回來了……」沈蓁蓁跪了下來。

沈忞看著女兒，嘴唇顫抖幾下，到底沒說出話來。

許氏在一旁看得著急，生怕沈忞會倔強地不肯認女兒。

「老爺！」許氏著急地叫了一聲。

沈忞怔了半晌，輕應了一聲，轉身在軟榻上坐下。

許氏連忙將沈蓁蓁扶起來，見沈忞到底沒有說出什麼重話來，且應了聲，心稍稍放下了些，又問了沈忞幾句話。

沈忞只是應了幾聲，沈默地坐了一會兒，便起身匆匆出房去了。

沈蓁蓁看著爹的背影，驚覺父親的背脊好像已經有些佝僂，不像以前那樣筆直了。

沈蓁蓁驀然就流下淚來。

梁珩剛清靜沒兩天，就來了一撥撥的客人，不是別人，正是提親的媒人。

他住在深巷，很少有人知道梁探花的住處，但不知住處被誰傳出去了，從此一天到晚都有人敲門。

一開始，媒人都被如意打發出去，後來人來太多，如意不耐煩了，乾脆就不開門了。

但媒人是被許下豐厚的謝銀來的，自然是窮其方法都要進院，更有人直接守在門口，一見如意出門就圍上來，令人煩不勝煩。

這天下午，如意和菱兒買菜回來，見院子裡靜悄悄的，想著梁珩可能在看書，便沒有進門去打擾他。

等如意做好晚飯，到梁珩房門口叫了幾聲，沒聽到裡面回應，疑惑地推開門，這才發現裡面空無一人。

如意猜想梁珩可能有事出去了，便回廚房等，結果兩人直等到天黑，梁珩都沒有回來。

如意這才焦急起來，梁珩若是打算出門很久才回來，定會提前跟她打招呼，而且梁珩知道家裡就她和菱兒兩人，定不會在友人處夜宿。

如意第一時間就想到了易旭，可她並不知道易旭的住處。焦急地又等了小半個時辰，見天色已經完全黑下來，她心裡更加焦灼。

她想到去找黃梵，又不放心菱兒一個人在家，便帶著菱兒，兩人提著燈籠到了酒樓。

酒樓已經打烊，大門緊閉著。

黃梵正在大堂裡算帳，聽到一陣焦急的敲門聲，還伴隨著如意姊的聲音。

黃梵連忙打開門，就見如意和妹妹一臉焦急地站在門外。

「如意姊、妹妹，妳們怎麼來了？」黃梵問道。

如意像是見到主心骨兒一樣，慌忙說道：「公子……公子他不見了！」

黃梵大吃一驚，連忙將兩人讓進大堂去。

「如意姊，妳別急，珩哥怎麼不見了？」

「我和菱兒出去買菜，回來時沒注意，吃飯時才發現公子不在房裡，直到現在都沒回來，怎麼辦啊？」如意焦急得快哭出來。梁珩從來沒有在外邊過夜，若是出了什麼事該如何是好？

黃梵沈吟片刻，說道：「興許珩哥出去會友人了？」

「公子若是出去會友人，肯定會等我們回來再去，或是留個信啊！」

黃梵想了想，道：「我先跟妳回去等等看，若是珩哥一夜未歸，明早咱們就去報官，現在這麼晚了，衙門也沒人了。」

如意只好點點頭。

黃梵收好帳簿，提著燈籠，跟著兩人回去了。

三人回到家，黃梵去梁珩房裡察看一番，房間十分整齊，像是主人只是暫時出去一樣。

三人等至深夜，梁珩依舊沒回來，如意急得哭出來，梁公子一定是出事了！

黃梵心裡也很焦急，但見如意急得哭了，還是安慰道：「如意姊，妳別著急，現在珩哥可是新科探花，誰敢把珩哥劫走？明早咱們就去報官，珩哥一定會平安無事的。」

如意聽了這番話，稍微放下心。她看著黃梵剛毅的臉，驚覺不知何時，黃梵已經蛻變成大人的模樣，唇上一圈青色的鬍鬚，過了變聲期的少年，談話間很是沈穩，已能安定人心了。

菱兒撐不住，如意便讓她先去睡了，兩人繼續坐在梁珩房裡等著。

蠟燭續了一根又一根，巷外傳來好幾次打更的聲音，梁珩依然沒有回來。

如意撐不住，腦袋開始一點一點地犯睏。

「如意姊，妳去睡會兒吧！我在這兒等就是。」黃梵道。

如意驚醒過來，搖搖頭。她哪能安心休息？梁公子不見了，等小姐回來了，她如何跟小姐交代？且他們與梁公子相處這麼久，早有了親人般的感情，如何能安心去睡？

黃梵見如意搖頭，便不再說話。

等如意再次昏昏欲睡時，黃梵在衣櫃裡找到一床冬天的絨毯，給如意蓋在肩頭，見她一下一下地往前撲，又下意識地坐正，擔心她摔倒，便坐在她身邊，輕輕將她的腦袋挪至他的肩頭。

如意靠著黃梵的肩，很快就睡熟了，黃梵卻是坐了一整夜。

次日，天剛微微亮，黃梵便叫醒如意，兩人隨意洗漱一番，如意準備跟著黃梵去報官，被黃梵攔住了。
黃梵勸說了如意幾句，如意便在家裡等消息，由黃梵獨自前去。
黃梵到了京兆尹，門口沒有衙役，只有一面大鼓立在一旁。他進了大門，迎面就遇到兩個衙役。
衙役見他進來，喝問道：「你是幹什麼的？」
黃梵朝兩人拱拱手。「兩位差爺，我是來報案的。」
兩人一聽，臉色就垮了下來。一大清早的，誰都不願意這麼晦氣，但案情不能耽誤，便將黃梵叫進大堂去詢問情況。
兩人一聽黃梵說新科探花不見了，皆是嚇了一大跳。這個節骨眼上，新科探花失蹤，誰都別想討了好去。
不過兩人有些疑惑，上次去梁探花家時，沒看到這個人啊？便問他跟梁探花是什麼關係，黃梵便說是梁珩的鄰居。
兩人不敢耽誤，連忙通報京兆尹陳弘文。
陳弘文一聽，忙叫來師爺分析案情。
兩人問梁珩可能會去的地方，黃梵是知道易旭的，如意昨晚也跟他說了，只是他也不知道易旭的住處。
黃梵便說了易旭的名字。
京兆尹的人自然知道易旭的住處，馬上就派衙役過去詢問。

沒多久衙役就回來了，易旭也跟在後面。

易旭跟陳弘文見禮後，問一旁的黃梵是怎麼回事，黃梵便將梁珩一夜未歸的事說了。

可梁珩並沒有去易旭那裡。

易旭也不由著急起來。梁珩在京城裡除了他和劉致靖，便沒有別的朋友了。雖然梁珩不大可能去劉致靖那裡，易旭還是去了劉府一趟，梁珩果然不在。

這個關鍵時候，誰敢綁架新科探花？

京兆尹這邊看情況不對，連忙派人去梁家調查，黃梵也跟著。

幾個衙役檢查梁珩的屋子，黃梵便委婉地將易旭沒有見過梁珩的事跟如意說了。如意一下就哭了出來，公子不會真的出事了吧？

京兆尹這邊馬不停蹄地調查，劉致靖那邊也運用人脈搜查。

齊湑便是劉致靖請來幫忙的第一人。

齊湑的小舅阮洺是鷹揚將軍，在京郊領著幾千鷹揚軍。齊湑受劉致靖所託，請他小舅調了幾十名鷹揚軍進城來秘密搜查。

幾方人馬，很快就查到了梁珩的去向。

趙國公府。

那天，如意她們出門後不久，梁珩就聽到有人敲門。

透過門縫，他見是幾個三十歲上下的男子，以為對方有事，便打開了門。

對方只道「主人有請」，卻又不肯說出主家的名字，梁珩自然不肯去。沒承想對方突然出手，將他敲暈了。

梁珩次日醒來，就發現自己身在一處裝飾華麗的房間裡，躺在一張軟床上。出了房間，院中遍布假山水榭、名花清竹，雕欄玉砌，一派富貴。

梁珩顧不上多看，只想盡快離開，誰知剛走到院門處，就被人攔下了，但那些人只是攔住他，任梁珩怎麼問都不肯說話。

梁珩一介讀書人，對方幾人皆是五大三粗，硬碰硬自然敵不過，不得已只好回轉。

對方既然將他綁過來，自然是有事，他想對方應該會過來找他，便回房等待，只是直至夜幕降臨，也不見有什麼人出現。

梁珩想著如意不知道他的去向，不知道會急成什麼樣子，便又欲往外闖，自然是又被攔了下來。

正當梁珩著急間，就見一姑娘提著一個食盒進了院子。

梁珩趕緊上前詢問這是什麼地方，為什麼要綁他過來？

只見姑娘嬌俏一笑，道：「公子莫問這是什麼地方，請你住一段時間後，自然會送你回去的，我們沒有惡意，公子請放心。」

都被人綁來了，梁珩自是不相信對方沒有惡意。

那姑娘見梁珩不肯吃飯，便每道菜都嚐了一口，道：「公子看，沒有毒的。」

梁珩卻是著急得食不下嚥，道家中尚有親人，見他突然不見會著急。

那姑娘笑道：「既然如此，公子便寫一封平安信，我們派人送去即可。」

梁珩雖然並不平安，但為免如意擔心，便修書一封，交給那姑娘，只是信送到時，梁珩家已經有兩個衙役守著了，便沒有送成。

這天早飯時分，趙國公竇懿一家正在用早膳。

突然，管家周義慌慌張張地闖了進來，著急道：「老爺，不好了！」

竇懿臉色一沈，將手中的筷子重重地拍在桌上，嚇得旁邊的幾個女眷驚呼一聲。

「有沒有規矩？說什麼不好了！」

周義是趙國公府的老人了，見老爺如此生氣，意識到自己失態，穩了穩心緒，輕聲道：「老爺，一群自稱是新科進士的人，將咱們國公府圍住了！」

「什麼？他們為什麼圍咱們？」竇懿霍地站起身來，一撩衣襬就往外走。

周義跟在後面，道：「他們讓咱們交人，說新科探花被咱們綁來了！」

「胡說！我們綁新科探花來做什麼？」

「小人也不知……」

竇懿氣呼呼地直奔府門而去。

到了府前，果然見一群身穿長衫、頭戴方巾的書生堵在府門前，領頭的人他還認識，正是劉竟榮之子，劉致靖。

「賢姪，你們這是何意？」

劉致靖微微一笑，拱了拱手，道：「趙國公有禮了。我們為何而來，趙國公心裡清楚，何必裝不知情呢？」

竇懿眉頭緊皺。「賢姪有話就直說吧！諸位為何而來，老夫是真不知道。」

若是別人敢來國公府找碴，竇懿話都不會多說一句，直接命人打個半殘；但這些人卻是輕易打不得，新科進士如今正是皇上、朝廷上下重視的時候，一、兩個的就算了，現在有幾十個人，若真是打了他們，不論現在國公府如何顯赫，只怕這事情都不能輕易揭過去。

趙國公雖然只是區區國公之爵，卻是太后娘娘的娘家，滿門權臣，風光顯赫。先皇駕崩之時，皇帝齊策尚且年幼，一直是太后竇氏垂簾聽政。皇帝年幼，竇氏不放心其他的輔政大臣，便大肆提拔娘家的兄弟叔姪，想著畢竟是娘家人，怎麼都比外人放心得多。

沒承想竇氏一族在朝中擔任要職後，便權大蓋主起來。風光慣了，皇帝掌權後也不知收斂，又想著背後有太后撐腰，有時連齊策都不放在眼裡，經常與齊策抬槓。

一邊是娘家兄弟，一邊是親兒子，竇氏也是左右為難，時時勸誡娘家兄弟；只是竇家人已是進退兩難，退就是萬丈深淵，進還可能苟活，卻只微微收斂了些。

站在劉致靖身後的易旭上前，拱手道：「新科探花梁珩於三日前失蹤了。」

竇懿冷笑一聲。「新科探花失蹤，干我國公府何事？」

易旭道：「我等雖皆是寒門，身後也無權貴可倚仗，梁探花更是如此，平白遭了奸人暗算。我等身為梁探花的同年，自是不能眼睜睜看著梁探花為奸人所害，自然要為梁探花討一個公道！」

竇懿聽易旭指桑罵槐，不禁氣得跳腳。他趙國公是何人，誰敢給他受這等氣？便喝道：「你們休要多說，老夫說了人不在我府中，若是你們非要栽贓陷害我國公府，我國公府也不是軟柿子任人揉捏！」

劉致靖見竇懿發火，卻是絲毫不懼。「若是沒有證據，我等也不會前來要人，趙國公還是早點將人交出來為好，不然，我等先禮，後就要用兵了！」

大門處正鬧著，動靜傳到了後院，趙國公府規矩大，眾奴才心裡雖疑惑誰敢這麼大膽上門找碴，但也不敢議論。

國公府五小姐竇素正在院裡逼梁珩寫字給她看，就見丫鬟善茗匆匆跑進來，驚呼道：「小姐，不好了！」

竇素被嚇了一跳，轉身一巴掌打在善茗臉上。「會不會說話？什麼不好了！」

忽又想到梁珩還在一旁，連忙上前安撫善茗道：「瞧妳這丫頭不懂規矩，把小姐我嚇得，我不是故意的，沒事吧？」

善茗跟了竇素好些年，竇素是什麼性子，自然一清二楚，她不敢叫疼，小聲道：「聽說有一群書生將咱們府圍住了，要國公爺交出梁探花呢！」

「他們怎麼知道梁公子在這裡？」竇素大吃一驚。

「奴婢也不知道。」

「那些窮書生，爹將人打發就是了，怕什麼？」竇素想到這裡，又放下心來。

「可是……」

「可是什麼，妳再去看看情況，有事馬上回來告訴我。」

梁珩本來見那些同年來找他還很高興，可一聽這小姐的意思，忙道：「不知姑娘為何將我綁至此，還請姑娘放了我吧！」

竇素一聽梁珩這話，不禁皺起眉來。

竇素是趙國公的老來女，趙國公五十多歲時，竇素的生母才生下她，趙國公自是十分喜愛，吩咐國公夫人抱至膝下養；但竇夫人也五十多歲，兒女都大了，哪還有心思替旁人養孩子？自然不願。所以竇素雖是記在竇夫人名下，卻是姨娘養大的，因得國公喜愛，從小便嬌生慣養，很是刁蠻任性。

那天鼎甲遊街時，竇素也在聚仙樓上看熱鬧，瞧上了梁珩，回家就去求了她爹。

梁珩是個有潛力的寒門子，又是女兒中意的，竇懿便讓竇氏請媒人去提親，不料媒人卻被梁家那邊的人打發回來。

竇氏見梁珩那邊如此不知禮，想著不是什麼懂禮的人家，勸竇素作罷。

竇素卻只當自己不是竇氏的親女兒，她不上心，按照自己的想法去做，也沒告訴其他人，想著先和梁珩培養感情，過幾天再送他回去，讓梁珩自己來提親。

這幾天竇素便一直強行和梁珩待在一起，梁珩又避不開她，也是極為頭疼。

過了一會兒，善茗又跑回來。「小姐，不好了，那些人要闖進府來了！」

竇素這才慌起來，她爹不知道梁珩被綁進府，萬一爹生氣怎麼辦？

「怎、怎麼辦？來人、來人！快將梁公子藏起來！」

兩個大漢進了院子，卻找不到能藏人的地方。

善茗道：「先將梁公子送出去吧！」

竇素慌得沒了主意，忙點了點頭。

善茗道：「我先去後門看看。」說著便往後門跑去。

其實善茗這麼著急，不是因為對竇素多忠心，只是這事她全程都是知情者，一旦事情敗露，小姐頂多被罵幾句，她作為丫鬟，下場絕不會好。

善茗到了後門，見後門外靜悄悄的，又跑回去回稟竇素。

竇素忙讓人押著梁珩往後門趕去，到了後門，善茗打開門，兩個大漢押著梁珩就往外走。

竇素也跟著出了後門。

「素兒？」

劉致靖等人和竇懿轉過牆角，就見兩個壯漢押著梁珩從裡面出來。竇懿臉色大變，這一幕可是幾十雙眼睛看到的。

竇懿第一時間就想到是有人陷害，卻沒想到他最疼愛的小女兒也跟著從裡面出來了。

竇素聽到爹叫她，轉頭就見幾十個人從西邊過來。看著她爹的臉色，她心裡猛然一慌，臉色一下變得慘白。

「爹……」

梁珩見易旭和劉致靖來了，喜得叫道：「劉兄、易兄，救我！」

竇懿看這情況，還有什麼不明白的？

竇素見她爹臉色沈得要滴下水來，一步步朝她快步走來，不禁害怕得後退兩步。

竇懿走近，狠狠甩了竇素一耳光。竇素被打得撲倒在地，嘴角都流下血絲。

竇懿打完女兒後，理智稍稍回籠了些，不禁後悔起來。這時候就該死不承認，說是有人栽贓才對，可打也打了，竇懿便思索起處理的方法。

還好梁探花不是什麼權貴，除了劉致靖外，其他人也不是高門子弟，應該很好打發。可不待竇懿說話，劉致靖就道：「這下趙國公還有什麼話好說？見我們來要人，就想將梁探花送去別處藏起來。梁探花的任書已經下來了，如今梁探花可是朝廷命官，趙國公隨隨便便就將朝廷命官綁來，不知趙國公是何居心？」說著朝天一拱手，又道：「趙國公如此胡作非為，可還將皇上放在眼裡？」

竇懿見劉致靖將這事越說越嚴重，忙道：「賢姪，這事老夫並不知情……」

不等他說完，劉致靖又道：「如今我等親眼看見貴府的小姐將人偷偷送了出來，趙國公還有什麼話說？難道國公不知情，是貴府小姐自己將男人擄進府去的？」

這話可不能承認，若是國公府出了這等小姐擄男人進府的事，以後國公府名聲沒了不說，子弟連親都不好議了。

竇懿想著這事可大可小，對付這些初出茅廬的小子，能以更好的辦法解決，便沒有用這個犧牲國公府名聲的方法。

「賢姪，我們進府說話。」竇懿勉強擠出一絲笑。

劉致靖卻是不肯將事情化小，冷笑道：「趙國公，這事您還是去跟皇上交代吧！」說著轉身就走。

易旭上前將梁珩拉過來，後面的進士們也跟著轉身走了。

竇懿叫了兩聲「劉致靖」，見劉致靖等人並不理會他，一時怒氣填胸。就算梁探花被人綁進國公府，可他們也沒拿他怎樣，又想到皇上一直對趙家都比較寬容，料想最多讓他們賠點銀子了事，便不再理會。

他轉身見滿身是灰、一邊臉腫得老高，正抽噎著的小女兒，到底疼了這麼多年，不忍再打罵，冷哼一聲，拂袖離去。

這邊，劉致靖兩人帶著梁珩往回走。

易旭問梁珩是怎麼被綁去的？

「那天我聽見有人敲門，開門就見三個大漢說他家主人有請，又不肯說主人名諱，我就拒絕了，沒想到幾人將我敲暈，醒來我就在那裡了。」

易旭忙問道：「那竇小姐沒對你做什麼吧？」

梁珩搖搖頭。「就是將我關在那個院子裡。」

劉致靖笑道：「我讓人盯著的，那竇小姐只是纏著梁兄，並沒有做出什麼出格之事來。」

梁珩忙謝過劉致靖。「此番多謝劉兄！」

劉致靖卻是神秘一笑，道：「梁兄有所不知，這次綁架算是綁出大事了。」

梁珩不解地抬眼看了看劉致靖，劉致靖卻不多說了，只道：「梁兄先別回家，這事不能就這麼算了，我們先稍作休息，梁兄寫個狀書出來，咱們進宮告御狀去。」

梁珩有些吃驚，雖然這事確實是他受了無妄之災，但那只是個姑娘，想想還不至於因此去煩勞皇上。

劉致靖見梁珩面有猶豫，便道：「梁兄，這事你就聽我的，皇上說不定還會感謝你。」

梁珩還想說什麼，劉致靖便摟住他的肩膀，悄聲道：「梁兄，你聽我的，我不會害你的。」

梁珩見劉致靖都這麼說了，便點頭同意了。

一行人到了一處茶樓，劉致靖將早已寫好的狀子拿出來，梁珩接過一看，上面寫的卻不是竇府的小姐綁架他，說的都是趙國公府。

梁珩一看就想說話，卻見劉致靖給他使了個眼色，又湊到他耳邊說了一番。

梁珩沈默半晌，點點頭。

竇懿進府後，想想這事不能讓劉致靖他們先去皇上那裡胡說，便換了身衣裳，進了宮裡。

齊策正在御書房批改奏摺，就聽內侍進來通報，說國公爺來了。

齊策筆下頓了頓，放下筆道：「請國公進來。」
竇懿走了進來，還未走近，就撲通跪了下來。
齊策嚇了一跳，忙問道：「外祖這是做什麼，快起來。」
竇懿一臉白鬚、白髮，跪在地上痛哭流涕，看上去很是可憐。「皇上，老臣對不起您！」
「外祖這是怎麼了？順德，快扶國公起來！」
一旁的順德連忙上前扶竇懿，竇懿卻是不肯起來。
「老臣治家不嚴，竟叫那惡奴綁了人進府，老臣今兒才知道那惡奴犯下的惡事，老臣已命人將那兩個惡奴押送去京兆尹處。老臣家出此紕漏，還請皇上責罰。」
竇懿絲毫不提所綁之人正是新科探花的事，只當這事是府中惡奴犯下的惡事。
齊策在心裡罵了聲「老狐狸」，面上笑意還是不減。「這事怨不得國公，國公快快起來，地上涼，當心病了。」
順德又連忙去扶竇懿，竇懿這才起身。
兩人又說了會兒話，竇懿正打算告退，就見殿外一內侍慌忙出現在門口求見。
順德出去將人領了進來。
「啟稟陛下，幾十位新科進士正跪在午門前叩閽！」
竇懿一聽，明白那些進士們來告狀了。不過他已經先和齊策通了氣，這會兒不怕他們，便當作什麼都不知道一般，站在一旁不出聲。

叩閽便是有人告御狀，齊策登基六年，第一次有人告御狀，且告狀之人也不同尋常，便很重視，立刻命人將進士們放進宮來。

過了一會兒，又有內侍來報，說一行人跪在太和殿前求見天顏。

齊策起身，正要往外走，見一旁的竇懿似乎有話要說，便道：「剛好趙國公在這兒，國公一生見慣大風大浪，朕卻是從登基以來，首次有人告御狀，不如國公與朕同去看看是什麼情況？」

竇懿心下正著急，這告的御狀可是與他有關，齊策邀他同去正好。

一行人到了太和殿前，果然見一眾身穿長衫的新科進士們，正跪在丹墀之下。

齊策走過去，問道：「這是怎麼了？」

眾人都低著頭，乍聽這聲音，便明白皇上來了，劉致靖帶頭行了禮。

禮畢，梁珩往前跪走兩步，哭訴道：「皇上，微臣冤啊！」

「這不是探花郎嗎？探花郎的任狀已經頒下了吧！怎麼不去赴任？你倒是說說，何冤之有？」

梁珩道：「皇上，前幾日微臣在家中看書，不料有三人上門，將微臣敲暈，綁至一處，直到今天，劉狀元、易榜眼以及諸位同年才將我解救出來。」

齊策怒道：「何人竟敢如此大膽，擅自綁架朝廷命官，王法何在?!來人，馬上命陳弘文去將賊人拿下！」

竇懿見齊策勃然大怒，剛想說話，便聽劉致靖道：「皇上，那賊人不是旁人，正是您身後的趙國公！」

齊策臉色微變，轉頭看了看竇懿，正色道：「休得胡說，國公如何會做這等亂臣賊子所為之事？」

梁珩道：「皇上明鑒，微臣正是被關在趙國公府三日，微臣所言屬實，微臣身後的同年們亦親眼所見！」

竇懿見狀，撲通跪下，道：「皇上，老臣確不知那惡奴與梁探花有什麼過節，竟將梁探花綁至微臣府中。」

劉致靖冷笑道：「國公爺真是生了好一張嘴，剛剛在府門前可沒有說是什麼惡奴，我等親眼所見貴府的小姐綁著梁探花出來，難不成貴府的小姐竟是惡奴嗎？」

竇懿臉色一變，正要說話，就見劉致靖對著齊策高呼道：「我等雖出自寒門，但尚有皇上為臣等做主，必不會讓那些目無法紀、目無皇上的奸臣逆黨殘害了去，求皇上為我等做主！」

後面的進士們也跟著高呼道：「求皇上為我等做主！求皇上為我等做主！」

呼聲在四面宮牆裡迴盪，聽在耳中，竟是十分悲憤，讓聽者不由感同身受，皇上確是這些寒門學子唯一能倚靠的人了。

齊策面色沈了下來，不待竇懿說話，便道：「眾卿放心，此事朕定會給你們一個交代！」

竇懿連忙跪下來，道：「皇上，此事確與微臣無關啊！」

齊策這次卻沒有命人扶他起來，只道：「這事若是平常，這些進士郎們會來告御狀？國公休要多說，若是此事與國公無關，朕定當還國公清白。」說完吩咐身邊的順德。「順德，你馬上去傳朕的旨意，命大理寺卿齊叡即刻查辦此案，定要將事情查個水落石出，給眾卿一個交代！」

劉致靖見差不多了，便與眾人一起謝恩。

齊策又安撫了幾句便走了。

劉致靖也帶著人準備離去，就聽後面傳來一聲。「賢姪且慢！」

劉致靖停下腳步，轉過身看著竇懿。「國公有何話說？」

「賢姪可否借一步說話？」

劉致靖道：「我與國公沒什麼好說的，有話請直接說吧！」

竇懿看著劉致靖似乎帶著絲笑意的臉，頓了頓，瞇著眼道：「賢姪還太年輕，老夫有一句話想送給賢姪。」

「國公請講。」劉致靖道。

「凡事留一線。」竇懿沈聲道。

劉致靖沒有說話，朝竇懿拱了拱手，轉身帶著眾人離去。

竇懿站在原地，看著劉致靖一行人的背影，神色莫測。

第十四章

新科進士告御狀之事，很快就傳遍長安城的大街小巷。

士林中大部分的人，畢生都與苦苦追求的功名無緣，在他們心中，進士就像神一樣不能被侮辱、褻瀆。如今告御狀這麼大的事，還是幾十位進士聯合上告，可知情節之惡劣、手段之卑劣。

眾文人心裡憋了口氣，不吐不快，皆是以筆代誅，討伐趙國公。趙國公一門以前的劣跡紛紛被重提，更激起文人的怒氣。

一時之間，討伐趙國公一門的檄文在士林之間四處抄閱，更有甚者，在大街小巷的牆壁上寫下檄文，百姓圍觀者眾。

朝中的大臣、御史臺也紛紛上奏彈劾趙國公一門，不只是綁架梁探花之事，還有趙國公一門貪污、賣官等等劣跡。趙國公一門囂張太久，得罪了不少人，這一次便成了眾矢之的，眾人皆痛打落水狗。

其中曲折，梁珩並不清楚，只知道後來趙國公帶著賠禮親自來向他道歉時，已被削去了國公之爵，聽說還是太后拚死才保住趙國公滿門的性命。

事畢後，梁珩便帶著任書，與如意和菱兒一道往江南去了。

沈蓁蓁回家快一個月，每天便是陪著她母親。沈忞每天都會去正房裡坐坐，也不多坐，兩刻就走。

沈蓁蓁回來，一家人都極高興。沈宴成親十年，已有一雙兒女，兒子名沈懷瑾，女兒名沈芳苓。沈蓁蓁的大嫂、二嫂見小姑回來，每天也會過來陪著坐一會兒。

沈蓁蓁回家久了，便越發思念起梁珩，不知他們在京如何了？

這天，沈蓁蓁正陪著母親說話，沈忞也坐在一旁，大丫鬟碧蓮打簾進來，道：「老爺，管家來了，說是門口有幾個人來拜會您，其中一人自稱姓梁。哦，還有，小姐，如意跟著那人來呢！」

「是梁珩！」沈蓁蓁一下站起身來，見父母齊齊看向她，意識到自己的失態，頗有些羞澀，忙坐下，微微平復了心緒，道：「母親，是梁珩來了。」

許氏和沈忞對視一眼，道：「不是說他在京城裡脫不開身嗎？」

「女兒也不知，興許事情處理完了。」

許氏已經告訴沈忞關於梁珩的事，沈忞最擔心的就是女兒退親後，難再找個好歸宿，聽許氏說的這個梁珩，他心裡是滿意的，就是沒見過人，心裡不踏實，這會兒聽梁珩來了，便道：「讓福貴請他到正廳去。」

碧蓮領命下去了。

沈忞卻喝著茶，一動不動。

梁珩、如意和菱兒在沈府大門前等了一會兒，就見一個六十歲上下的人從側門走出來。

如意驚喜地叫了聲。「福伯！」

福貴見是如意，笑了笑。「如意丫頭回來了！」又朝梁玠拱手道：「這位貴客，老爺有請。」

梁玠忙拱手還禮。「老伯有禮。」說完便和如意、菱兒跟著福伯進去。

梁玠早就猜想沈家家境富裕，可一進沈府，還是被驚到了。

只見院落一進套著一進，雕欄玉砌，假山清池，奇花異草，無一處不精緻；迴廊重重疊疊，青磚黛瓦，漆紅畫彩，無一處不氣派。

梁玠看著眼前的富貴，心中更明白沈蓁蓁跟著他有多不易。

梁玠被引入正廳坐下，如意卻沒有陪著梁玠過來，而是帶著菱兒求見小姐去了。

一會兒後，有婢女來上茶，梁玠又忙道謝。

如此俊逸得像是從畫裡走出來的年輕公子，溫柔地朝她道謝，丫鬟臉色一紅，輕輕說了句「不客氣」，也不敢多瞧，連忙退下。

梁玠獨自坐在廳裡，略掃了一眼廳中的擺設，正廳裡擺著兩排待客的桌椅，東面擺著一面蘇繡屏風，上面繡了一幅富貴牡丹，門兩邊擺著一對人高的細頸瓷瓶，一看便知不是凡品，旁邊還擺著幾盆珍貴盆栽，如此寬敞的正廳，一番擺設下來，竟也不覺空曠。

梁玠不敢多看，忙低下頭，喝了口茶。

清茶入口，香如蘭桂，味如甘霖，餘味悠長。

梁玠喝了一口便放下，專心地等著，心裡卻不由緊張起來，手心都冒出冷汗。

這邊，如意過來求見小姐，進房後，帶著菱兒給沈忞和許氏行禮。

許氏親自走過來拉起如意，拍了拍她的手。「好孩子，辛苦妳了。」

如意連忙搖頭。「都是奴婢該做的。」

許氏又看向菱兒，問道：「這是？」

沈蓁蓁過來拉起菱兒，道：「娘，這就是我跟您說的菱兒。」

許氏看菱兒乖巧的模樣，心裡也很喜歡，忙讓碧蓮去拿了一枚暖脂玉珮，送給菱兒當作見面禮。

菱兒沒到過這麼富貴的人家，心裡有些害怕，但見這是沈姊姊的娘，面相也和善，不由笑著道謝。「菱兒多謝嬸嬸。」

許氏笑了笑，轉頭跟如意道：「蓁兒已經跟我說了，回頭我就把妳的賣身契送到官府去銷了。」

如意連忙拒絕。「不，夫人，如意要一直跟著小姐。」

許氏笑道：「好孩子，妳要跟著蓁兒也行，只是以後是自由身了。」

沈蓁蓁也跟著勸了兩句，能脫離奴籍，自然是好的，如意又跪下謝恩。

沈蓁蓁擁著菱兒說了會兒話，便讓碧蓮帶著如意和菱兒下去休息了。

她等了半天，都不見父親有動靜，心下著急，不由得看了看母親，許氏卻也是不驕不躁的模樣。

許氏見她坐立不安，笑道：「真是女大不中留，妳爹他在試試這梁珩的氣性呢！妳急什麼？」

沈蓁蓁突然反應過來，羞澀地笑了笑，她是關心則亂了。

另一頭，梁珩遲遲等不到人，擔心沈家人不中意他才冷落他，心裡不禁焦急起來。可他面上卻不敢有著急之色，穩穩地坐著，耐心等候。

這時，門外傳來一陣腳步聲，梁珩連忙站起身來。

一個身穿印福綢衫、身材高大、一臉嚴肅的中年男子走進屋裡。梁珩頓時明白，這應是沈小姐的爹了。

他連忙作揖行禮，沈聲道：「梁珩見過伯父。」

沈忞不動聲色地看了梁珩幾眼，首先便是感覺到梁珩的俊逸。

「梁公子多禮了，請坐。」

梁珩聽到這稱呼，心裡更是直打鼓，不敢真的坐下。

沈忞走至主位，見梁珩還微低著頭站著，又道：「梁公子請坐。」

梁珩忙道：「伯父您先請。」

沈忞也沒客氣，直接坐下，梁珩這才落坐。

沈忞又打量梁珩一番，只見梁珩雖然俊逸，眉眼卻帶著一股正氣，面相親和，看著不像是風流書生。沈忞心裡微感滿意，又見梁珩只坐半邊椅子，可見是個懂事的，對他的好感又增加不少。

沈忞問了梁珩自身和仕途上的一些事情，梁珩都一一回答了。

沈忞見梁珩用詞謙遜，說話也進退有度，極為懂禮，一番下來，已是很滿意了。

許氏見沈忞去了一會兒，到底想看看梁珩的模樣，又見女兒也是坐立不安的樣子，便道：「那我們去瞧瞧梁珩？」

沈蓁蓁恨不能立刻看到梁珩，聽娘這麼說正好，忙扶著許氏往正廳去了。

兩人沒有進去，而是進了正廳旁邊的偏房，就聽隔壁傳來一陣清澈的聲音。

「皇上特允小姪半個月後再去赴任，任縣在江淮一帶……」

兩人從偏門進去，來到屏風後面。

透過屏風，就見對面筆直坐著一個身穿天青色衣裳的青年，一絲不苟地回答沈忞的問話。

許氏看不清梁珩的長相，轉頭想悄悄跟女兒說話，就見女兒僵著身子，雙眸眨也不眨地看著屏風外的人，臉上還帶著一絲淺笑，胸口起伏得厲害。

許氏見女兒這模樣，就明白女兒這是動了真情，心裡不由感嘆。這姻緣果然都是天定的。

梁珩回答完，一轉頭就看到屏風後似乎有兩個人。他看著左邊的身影，心一下狂跳起來，就算只能模糊地看到影子，他也能確定，那一定是沈蓁蓁。

沈蓁蓁見梁珩往這邊看過來，明白他知道她在這兒了。她極力克制想出去見他的衝動，緊緊握著拳頭，壓抑心底狂湧的思念。

「賢姪？賢姪？」

「啊？伯父您請說。」梁珩突然驚醒過來，心裡猛然一跳，自己竟然看著沈蓁蓁走神兒。

沈忞順著看過去，就見屏風後面隱約有兩個人影，明白那是誰，也不戳破，又將問題重複了一遍。

梁珩雖然掛念沈蓁蓁，這會兒卻是不敢再看，專心陪著沈忞說話。

沈蓁蓁心裡好笑又心疼，只願爹莫太為難他。

許氏見兩人談話快要結束，忙拉著沈蓁蓁走了。

當梁珩再次看過去時，屏風後的人已經不見了，他心底不由失落起來，面上卻是不敢顯現。

沈忞問完自己想知道的，心裡滿意了，安排梁珩去休息。

梁珩卻謝絕了。

「多謝伯父的好意，只是家母還在客棧中，小姪這便告辭。」

沈忞有些吃驚，剛剛沒聽梁珩說他娘也來了，這下心裡便著急起來。這可是以後的親家啊！到了涼州，如何能讓人住客棧？

「真是失禮，不知令堂也來了，如此，我便命人和賢姪一道同去將令堂接來沈家住吧！」

梁珩聽沈忞這意思是認可他了，心下狂喜，忙壓下去，道：「多謝伯父，只是小姪來前，家母有交代，不能麻煩您。」

沈忞又勸了幾句，見梁珩態度委婉卻堅決，便知這親家母也是懂禮的，兩家現在還未結親，不適合住進沈府，便作罷了，派人送梁珩回去。

趙氏幾人住在一間普通的客棧裡，梁珩一回來，趙氏便忙問情況，得到回答後，趙氏也是喜不自禁。

梁珩這一赴任便是三年，自然要帶著母親一起去。趙氏不放心兒子獨身前去，便也跟著來了。

次日，沈府的人便過來接梁珩和趙氏，說是辦了酒席為娘兒倆接風洗塵。

一看到沈府，趙氏就被高大氣派的大門驚住了，待看見裡面的光景，更是心裡直打鼓，不由為兒子擔憂起來。

沈家如此富貴，長輩能看得上家境清貧的兒子嗎？

沈忞和許氏帶著兩個兒媳，王氏和肖氏在主院門口等著娘兒倆。

沒一會兒，便見福伯帶著梁珩和一個四十來歲的女人往這邊來了，只見那女人穿著一身青布衫，雖衣著樸素，卻很是俐落。

等人走近，許氏上前兩步，笑道：「是梁嫂子吧？娘兒倆一路勞累了。」

趙氏笑著跟沈忞和許氏見禮，梁珩亦同。

許氏又笑著介紹沈蓁蓁的兩個嫂子。「這是蓁兒的大嫂，這是二嫂。真是湊巧，蓁兒兩個兄長都出去談生意了，不然也定要來見見梁嫂子。」

梁珩聽是沈小姐的嫂子，連忙又見禮。
許氏不動聲色地打量梁珩一番，上次隔著屏風，沒看真切，這會兒面對面，看得更清楚，越瞧心裡越喜歡。梁珩不僅長身玉立，冠玉般的臉更是深得許氏歡心。
兩個嫂子也是不動聲色地看了看梁珩，長相俊逸不說，面相還極溫柔，容易讓人生起好感。
幾人寒暄一番後相偕往正廳去。
趙氏一路上心裡還有些擔憂，這會兒見沈家長輩十分熱情，心就放下了一半。
許氏和趙氏說著話，走在前面，沈忞沈默著走在一邊，梁珩跟著兩個嫂嫂走在後面。許氏和趙氏都有意給對方留下好印象，說話自是其樂融融。
許氏想試試女兒未來婆婆的氣性，一番說下來，趙氏說話極為有禮、俐落，雖然出身清貧，身上卻沒有市儈之氣，讓許氏很滿意。
而兩個嫂子對小姑自己找的妹婿極有興趣，一路找梁珩說話。因有長輩在前，兩個嫂子雖看梁珩惹人疼的模樣，也不敢調笑這個探花妹婿。
說話間，幾人進了正廳。
許氏說著，又誇起梁珩來。梁珩確實是天縱之才，二十歲便已是進士，放眼前朝幾百年，也就十餘人。
提到兒子，趙氏極為自豪，許氏也是將梁珩當作女婿看了，兩人說起梁珩，就停不下來。

說完了梁珩，兩人又說起女人才感興趣的話題，兩個嫂子也偶爾湊過來說兩句。

梁珩和沈忞自進廳起連一句話都沒說過，這會兒見兩個婦人越聊越熱絡，兩人也不敢有異議，只好在一旁聽著。

終於，福伯進來了。

「老爺、夫人，宴席準備好了。」

許氏站起身來，笑道：「咱們這就過去吧！」說著上前挽著站起身的趙氏。

趙氏從沒被什麼老姊妹這麼親熱地挽過，頗有些不習慣，見許氏滿臉笑意，也略放鬆下來，跟著許氏往外走去。

趙氏跟著許氏過了垂花門，進了後院。一般的客人都設宴在主院，如今設在後院，當真是沒有將梁珩娘兒倆當外人了。

幾人進了宴廳，就見廳中擺了兩張桌子，中間用一扇屏風隔著，沈忞帶著梁珩在一邊坐下，四個婦人坐在另一邊。

桌上已經擺滿熱氣騰騰的珍饈美味，可見是主人精心準備的。

沈忞拉著梁珩喝酒，梁珩雖酒量不好，卻不敢推辭，接過沈忞手中的酒杯，替沈忞滿上，又給自己倒了一杯。

梁珩先給沈忞敬了一杯酒。

沈忞為商多年，可以算得上是海量了，沒過多久梁珩就喝得有些醉了，卻有一股意念支撐著他，讓他不敢倒下，一杯一杯，強撐著陪沈忞喝。

今日準女婿陪喝酒，沈忞心裡是真高興，也不管梁珩喝不喝，自己一杯接一杯喝著，梁珩擔心他喝多了對身體不好，卻是勸不住。

人一高興，喝酒就容易醉，一壺酒見底，沈忞有了七分醉意。

許氏她們這邊正說得熱絡，就聽屏風另一邊傳來沈忞明顯有些醉意的話。

「賢婿啊！再陪我喝幾杯……」

「來人啊！再拿壺酒上來……」

兩個小輩畢竟還沒有訂親，許氏怕趙氏聽了不高興，連忙圓場道：「蓁兒她爹喝醉後就愛胡言亂語，梁嫂子別多心。」

趙氏擺擺手，只道不礙事，心裡卻是極高興的。看來沈家父母對梁珩很滿意，心裡已經認定了這門親事。

又有丫鬟送了壺酒上來，幾杯下肚，沈忞又拉著梁珩說話。

「賢婿啊！你看和蓁兒的親事，什麼時候辦了好啊？」

屏風另一邊，動靜驟然停止。

「我看啊！擇日不如撞日，就這幾天辦了吧！你沒兩天就要去赴任了，這一去就是三年，哪能讓蓁兒等你三年，賢婿，你說是不是？」

梁珩恨不能早些娶沈蓁蓁，心裡自然是樂意的，便點了點頭。

沈忞卻沒看梁珩，沒聽到他回答，突然猛地一拍桌子，眾人皆是嚇了一跳。

「賢婿，你說對不對？」沈忞加大聲音道。

梁珩也嚇了一跳，連忙說道：「對、對，伯父您說得是。」

沈忞這才滿意地點點頭。「那就行了，我這就吩咐福伯籌辦婚宴去。」說著搖搖晃晃起身，就要往外走去。

許氏在一旁早就聽得著急，連忙跟趙氏道歉，到了屏風另一頭，就見沈忞在梁珩的攙扶下，搖搖晃晃地往門外走去。

「老爺！」

沈忞醉眼朦朧地轉過身來，見許氏過來了，便道：「正好妳來了，我們就將孩子的親事商量了吧？」

許氏見沈忞醉得不輕，忙叫人進來，準備讓人扶沈忞回房休息。

沈忞卻揮開小廝，道：「我沒醉，我心裡清楚得很！」

說著又自己奔回席間坐下，對許氏道：「妳去將親家母請過來，我們商量一下孩子的親事。」

許氏急得不行，沈忞醉得不輕，如何能商量親事？還怕趙氏和梁珩覺得這是自家看輕他們了呢！

王氏和肖氏聽著屏風那頭的動靜，也不禁著急。她們早知公公不喝酒前很嚴肅、很重禮，喝了酒後就像變了一個人般，也不奇怪，只是如今這情況卻讓人提心弔膽，生怕梁家母子因此生氣，便暗暗注意著趙氏的神色。

趙氏其實也想早點將兩個孩子的親事辦了，畢竟梁珩這一去就是三年，若是不趁現在成親，過了三年，耽誤兩個孩子的年紀不說，會發生什麼變數，誰也預料不到。

這麼想著，趙氏就站起身來。

王氏和肖氏見趙氏起身，也趕忙站了起來，正想說話，就見趙氏朝兩人笑笑，繞過屏風。

兩人連忙跟在後面。

「說得也對，孩子的親事是該定下來了。」趙氏道。

沈忞見趙氏過來了，雖在醉中，也連忙搖搖晃晃地站起身來。

「不過不急，明天咱們再好好商量吧！」

許氏本來見趙氏過來，還有些著急，萬沒想到趙氏對沈忞的話也是贊同的，不禁又驚又喜，連忙點頭。

沈忞畢竟喝了酒，就算心裡還算清明，也不適合商談親事，明天再談是最好不過。

梁珩在一旁聽著幾個長輩就這樣定下，心下狂喜起來，就算不能盡快成親，將親事先定下來也是極好的。

夜色已深，沈家派了小廝送娘兒倆回去。

沈家為趙氏娘兒倆辦接風宴，沈蓁蓁不適合出席，便在正院等消息。

這時，許氏和被人扶著的沈忞回來了。

沈蓁蓁見父親喝醉了，連忙上前幫忙扶著父親進內房躺下。

等收拾好之後，許氏才坐下跟沈蓁蓁說了宴上的事。

當許氏說到兩家已約定好明天商議親事，沈蓁蓁像是第一次出嫁一般，突然害羞起來，卻又很歡喜。

許氏看著燭光下女兒通紅的雙頰，心裡高興的同時，又不禁難受。女兒才回家不久，又要離開了，以後再回來，就是客人了。

梁珩喝了不少酒，卻奇異地沒有醉昏過去，一直堅持到客棧。本來想和他娘說些事，腦子卻昏沈得厲害，只好上床休息。

次日清晨，趙氏和梁珩剛起身沒多久，沈家那邊便派下人過來接趙氏了。

商議親事是兩家長輩的事，梁珩自是不能去，他便請沈家的小廝稍等一會兒，拉著他娘到了房裡。

「娘，我想現在先把親事定下來，等我到任上穩定下來了再議吧！」

趙氏沒想到梁珩會說這個。「珩兒，你不是早就想娶蓁蓁了嗎？怎麼突然這麼說？」

梁珩道：「現在太倉促了，兒子不想沈小姐這麼委屈地嫁給我。」

趙氏皺眉沈吟片刻，問道：「江淮那一帶是不是離這裡不遠？」

梁珩點點頭。

「興許沈家那邊也只是想先將親事定下來呢？若是沈家那邊想現在成親，那就再說吧！娘到時候會提幾句。」

梁珩點點頭，殷切地目送他娘上了馬車。

他獨自在客棧等著消息，素日極沈穩的人，這會兒卻急得不停來回踱步，連早飯都忘了吃。

梁珩來回不知踱了多少圈，才聽到一陣腳步聲，像是朝他房間走過來。

他以為是他娘回來了，幾步到了門前打開門，就見那個日夜思慕的人含笑站在門前，半舉著手，正要敲門。

沈蓁蓁抬眼看著門內的梁珩。梁珩沒有多少變化，一身青灰長衫，更襯得他長身玉立，還是那樣一身書生氣息。

她看著梁珩眸中的驚喜，輕輕一笑，笑意未褪，便被梁珩伸手一拉，落入他溫暖的懷中。

梁珩一手緊擁著沈蓁蓁，另一手反手將門關上。

沈蓁蓁還未來得及說話，便被一張溫熱的唇堵住。

她明顯感覺到這次的吻中蘊含著狂熱的思念，也伸手環抱住梁珩的腰，將所有的相思，化成纏綿的深吻。

良久，梁珩退了開來，見沈蓁蓁面色緋紅、氣喘吁吁的模樣，心裡又憐又愛，緊緊地將她抱入懷中，恨不能將她融入骨血，從此再不分離半刻。

「我好想妳。」

沈蓁蓁抱著梁珩的腰，嗅著屬於他的氣息，滿足地在他胸前蹭了蹭。

「我也想你。」

話音雖輕，梁珩卻聽得真切，不禁又抱緊幾分。

良久，沈蓁蓁想起正事，抬起頭，看著梁珩稜角分明的下頷，道：「趙嬸去我家跟我父母商談親事去了。」

梁珩輕應一聲。

「你怎麼想的？」沈蓁蓁問道。

梁珩稍微放鬆了手，但還是抱著她，低下頭道：「我想，能先將親事定下來就好了。」

沈蓁蓁睜大眼睛，有些難以置信地問道：「你竟是只想先訂親嗎？」

沈家父母的意思是趁這幾天將親事辦了，而沈蓁蓁出於姑娘家的矜持，沒有直接問梁珩打算怎麼安排親事，沒承想梁珩竟是只想先訂親。

梁珩感覺到沈蓁蓁似乎不大高興，忙解釋道：「沈小姐，妳聽我說，不到半月我就要赴任，時間太倉促了，我自是極想娶妳，可我不想妳這麼委屈地嫁給我。」

沈蓁蓁看著梁珩臉上的真誠，突然感動得紅了眼眶。經歷過痛苦的人，才更明白能遇到梁珩，是她幾輩子修來的福氣。

「我不在意那些，我想現在就嫁給你。」

梁珩看著沈蓁蓁堅定的眼眸，聽著她說想嫁給他，這一瞬間，一股滾燙的熱意自心間升騰而起，化成兩滴熱淚，落在沈蓁蓁白皙的臉頰上。

梁珩再說不出別的話，只是緊緊地抱住沈蓁蓁。

一定要珍惜她一輩子。梁珩在心裡發誓。

兩人說了會兒話，沈蓁蓁就要走了。她雖不是偷偷摸出來的，但畢竟兩方長輩都在，還是得恪守禮節。

梁珩自然也明白這個道理，正要送沈蓁蓁出去，突然又想起他交代他娘的事。

「糟了！」

沈蓁蓁嚇了一大跳，忙問道：「怎麼了？」

「早上我娘出去時，我跟她說現在最好先訂親的事。」梁珩急道。

沈蓁蓁一聽，也有些著急，萬一兩方長輩真的商議好現在只訂親怎麼辦？

沈蓁蓁匆匆回到家，趙氏才剛走不久，沈蓁蓁便到正房找許氏。

「娘，親事商議得怎麼樣了？」

許氏見沈蓁蓁匆忙進來就問這個，頗有些無奈，道：「妳一個女兒家，怎麼如此不矜持，親事怎可自己詢問？」

話雖是這麼說，許氏還是道：「梁家那邊說現在成親太倉促，怕妳受委屈。」

沈蓁蓁急道：「那娘您怎麼說？」

許氏看著女兒臉上的焦急，知道女兒今天出門，也知道她去哪裡，並不道破，笑道：「自然是順著話說了。」

沈蓁蓁頹然地坐下。

許氏見女兒這樣，好氣又好笑。「真是女大不中留，蓁兒真真是個狠心的，爹娘都還想多留妳兩年呢！」

沈蓁蓁一聽娘這麼說，心下也愧疚起來。作為女兒，自己確實太自私了。

許氏本就是打趣女兒的，見女兒面有愧色，心疼起來，忙道：「我自是知道蓁兒不會在意那些，我和妳爹也想早點將妳的終身大事定下來，免得又生波折。妳的那些手帕交，如今哪個不是已為人母？沒兩個月妳就十八歲了，親事不能再拖了。」

沈蓁蓁感到一股熱意湧上眼眶，忙背過身去擦拭。

梁家隔得太遠，自然不可能千里迢迢地又回去。沈家在涼州有多處宅院，便選了一棟讓梁珩母子搬進去，這宅子以後就是沈蓁蓁的陪嫁了。

時間匆忙，成親的日子就定在十日後。

沈府派了人過來幫忙，匆匆準備了些必不可少的聘禮，媒人也是沈家請的，匆匆將聘禮送到了沈府。

沈家這邊也匆匆忙忙地備起嫁妝。

由於兩人成親後，梁珩便要赴任，嫁妝皆備了輕便的，至於家具那些需要訂作的什物，時間上來不及，便沒有準備。

梁珩上次被綁，不僅趙國公府賠了銀子，皇上為了安撫他，還賜了不少金銀之物，剛好這會兒就用上了。聘禮雖不是什麼貴重之物，該有的卻都有了。

這些天，兩家都在不停地忙著。兩家商議過，親事不大辦，沈家這邊請兩桌親朋好友一起吃頓喜酒；梁珩家那邊就梁珩母子兩人，但也要準備酒席，款待沈家這邊送親的人。

還好沈家派了人過來幫趙氏，不然趙氏一個外地人，對涼州城不熟，東西都不知道在哪裡採買。

沈家這邊，自然不用沈蓁蓁操心什麼，由許氏帶著王氏和肖氏沒日沒夜地準備著。沈蓁蓁納了雙鞋，卻不是給梁珩納的，而是給趙氏的。

時間匆匆而過，沈蓁蓁的大哥和二哥都在前兩天趕回來了，一家人聚在一起，吃了一頓團圓飯。

很快就到了婚禮前日。

沈家這麼大張旗鼓，涼州百姓自是看在眼裡，卻都不明白沈府這是嫁哪個女兒？不過話說回來，沈府只有那一個退了親的女兒，難不成就是嫁她？但不是聽說那沈大小姐離家出走了嗎？難道又回來了？

這幾日，不僅沈家和梁家的人著急，就是涼州城的百姓也是急壞了，見沈家忙活這麼多天，也沒個消息傳出來，到底是誰出嫁？又是嫁給誰？

於是送嫁妝這天，好事的人便跟著抬嫁妝的走，走到一戶不大起眼的宅子前，互相打聽這宅子的主人是誰，卻是誰都不知道。

後來終於有了消息，聽說這就是沈家的宅子，難不成沈家竟是招了上門女婿？

沈府上下張燈結綵，十分喜慶，從沈家族裡請來的全福人也安排在沈府住下，略休息一晚，半夜便要開始準備了。

是夜。

許氏、王氏和肖氏在房裡陪著沈蓁蓁說了會兒話，雖說不捨，但半夜就要起來準備，還是回去了，讓沈蓁蓁睡一會兒。

沈蓁蓁躺在床上，卻是怎麼都睡不著。

這一天來得比想像中快，她還記得前世嫁人前，除了歡喜期盼，還有馬上要從無憂無慮的姑娘變成上要侍奉公婆、下要伺候夫君的新婦，對那陌生的一切不由害怕。而今晚，她心裡卻只有歡喜和期待，因為知道梁珩會如何待她，她的心很安定。

半夜，沈蓁蓁感覺才剛睡著，就被人叫醒了。

正迷糊間，她就被叫去沐浴了，一泡熱水，感覺自己更睏了，泡著泡著又睡了過去。

許氏在外面叫了兩聲，沒聽到回應，擔心沈蓁蓁在浴桶裡睡著，便推門進去，果然見沈蓁蓁趴在桶沿上，已經睡著了。

到底不能耽誤了時辰，許氏趕緊叫醒沈蓁蓁。

沈蓁蓁睜眼就見許氏站在自己跟前，叫了聲「娘」。

許氏看著女兒睡眼矇矓的樣子，彷彿像是回到女兒牙牙學語的時候，第一聲娘就將她的心都叫軟了，如今一轉眼，女兒就要嫁人了。

許氏在房裡，沈蓁蓁不好意思擦身子，便道：「娘，您先出去吧！」

許氏見沈蓁蓁清醒了些，應了聲。「那妳快些，別耽誤了時辰。」

等許氏出去，沈蓁蓁才起身，迅速將身子擦乾淨，換上大紅色的褻衣，穿了一身水紅色的常服。

她出了浴房，坐在梳妝檯前，許氏拿著帕子，輕輕替她擦拭頭髮。

「蓁兒啊！以後到了夫家，就是當家主母了，上要孝敬婆婆，下要照顧好夫君。我看梁珩是個好男人，以後妳可不能像在家裡當姑娘一般，再不能任性了……」許氏絮絮叨叨地交代著。

沈蓁蓁看著鏡子裡，母親模糊的身影。她還記得娘年輕時美麗的樣子，歲月如白駒過隙般，如今紅顏老去，娘的兩鬢已經有些斑白了。

沈蓁蓁轉身抱住許氏，心裡酸澀得厲害。

許氏感覺到女兒在哭，忙將她拉起來，笑道：「大喜的日子，可不興哭。」說著替她擦去眼淚。

沈蓁蓁見她娘眼眶也紅了，怕她娘難受，便將心底的酸意壓下，轉過身。

頭髮擦乾後，丫鬟又端了些糕點、粥食上來，用完早點便要上妝，上妝後再吃東西就不方便了。

沈蓁蓁不大想吃，但還是強迫自己吃了些。

等沈蓁蓁用完粥，在外面等候已久的全福人便進來替沈蓁蓁梳妝。

雖說沈蓁蓁先前退過一次親，但全福人還是撿著好話說，畢竟沈家是涼州數一數二的富戶，全族的人幾乎都是依附著沈家過活的。

女人一生只能開一次臉，上次沈蓁蓁已經開過一次，這次便不再開臉了。

全福人拿著一柄玉梳替沈蓁蓁梳頭髮，嘴裡唸著吉祥話。

「一梳梳到尾，二梳白髮齊眉，三梳兒孫滿地……」

許氏站在沈蓁蓁身後，無聲地擦了擦眼淚。

沈蓁蓁的頭髮被盤成高髻，插上兩支步搖和玉簪，又插了些珠花。

頭髮一梳好，許氏的大丫鬟碧蓮便上來為沈蓁蓁上妝。

因沈蓁蓁膚色白皙，碧蓮只在她臉上撲了一層薄粉，又撲了些胭紅，拿了一張紅紙讓沈蓁蓁抿了會兒取下，唇上便已是赤紅一片。

梳好妝後，沈家的女眷便進來了，每個人手中都揣著些東西，準備給她添箱。

沈蓁蓁連忙起身見禮。

沈蓁蓁的大嫂添了幾根玉簪、兩枚羊脂玉珮，又塞了一千兩銀子；二嫂添了玉擺件、金鐲子，也給了一千兩銀子。

大舅母朱氏帶著小女兒許莞進來，也添了一支金釵。

朱氏笑道：「家裡只有兩支金簪，上次添了那支成色好的，這次就只剩這支成色差些的，蓁兒可別嫌棄。」

這話一出，滿屋的人皆皺了皺眉，朱氏偏偏要提起上次沈蓁蓁退了的那門親事。

沈蓁蓁卻笑道：「舅母真是破費了，既然舅母家只剩這支金簪，那就留著給莞妹妹出嫁時當壓箱底吧！」

朱氏笑臉一僵，笑道：「這丫頭連親事都還沒定下呢！自然要緊著妳的。」

沈蓁蓁笑了笑，沒再說話。

二舅母高氏向來和朱氏處不來，這會兒也沒想著要打圓場，便讓丫鬟將添箱拿了上來，是一疋銀星軟羅煙。

「蓁兒，舅母沒什麼好給妳添箱的，這疋布是妳表哥前不久從江南帶回來的，不是什麼好料子，給蓁兒做衣裳，蓁兒別嫌棄。」

沈蓁蓁笑道：「二舅母太客氣了，多謝二舅母。」

朱氏撇了撇嘴。這軟羅煙尋常買不到，是很珍貴的布料。

眾人又坐下來說了會兒話。

許莞看著上了妝後美豔又清麗的表姊，想到她娘用這個退了親的表姊做例子，跟她說過無數回了。

她本來還羨慕這個表姊生在錢罐子裡，要什麼有什麼，萬沒想到這個表姊會自己退親，將自己的人生毀得徹底，一時間成為涼州城裡最不守婦道的議論對象。

不知怎地，她先前還覺得很痛快，沒想到過沒多久，這表姊又要嫁人了，聽說退了親的姑娘不會有什麼好歸宿，她娘也不知道表姊要嫁給何人，許莞不禁好奇起來。

很快地，有丫鬟進來傳話，說姑爺那邊迎親的隊伍已經出發了。

眾人退了出去，沈蓁蓁在兩個嫂嫂的幫助下，換上嫁衣。

由於是匆匆趕製的，大紅的交領嫁衣上並沒有繁複的花紋，只繡了幾隻鴛鴦和一些吉祥花紋。

沈蓁蓁穿上時，呼吸都略微急促起來，心下也跟著緊張。這次的嫁衣，是為他而穿。

王氏聽著小姑急促的呼吸，輕輕笑道：「別擔心，我和妳大姪子會送妳過去的。」

沈蓁蓁輕輕應了聲，心裡還是忍不住緊張。

梁珩身著大紅喜服，坐在一匹毛色雪白的高頭駿馬上，頭上戴著那頂三枝九葉朝冠。一個小廝在前面牽著馬，走在隊伍的最前面，一行迎親的隊伍，朝沈府而去。

沈府門前的街上，早就擠滿了看熱鬧的人。本以為沈家大小姐這次匆忙出嫁，新郎官必不會太好，沒承想竟是如此一個俊逸的年輕公子，看著不像是個俗人。

路邊的姑娘們見到這麼俊朗的新郎官，心裡不由羨慕。怎麼沈家大小姐兩次出嫁，新郎官一個比一個俊美？

沈府眾人正收拾著，沈宴到了門口，朝裡面問道：「準備好了嗎？」

上次沈蓁蓁出嫁，沈宴沒能趕回來，這回看著身穿嫁衣的小妹，心裡不由暗自感慨。一晃眼小妹長大了，這就要嫁人了。

王氏對夫君道：「這就好了。」說著又對沈蓁蓁道：「小姑，我要給妳蓋蓋頭了。」

沈蓁蓁點點頭，頭上的步搖跟著晃了幾下。

這時，一陣鞭炮聲傳來，眾人都知道是迎親的人到了。

幾個小廝進屋將妝奩抬出去，沈宴揹起沈蓁蓁，一行人朝前門而去。

走出大門，沈忞、許氏、沈嘉輝和肖氏帶著幾個姪輩站在大門前。

梁珩正焦灼地站在沈府門前，就見沈宴揹著身穿大紅嫁衣、蓋著紅蓋頭的沈蓁蓁出來了。他感覺心頭的血像是一下衝到了頭頂，整個人暈眩起來。

許莞跟在朱氏後面，看著臺階下站著的新郎官，俊朗的臉直看得她臉紅心跳，不禁又埋怨起老天。怎麼這表姊的命就這麼好，什麼便宜都占盡了。

許氏跟沈蓁蓁說著話，沈忞在一旁看著沈宴背上的女兒，心中也忍不住酸澀起來。

沈蓁蓁雖看不到爹，卻知道爹定在旁邊，叫了一聲。「爹，女兒要走了。」

沈忞聽了，立刻流下眼淚。

「女兒啊……」話出口，聲音已哽咽不止。

沈蓁蓁從來沒見父親哭過，這會兒聽父親抽噎兩聲，心裡難受，眼淚一顆顆地掉在沈宴的脖子上。

沈宴見小妹也哭了，慌忙安慰道：「以後想回來就回來，別哭了啊！」

沈嘉輝也上前一步，將手帕塞在沈蓁蓁手裡。

肖氏也忙上前勸道：「可不能哭，當心妝花了。」

沈蓁蓁好不容易止住酸澀，就聽媒人叫道：「吉時到了，請新娘子上轎！」

沈蓁蓁辭別了家中親人，由沈宴揹至轎門，上了轎。

沈宴轉過身，看著旁邊一臉喜色的梁珩，鄭重道：「妹夫，我們把妹妹交給你了，你若是不好好待她……」

不等沈宴說完，梁珩就正色打斷他。「大哥放心，我梁珩會珍惜蓁蓁一輩子！」

沈宴看著梁珩面上的堅定之色，點點頭。

媒人又在催吉時了，梁珩突然朝臺階上的沈家父母一跪，大聲道：「爹娘放心，我梁珩在此起誓，定會一輩子對蓁蓁好！」

眾人都沒想到梁珩會當著這麼多人的面起誓，沈忞愣了愣，大步走下來，扶起梁珩，用力拍了拍他的肩。

「好啊！賢婿，我就放心把蓁兒交給你了！」

轎內的沈蓁蓁聽著外面的動靜，想這梁大探花素日多害羞的人，竟當著那麼多人的面給她爹娘起誓。

她心裡像是吃了蜜般，甜成一片。

第十五章

新宅離沈府不遠，一刻多鐘就到了。

如意因為已經是自由身，一早就來到新宅，菱兒也跟著先過來了。

一行人很快就到了大門口。

外面響起了震天響的鞭炮聲，沈蓁蓁等在轎中，雙手捂著耳朵。

一會兒後，鞭炮聲停了下來，媒人唱了聲。「請新娘子踢轎——」

沈蓁蓁伸腳，輕輕踢了踢轎門，感覺良久沒有聽到動靜，不禁有些忐忑。

正在此時，沈蓁蓁聽到轎門似乎被打開了，一隻纖細修長的手伸進來，出現在蓋頭下。

沈蓁蓁沒有猶豫地將手搭了上去，感覺到對方緊緊將她的手握住，將她往前牽。

沈蓁蓁順著力道，彎腰出了轎門。

梁珩感覺到沈蓁蓁的不安，輕輕握了握她的手。沈蓁蓁下意識地往梁珩那邊看了看，雖然什麼都看不到，但因為他在身邊，心倏地安定下來。

街邊有不少圍觀的百姓，見新娘下轎，都歡呼起來，鞭炮也適時響起。

周圍一片嘈雜，沈蓁蓁卻清楚地聽見梁珩的聲音。

「蓁兒……」

梁珩一直都叫她沈小姐，這聲「蓁兒」聽在沈蓁蓁耳裡，像是被小貓撓了下，酥酥麻麻的。

她不禁緊緊握了握梁珩的手。

請來主持親事的司儀又唱聲，請新人進門。

大宅的正門敞開著，梁珩牽著沈蓁蓁往裡面走。

「小心，有臺階。」

梁珩溫柔的聲音傳來，沈蓁蓁輕輕應了聲。

到了正院，正堂門口放著一只火盆，裡面燃著炭火，沈蓁蓁小心地跨了過去。

趙氏坐在主座上，看著一對新人進來，直走到她面前。

媒人見都要拜堂了，兩人還牽著手，忙叫道：「牽紅綢！」

見兩人沒有反應，媒人連忙上前將梁珩一手拿著的紅綢塞在沈蓁蓁手裡。

沈蓁蓁聽著四周善意的笑聲，臉上一熱，連忙鬆開梁珩的手。

「一拜天地！」

兩人轉身，面朝門外一拜。

「二拜高堂！」

兩人又轉身朝趙氏一拜。

趙氏看著一對新人，眼眶一熱，不禁流下歡喜的眼淚。

「夫妻對拜！」

兩人面朝彼此，梁珩看著蓋著紅蓋頭的沈蓁蓁，一身紅嫁衣的她，嫋嫋婷婷。

沈蓁蓁抬起頭，以後，他就是她的夫了。

兩人對著彼此，深深一拜。

「送入洞房，禮成——」

觀禮的人皆歡呼起來。

梁珩牽著紅綢的另一頭，怕沈蓁蓁看不見摔倒了，離她很近，走了幾步感覺不方便，又拉住了沈蓁蓁的手。

一行人到了新房。

梁珩牽著沈蓁蓁坐在大紅的喜床上，全福人接過多子桶，抓起裡面的桂圓、花生往床上的兩人撒去。

梁珩怕沈蓁蓁被果子砸到，忙伸手護住她。

房裡的人見梁珩這動作，都笑了起來。「新郎官可不能心疼，這桂圓、花生撒在身上才好呢！寓意早生貴子！」

沈蓁蓁伸手輕輕推了推梁珩，梁珩只好讓到一邊。全福人又撒了兩把，才停了下來。

沈蓁蓁的大嫂王氏將兒子沈懷瑾的鞋子脫了，讓他上床去踩兩圈。這是習俗，傳言男童有吉祥之氣，也是祝福新人早生貴子。

沈懷瑾今天特別打扮了一番，頭上用紅綢紮了兩個角，看起來很是喜慶。

梁珩見沈蓁蓁一直蓋著蓋頭，想掀開看看她，正要動手，卻被攔了下來。

「新郎官可別著急，這會兒還不能掀蓋頭呢！」媒人笑道。

中午的禮暫時了畢，雖說梁家沒有什麼客人，但依禮，新郎官還是不能待在新房的，而沈家送親過來的沈懷瑾雖小，卻也是要好生陪著的，梁珩便被打發去陪沈懷瑾玩了。全福人和媒人也被請下去休息，房間裡就只剩下沈蓁蓁和王氏。

「妹妹，姑爺真是個知曉疼人的。」

沈蓁蓁坐在床上，見屋裡沒人，就想將蓋頭掀開。

王氏連忙阻攔。「妹妹，這蓋頭可不能自己掀，不吉利。」

沈蓁蓁便放下了手，嫁給他，她想一切都順順利利的。

王氏又問沈蓁蓁餓不餓，遞了幾個糕點給她。

沈蓁蓁搖搖頭。「大嫂，我有些口渴。」

王氏道：「妹妹忍忍吧！一會兒想出恭也是麻煩。」

沈蓁蓁只好忍住了。

前面沒什麼客人，連見多識廣的媒人，都是頭一次遇到這麼冷清的婚禮，不由心下暗自嘀咕。這梁珩不知是哪號人，聽口音像是北方來的，也不像是有家底的樣子，難不成是沈家隨便找的？

好不容易才等到傍晚的吉時。

梁珩早就等得心中焦灼不已，等了半天，終於進了新房。

房裡點了一對紅色喜燭，梁珩接過銅盤上的金秤，顫抖著手，挑開沈蓁蓁頭上的蓋頭。燭光下，房裡其他人看著新娘子的臉，心裡都暗自「啊」了一聲。王氏看著小姑妝花成一團的臉，手心裡也是暗自捏了把汗。
梁珩卻像是沒看到一般，依然癡癡地望著沈蓁蓁。
沈蓁蓁抬眼看向梁珩。梁珩還是那個模樣，穿著一身大紅喜服，站在她身旁，昏黃的燭光下，周身像是籠罩著一層玉質暈光，看起來極為驚豔。
公子世無雙，也不過如此了。
王氏見兩人都癡望著對方，心下頗感安慰。小姑姻緣上受盡波折，終於有情人終成眷屬。
媒人見兩人一直對望著沒反應，不得不出聲道：「新人合巹！」說著端起桌上的銅盤，上面擺著兩杯酒。
梁珩端起一杯酒，遞給沈蓁蓁，自己又端起另一杯，兩人交臂喝下。
全福人分別在兩人頭上剪下一縷髮，交結在一起，用紅線紮緊，裝進一個大紅色的錦袋裡，放在床上的鴛鴦枕下。
結髮為夫妻，白首不相離。
媒人和全福人又說了一些吉祥話，禮畢，眾人都退了出去，房裡只剩一對新人。
「蓁兒……」梁珩伸手擁住沈蓁蓁。
沈蓁蓁卻著急地將他的手推開，梁珩正感不解，憋了一天的沈蓁蓁急忙進了內室。
梁珩聽著裡面的動靜，臉上不由生出一股熱意。
沈蓁蓁一出來，就見梁珩愣愣地坐在床上，臉色不禁一熱。

梁珩見她出來，忙問道：「蓁兒，妳晚上吃了沒？」
沈蓁蓁搖搖頭，一天沒吃，還真有些餓了。
梁珩一聽，便要出門去給她拿吃的，被沈蓁蓁攔下了。
桌上放著幾碟點心，是王氏給她準備的。沈蓁蓁走到桌前，先喝了幾杯水，放下杯子時，看見杯沿上的紅色，忽地想起，早上出門前掉了淚，如今快七月的天，有些炎熱，出了些汗，臉上這妝只怕早就花了。
沈蓁蓁走到銅鏡前，待看清鏡中的模樣，心裡哀號一聲。臉上的妝怎麼花成這樣？她捂著臉，輕輕道：「梁公子，你去替我打盆水來吧！」
梁珩明白她是發現自己臉上的妝花了，便道：「蓁兒，妳怎樣都是好看的。」
沈蓁蓁心裡後悔不已，早知道就該掀起蓋頭看看的，本想給梁珩看最美的樣子，沒想到卻變成了這樣。
如今聽著梁珩的話，感覺裡面含著笑意，更是不肯將手放下，急道：「你快去！」
梁珩見沈蓁蓁急了，便道：「剛剛她們好像在隔壁準備了熱水，我陪蓁兒過去洗漱吧！」
沈蓁蓁搖頭。「我自己去。」說著以手掩面，往門邊走去，卻沒注意腳下，被凳子絆了一下。
梁珩連忙過去扶住她。
「蓁兒，妳真的什麼樣子都好看。」梁珩笑道。

沈蓁蓁輕推了他一下，急著往門外走去，卻被梁珩一把拉住，緊緊擁入懷裡。

「蓁兒……」

梁珩突然抓住她的手，按在他心口上。

沈蓁蓁感受到梁珩的心一下下地跳動著，心就像被燙著了一般。

「真好，妳是我的妻子了。」梁珩滿足地嘆了一句。

沈蓁蓁趴在梁珩的胸前，喜服上的花紋摩挲著她的臉，微微有些刺。

她任由梁珩抱了會兒，才輕輕推了推他。「我還要去洗漱呢！」

梁珩鬆了手。「我陪妳去。」

「我還要沐浴，你去做什麼？」

梁珩道：「我先陪妳過去，一會兒就出來。」

沈蓁蓁也不知旁邊房間是什麼樣子，便點頭應下了。

兩人到了隔壁，就見房間裡點著蠟燭，略有些昏暗，裡面擺著兩個浴桶，皆放滿了熱水，還冒著熱氣。

梁珩看了一圈。「我在外面等妳。」說完就出了門，將門掩上。

梁珩在門口，沈蓁蓁很安心，連門都忘記拴上，脫下衣裳進了浴桶。

梁珩在外面聽著裡面的水聲，夜裡的涼風吹在臉上，卻吹不去臉上的熱意。

沒多久，沈蓁蓁洗好起身，正想穿衣裳，才發現忘了帶褻衣過來。剛剛那套褻衣都是汗，也不能穿了。

沈蓁蓁猶豫了會兒，想著梁珩現在是她的夫君了，便叫道：「梁……夫君。」

梁珩正坐在臺階上，聽到沈蓁蓁叫了他一聲，他歡喜得一下站起身來。「蓁兒，妳叫我什麼？再叫我一次！」

沈蓁蓁微笑。如今他是她的夫了，她如何不能叫？

「夫君，你去幫我取套褻衣來吧！就在房裡那幾個箱子裡。」

梁珩喜不自禁，連忙應了一聲，幾步進了新房，找到裝褻衣的箱子，裡面放著各色肚兜。

梁珩不敢多看，隨意拿了一件，到了隔壁門外，敲了敲門。「蓁兒，衣裳我拿過來了。」

沈蓁蓁坐在浴桶裡。「拿進來，低下頭，不許亂看。」

梁珩一愣，推開門，隱約看到沈蓁蓁坐在浴桶中，忙低下頭，拿著衣裳朝她走過去。

沈蓁蓁一接過梁珩手裡的衣裳，梁珩就自覺走出去了。

沈蓁蓁很快穿上衣裳，出門就見梁珩站在廊下。月華灑在他肩頭，為他鋪上滿身溫柔。

沈蓁蓁看得心下一陣悸動，不由怔住了。

梁珩見她出來，說道：「蓁兒，妳先回房吧！我也去洗洗。」

沈蓁蓁回過神來，輕輕應了一聲，回了房，看著桌上的糕點，卻不想吃了。

梁珩很快就回來了。

沈蓁蓁看著穿著一身白色褻衣的梁珩，一步步朝她走來，髮尖沾了水，貼在他脖頸上，十分魅惑。

莫名地，沈蓁蓁咽了咽口水。

梁珩走到她身邊，挨著她坐下，偏頭看著她。「蓁兒，剛剛妳還沒吃，吃點吧！」

沈蓁蓁低頭看著梁珩放在腿上那雙泛著瑩白光暈的手，看著它緊張地握成了拳，心裡也不由緊張起來。

她搖搖頭。「這會兒不餓了。」

梁珩又勸了兩句，見沈蓁蓁真的不想吃，便沒再勸。

兩人沈默了會兒，梁珩咬了咬唇。「蓁兒，不早了，我們安寢吧！」

沈蓁蓁紅著臉點點頭，脫了鞋上床，在裡面躺了下來。

梁珩在另一邊睡下，兩人中間隔了一臂的距離。

「蓁兒，我們後天一早去看看爹娘，之後就要啟程去江淮了。」

沈蓁蓁心裡正緊張著，心不在焉地輕輕應了聲。

梁珩也不再說話了。

沈蓁蓁見梁珩規規矩矩地躺著，不見有其他動作，不由擔心起來。

莫不是梁珩不知道該做什麼吧？想到這裡，她又羞澀起來，也僵著身體躺著。

正胡思亂想間，梁珩突然翻過身，緊緊地貼著她。

沈蓁蓁嚇了一跳，忙將驚叫聲壓下去。

「蓁兒……」

沈蓁蓁剛輕應一聲，梁珩就低頭含住了她的唇。

沈蓁蓁不禁嚶嚀一聲。

良久，梁珩抬起頭，兩人嘴邊牽起晶亮的銀絲。

「蓁兒……」

梁珩低喃般叫了一聲，不待沈蓁蓁回應，又含住了她的唇。唇上像是帶著火焰，點燃沈蓁蓁的心，房內氣氛倏地變得熾熱。

帳外，床下凌亂地堆著兩人的衣裳。

不知何時，沈蓁蓁痛呼了一聲。

梁珩連忙停下來，急問道：「蓁兒，很疼嗎？」

雖然很疼，沈蓁蓁卻感受到莫大的歡喜和滿足，她伸手抱住梁珩的背，兩人終於交融在一起，再也不分開。

次日。

梁珩每日皆是卯時三刻就起來看書，所以一到時辰就醒了。

梁珩醒來時，沈蓁蓁還在熟睡。

昨夜初嚐雲雨，梁珩頗有些食髓知味，欲罷不能，直鬧到四更天，見沈蓁蓁實在累得厲害，才匆匆作罷。

梁珩看著沈蓁蓁精緻白皙的側顏，如今，她是他的妻了，一想到這裡，他就滿心歡喜，忍不住湊上去，在沈蓁蓁臉上親了親。

沈蓁蓁在夢中，感覺有人欺身上來，瞬間醒了過來，就見梁珩的俊顏正湊在上方。

梁珩看著沈蓁蓁剛醒，愣愣地看著他，小嘴微張，眼中含著朦朧水霧，真是愛到了骨子裡，不禁低下頭，在她嘴唇上輾轉親吻著。

沈蓁蓁睏得厲害，任梁珩親了半晌也沒有反應。

梁珩繼續往下，親吮著她白淨纖細的脖頸。

沈蓁蓁伸手抱住梁珩的腦袋，聲音帶著幾分軟糯。「別鬧……」

梁珩停了下來，不禁想到昨夜的魚水之歡，一股悸動升騰起來。

沈蓁蓁說完就閉上眼，半晌見梁珩果然沒了動靜，又睜開眼，偏了偏頭，就見梁珩將頭枕在手上，正看著她，眉眼都是笑意。

梁珩伸手輕輕摩挲了下她的臉，輕聲道：「再睡一會兒吧！」

沈蓁蓁閉著眼睛，身體很是疲倦，卻睡不著了。

「還是起來吧！一會兒還得去給娘敬茶呢！」

兩人起身，沈蓁蓁看到床上凌亂一片的床單，不禁想起昨夜，臉紅心跳起來。

「糟了，元帕忘了墊了！」沈蓁蓁突然想起元帕，那是要拿給趙氏看的。

梁珩自然也知道元帕，便道：「忘了就忘了吧！娘應該不會說什麼的。」

沈蓁蓁有上一世的經驗，自然知道婆母對這個有多看重，若是不拿給趙氏看，只怕趙氏心裡會有疙瘩。

梁珩見沈蓁蓁找了剪刀出來，明白她的意思。他走上前將剪刀接過，在床單上剪下印上落紅的那處。

沈蓁蓁見梁珩看著那塊布上的紅印，不由一陣臉紅，忙過去將之搶了過來，裝進木盒裡。

外面等候的丫鬟聽見兩人起身，便上前敲門。

梁珩過去將門打開，兩個丫鬟進了門，問了好，端著水盆站在一旁。

雖然沈蓁蓁從小就被人伺候，但怕梁珩不習慣，忙讓兩人將水放下，又令兩人退下。

淨過臉後，沈蓁蓁坐在梳妝檯前，給自己梳了個婦人髻，拿著眉筆欲畫，梁珩走了過來，自然地將眉筆接過去。

「弄筆偎人久，描眉試手初。蓁兒，我替妳畫吧！」

沈蓁蓁抬眼，見梁珩滿眼情意地看著她。

她輕輕一笑，轉過身，閉上雙眼。

「夫君盡可一試。」

梁珩俯下身，握著筆，輕輕在沈蓁蓁秀麗的眉上描繪著。

半晌，梁珩停了下來。「好了。」

沈蓁蓁睜開眼，見梁珩還湊在她面前，便在他臉上輕啄一下。「畫眉深淺入時無？」

「好看。」

沈蓁蓁看著梁珩滿眸的情意，心下不由一嘆。

兩人到正房時，已經有些晚了。
趙氏笑盈盈地坐著，看著兒子牽著新媳婦進來。
兩人走到趙氏身前跪下，一旁的丫鬟將茶托端了過來。
沈蓁蓁取過上面放著的一盞茶，恭敬地對趙氏道：「請娘喝茶。」
趙氏笑呵呵地接過去，一口氣喝乾了。這杯兒媳茶，她等了二十年。
趙氏將茶杯放至一旁，起身將沈蓁蓁扶起來，取出一只綠色的鐲子，給沈蓁蓁戴上。
「這是珩兒祖母留下來的鐲子，今天娘就傳給妳了。」
沈蓁蓁恭敬地謝過趙氏，又將自己幫她做的鞋子遞上前。
趙氏自是歡喜地收下了。
接著沈蓁蓁將裝著元帕的木盒遞給趙氏，輕聲道：「娘，這是元帕，請您過目。」
梁珩在一旁道：「昨夜我們忘了用元帕，這是從床單上剪下來的。」
沈蓁蓁見梁珩出聲，臉色一下就紅了。
趙氏看了兒子一眼，笑了笑。「娘知道了。」
不一會兒，下人過來傳話，說早膳已經準備好了。
沈蓁蓁欲上前攙扶趙氏，趙氏卻笑道：「你們小倆口牽著就是，娘自己走。」
三人到了飯廳，才發現如意和菱兒已經坐著了。兩人見三人進來，起身相迎。
大家和樂融融地用飯。

飯畢，梁珩便問趙氏行李準備得怎麼樣，畢竟等明天回門，回來馬上就要走了。

趙氏看了看如意，笑道：「娘想了想，就不和你們過去了。」

「為什麼？」梁珩頗有些吃驚，趙氏可是為了陪他上任才跟著過來的。

趙氏笑道：「你們小倆口新婚，娘就不跟著過去了，況且這裡很好，親家隔得也近，娘不回泉城，就在這裡。聽說這裡離江淮那帶也不遠，娘想你們時，就帶如意和菱兒過去看你們。」

「如意和菱兒也不去嗎？」沈蓁蓁問道。

如意笑道：「小姐和姑爺剛剛新婚，我跟著過去不適合。我相信姑爺能照顧好小姐，小姐到了那邊，買兩個下人就是了。我在這邊陪著趙嬸，不然她一個人多無聊啊！菱兒也跟著我們留在這裡吧！到了那邊，姑爺做了縣令，事情多，小姐照顧菱兒，可能會心有餘而力不足。」

沈蓁蓁看著明顯長大許多的菱兒，已經初現少女的模樣了。

她心下不由愧疚，雖然答應孫嫂子要好好照顧菱兒，可大多是如意在照顧她。

「菱兒，妳想跟著如意姊姊待在這裡嗎？」沈蓁蓁問道。

菱兒點點頭，笑道：「姊姊成親後會有小孩子，我就不過去了，省得姊姊還要擔心我。」

菱兒和如意更親近些，留在這裡，趙嬸也不會虧待菱兒，沈蓁蓁便放下心，不再多說。

梁珩又勸了趙氏幾句，見趙氏態度堅決，只好同意了。

趙氏說完了正事，像是不經意般說道：「你們啊！別的都別操心，趕緊給娘生個孫子吧！」

沈蓁蓁臉色一紅，低下頭。

梁珩道：「娘，這才剛成親呢！您急什麼？」

趙氏笑了笑。「可不就是著急嗎？你們兩個都老大不小了。」

趙氏昨晚怕兩個年輕人沒經過事不懂，還悄悄地到新房外，聽了一會兒裡面的動靜，才放心地回屋，又給菩薩點了三炷香，祈求菩薩早些讓她抱孫子。

是夜，兩人收拾好行李，上了床。

沈蓁蓁抱著梁珩的一隻胳膊。「梁郎，你怎麼不多勸勸娘？俗話說，父母在，不遠遊，我們怎好撇下娘？」

梁珩以手為梳，輕輕撫著沈蓁蓁的青絲。她的頭髮極為烏黑柔順，拂在他的手心，也像是拂在他的心上。

「娘她……」

「娘怎麼了？」

梁珩支支吾吾道：「娘可能想抱孫子了吧！」

沈蓁蓁當下就聽明白梁珩的意思，沈默不言。

梁珩見沈蓁蓁不說話了，怕她生氣，畢竟兩人才剛新婚，催著要孩子似乎不大好。

「蓁兒，妳別生氣，娘也是怕我們過去後還得分心照顧她，才……」

沈蓁蓁打斷他。「我知曉的。」

梁珩輕應了一聲，翻身抱住沈蓁蓁，嗅著她的髮香，不禁心猿意馬起來。

沈蓁蓁感覺梁珩輕輕撫著她的手，忙抓住他的手，輕聲道：「明天還要趕路呢！今晚早點歇息吧！」

梁珩沒說話，低頭含住她的唇，輾轉輕吻著。

兩人的呼吸漸漸急促起來。

沈蓁蓁被撩撥得微喘，梁珩卻停了下來，只是緊緊地抱著她，真的依她的意思，不再有動作。

他喘著粗氣，生生將心下升騰起的衝動壓了下去。

沈蓁蓁聽著梁珩的喘息，抬眼就見他緊閉著眼，似乎想強迫自己睡去。此刻正是情濃，梁珩卻依她的話忍耐著，她不禁心疼起來。

梁珩閉著眼，感覺到懷裡的人兒掙扎了兩下，便輕輕將手放鬆了些，卻發現懷裡的人兒翻身壓在自己身上。

他睜眼，就見沈蓁蓁含笑看著他。

「蓁兒？」梁珩的聲音已是嘶啞不已。

沈蓁蓁沒說話，而是低下頭，吻在梁珩唇上。

梁珩的氣息越來越急促，再也忍不了，翻身將沈蓁蓁壓在身下。

今夜的梁珩不像昨夜那麼溫柔，有些粗魯，像是想將對她的眷戀，全部由身體傳到她心裡，好教她知曉。

屋外，一輪圓月悄悄地藏在烏雲後頭。

次日，沈蓁蓁醒來，一動，就感到全身痠疼。

梁珩正在穿衣裳，見沈蓁蓁起身一半又躺回去，便走過去，關心地問：「怎麼了？」

沈蓁蓁躺在床上，沒好氣地瞥了他一眼。昨晚他直折騰至半夜才罷休，這會兒她腰痠得一點力氣都用不上。

「怎麼了，疼嗎？」

沈蓁蓁搖搖頭。「腰痠。」

梁珩在床沿坐下來，將被子掀開。「我給妳揉揉。」

沈蓁蓁見他滿臉的心疼和自責，對他安撫一笑，依言翻過身，趴在床上。

梁珩撩起她的衣裳，在她腰上輕輕揉著。

沈蓁蓁感受著梁珩指尖上的溫度，一顆心十分熨貼，不自覺閉上了眼睛。那雙帶著熱意的手，真的緩解了她腰上的痠疼，讓她的身與心都放鬆下來。

「好些了嗎？」

沈蓁蓁輕應一聲，轉過身來，隱隱露出雪白的皮膚。

梁珩喉結不由動了動，連忙轉過身。

沈蓁蓁也注意到自己的衣裳撩到一邊，見梁珩轉過身去，不由心下暗笑，伸腳輕輕踢了踢梁珩，輕聲道：「你我如今是夫妻了，有何不能看的？」
梁珩聽著沈蓁蓁含笑的話語，轉過身來，笑道：「我怕多看，蓁兒會生氣呢！」
沈蓁蓁以為梁珩會羞得臉紅，這會兒見他面不改色，一本正經地解釋著，心下不由暗自感嘆，梁珩這是出師了。
時間緊迫，兩人不再鬧，很快就梳洗好了。
回門的禮品已經備好，管家讓人裝上車，兩人辭別趙氏，上了馬車，往沈府而去。
不過一刻鐘，就到了沈府。
梁珩先下了馬車，沈蓁蓁鑽出車廂，就見車下的梁珩朝她伸出手，面上含著笑。當年的書生青澀，已經轉變為人夫的沈穩。
她笑了笑，伸手搭上梁珩的手，下了馬車。
門口早有小廝等著，見小姐和姑爺來了，其中一個小廝進門報信，另一個上前見禮。
「小姐、姑爺，老爺和夫人都在正堂等著呢！」
沈蓁蓁點點頭，梁珩取出一個紅紙封的紅包遞給小廝，笑道：「辛苦了。」
小廝笑嘻嘻地接了過去。「多謝姑爺、小姐。」
涼州的風俗是回門要發紅包，紅包是昨天就準備好的。
兩人到了正廳，就見沈家一家人都坐著，見梁珩牽著沈蓁蓁進來，很是歡喜。
眾人見禮後，許氏便帶著沈蓁蓁、王氏和肖氏回到後院，留下梁珩陪沈忞和兩個兄長。

到了正房，四人說了一會兒話，兩個嫂子就告辭了，只留下娘兒倆。

「姑爺對妳好嗎？」許氏問道。

沈蓁蓁點點頭。

許氏放下心來，又和沈蓁蓁說了一些持家和侍奉夫君之道。

沈蓁蓁將趙氏要留在涼州，不和他們一起去江淮的事說了。

許氏有些驚訝，畢竟做娘的總是捨不得兒子遠遊。

「也好，這裡還有我們，我們會時不時接妳婆婆來府裡住一陣子，況且這裡離江淮就一天的路程，去看你們也方便。」

沈蓁蓁點點頭，道：「我們等等就要走了，皇上給梁郎的時間不多，到任遲了總歸不妥。」

許氏點點頭。娘兒倆又說了些別的，時間很快就過去了。

許氏知道兩人急著趕路，也不多留，只是在沈蓁蓁告辭前，又塞了二千兩銀票給她。

沈蓁蓁不欲收，許氏卻硬塞給她。這是給女兒的體己銀子，梁珩做官沒有多少俸祿，兩人到了江淮，肯定要四處打點，這點銀子說不定還不夠。

沈蓁蓁聽了母親一番話，心下感激父母恩，不忍再拒絕，便收下了。

梁珩這邊，由於沈宴剛好要去江淮進糧食貨品，可以順便送送小夫妻，便先去收拾，留下梁珩陪沈忞和沈嘉輝說話。

沈嘉輝其實還不大了解這個妹婿，只是見父母和大哥都對他極為滿意，又是探花的身分，心下早就十分好奇，便趁著這時，好好聊了一番。

梁珩雖是讀書人，對經商並不了解，但還是知曉一些基本之道，兩人聊得甚為投契，這其間梁珩也沒忘了老丈人還在一旁，不時陪著老丈人說話。

三人正說著話，便有小廝來催了。「小姐在前廳等著姑爺。」

梁珩和沈家父子便離開書房，到了前廳。

沈蓁蓁不過才離開一個時辰，梁珩就覺得思念得厲害，見一身水藍長裙、站在許氏身邊的妻子，忍不住多看了幾眼。

許氏將梁珩的神情看在眼裡，心下好笑的同時也倍感安慰。

女兒總算嫁了個好夫婿。

沈家眾人將兩人送至門口，許氏看著梳著婦人髻的女兒，想到她這一去，不知何時才能再相見，不由紅了眼眶。

沈蓁蓁見母親難過，心裡也很不捨，伸手抱了抱許氏，又看向一旁的父親和兄嫂，哽咽道：「我們這就走了。」

許氏鬆開手。「去吧！跟姑爺好好過日子。」

沈蓁蓁點點頭，在梁珩的攙扶下上了馬車，又回頭看了一眼親人，轉身進了車廂。

梁珩朝沈家眾人做了一揖。「我會照顧好蓁兒的，你們放心。」

沈家眾人揮揮手，梁珩便也上車了。

馬車很快就動了，沈蓁蓁在車窗處看著家人，直至轉角，再也看不見。

梁珩見沈蓁蓁掉眼淚，忙擁住她，掏出手帕替她擦去眼淚。「江淮離這兒不遠，以後想爹娘了，我就陪妳回來看他們。」

沈蓁蓁趴在梁珩胸前，正傷心著，突然想起一件事。

約三、四年後，沈家就要敗落，但確定的時間和原因，她當時被禁足在深院，並不清楚。

梁珩見沈蓁蓁突然抬起頭來，面上神情慌張，忙問道：「怎麼了？」

沈蓁蓁卻愣愣的，沒有說話。

怎麼辦？她連原因都不知道，如何救得了沈家？

梁珩見沈蓁蓁發愣，嚇得緊緊抱住她。「蓁兒，妳哪裡不舒服？」

沈蓁蓁回過神來，看著梁珩面上的擔心，輕輕搖搖頭。「我沒事。」

上輩子，林行周好像知道沈家為何敗落，只是他並沒有告訴她，她可以猜測到，肯定是生意上出了問題，但到底是什麼原因呢？

兩人很快回到家，沈蓁蓁心下雖然擔憂，但怕梁珩擔心，面上勉強收斂了。

行李一大早就搬上船去了，兩人只在家中待了一個時辰，就辭別了趙氏和如意等人，坐馬車到碼頭。

沈宴已經到了。

兩人上船後，船便起錨，揚帆往江淮出發。

京城。

林家四處張燈結綵，賓客如雲。

林行周身穿喜服，身上綁著大紅喜花，騎著高頭大馬，走在一頂華麗的花轎旁。花轎四角的鑲玉流蘇輕輕擺盪，轎簾也一晃一晃的，隱隱露出坐在轎裡蓋著大紅蓋頭的新娘子身影。

看熱鬧的百姓將街口堵得水洩不通。

「聽說這是吏部尚書家的嫡小姐呢！」

「哦？這新郎官是何許人也？」

「聽說是新科進士！」

「新郎官真年輕，看著真真是好模樣！」

「可不是嗎？不然吏部尚書家的嬌嬌女，如何會看上這寒門進士？」

「……」

迎親隊伍沿著長安城轉了一圈，才往林家去。

一天後，梁珩一行人到了江寧縣。

沈宴叫夥計租了馬車，準備送夫妻倆去縣衙。

江寧縣城看起來很有江南小調的味道，房屋都是木質的，精雕細琢，很是精緻。

街上行人不多，大多都是行色匆匆，偶爾有小販在街邊販賣貨物，但並不叫賣，整體給人的感覺很靜謐。

幾人入了城門，直接往縣衙而去。

車把式看眾人帶著這麼多箱子，心裡嘀咕：莫不是新任的縣令老爺來了？可看著幾人的做派，又不像官家之人啊？

不到兩刻鐘，馬車就駛到縣衙門前。

梁玠扶著沈蓁蓁下了馬車，四下打量起來。

只見縣衙的大門嶄新，刷著朱漆，右邊擺著一架鼓，臺階看上去像是漢白玉質，頗為氣派。

沈蓁蓁不由在心裡感慨了一句，不愧是富庶之地，連縣衙大門都修得如此大氣。

梁玠牽著沈蓁蓁，和沈宴一起往縣衙裡面走去。

剛走進大門，就有兩個衙役說笑著往外走，見三人進來，後面還有幾個扛著行李的夥計，便問道：「你們是什麼人？」

梁玠道：「我是新來的縣令。」

衙役們早就知道會來個姓梁的新縣令，便一直等著。只是以前的縣令都調走快一個月了，都不見新縣令的蹤影，還以為他出了什麼事，沒承想今天就來了。

兩人並不懷疑梁玠話中的真假，估計也沒人敢冒充縣令，連忙上前行禮。

「屬下劉茂，見過梁大人。」

「屬下孫志，見過梁大人。」

「兩位不必多禮。」

叫孫志的看起來很年輕，不過二十三、四歲的模樣；劉茂則稍微大些，約三十歲上下。

孫志連忙道：「我等已經將後衙打掃好了，就等著您，屬下給幾位引路。」

劉茂道：「我去叫人來幫忙。」

梁珩攔住劉茂，笑道：「不必麻煩大家了，勞孫志引我們去後衙即可，劉茂你就去忙吧！」

劉茂見狀，說道：「我沒別的事，那我幫大人搬行李吧！」

梁珩心想等等可能還要找他們了解一下江寧縣的情況，便謝過兩人。

兩人忙稱不敢。

孫志在一旁引著路，一行人到了後衙。

後衙也是極為豪奢的模樣，朱漆黛瓦，都是嶄新的。院子裡兩簷下擺了不少珍稀盆栽，院中用漢白玉鋪了一條路，通至正房臺階下。

梁珩見狀，便問道：「這些是你們剛裝修的嗎？」

孫志搖搖頭。「這是前任李縣令在任時裝修的。」

梁珩不禁皺了皺眉。

孫志仔細觀察梁珩的表情，見梁珩皺眉，心裡不禁咯噔了下，但又想自己沒什麼太大的過錯，便稍微放下心來。

沈蓁蓁看著豪奢的後衙，猜想上任縣令怕不是個好的。

幾人進了屋，屋裡擺了不少擺飾，看著都不是凡品，桌椅也都是上等貨。

孫志看新縣令越皺越深的眉頭，心裡不由暗罵起前任的李縣令來。

李縣令搜刮太多民脂民膏，導致離任時帶不走那麼多，他們也不敢私拿，就任其這麼擺著。

孫志看著年輕的新縣令，猜想難道新縣令是個不張揚的人？

至於清廉，孫志是不敢想的，哪個當官的不是拚命在任期多撈點銀子？不然就靠那點當官的俸祿，只怕連家人都養不活。

聽說上任李縣令是京城大官家的兒子，來這裡當縣令只是作個跳板，三年任期一到，裝著十多車搜刮來的財產就走了。上任三年，連江寧有多少戶都不清楚，生活極為奢侈，嫌棄後衙不夠大，便住在一個鄉紳送的宅子；又嫌衙門不夠氣派，讓人改造，怎麼豪奢怎麼改，反正是老百姓出銀子。

梁珩當下心裡很不舒服，到底沒說什麼。

沈宴也忙，等夥計將行李都搬進來後便告辭了，梁珩和沈蓁蓁將沈宴送到了縣衙大門口。

等沈宴等人離開後，梁珩和沈蓁蓁又進了縣衙。

孫志和劉茂站在院裡等著，見梁珩兩人並肩走來，心裡明白另外一位肯定是梁縣令的夫人了，剛剛不敢沒確認就亂叫，這會兒又忙見禮。

沈蓁蓁讓兩人不必多禮，梁珩謝過兩人就讓兩人先離開，等等還要收拾屋子，熟悉江寧的事只能往後延了。

兩人本想留下來幫忙，見梁珩謝絕，只好告退。

待兩個衙役走後，沈蓁蓁才道：「梁郎，我想上任縣令怕不是什麼好官。」

梁珩沈吟片刻，道：「現在還不知道，明天我要去州府報備，回來後便下鄉去看看。」

沈蓁蓁點點頭，兩人進了房。

房間確如孫志所說，已經打掃過一遍，只是犄角旮旯處都沒有掃到。

梁珩將打掃的活都包了下來，不讓沈蓁蓁動手。沈蓁蓁便將箱子裡的東西拿出來，一一放好。

直忙了快兩個時辰，兩人才將屋子收拾乾淨，東西擺整齊，至於前面的那些擺件，梁珩都收好堆在一邊，等著回頭處理。

兩人坐下來，沈蓁蓁拿出手帕，輕輕替他拭去臉上的汗珠。

梁珩看著沈蓁蓁臉上的認真之色，伸手抱住沈蓁蓁的腰，讓她坐在自己腿上。「一會兒燒水洗個澡。」沈蓁蓁道。

梁珩點點頭。

沈蓁蓁自己也流了不少汗，只是大部分的活都是梁珩做的，她只有整理了衣裳和床。

梁珩坐了會兒，便道：「我去生火。」

沈蓁蓁站起來。「我去吧！你歇一會兒。」

梁珩搖搖頭，笑道：「為夫雖是一介書生，但這點事，就不麻煩夫人了。」

「那一道去吧！我也去看看廚房。」沈蓁蓁笑道。

後衙不大，廚房就在後院旁邊。

兩人進了廚房，廚房很普通，只有一口灶，沒有其餘的炊具，角落堆著一些柴火。

梁珩找到火摺子，生了火。沈蓁蓁四處看了看，廚房有一口缸，裡面的水看起來有些髒。

院子裡有一口水井，沈蓁蓁便出了廚房，到水井邊打了一桶水。

梁珩生好火後，見沈蓁蓁提著半桶水進來，忙接過去，倒進鍋裡。

水熱了之後，梁珩便讓沈蓁蓁先去洗。

兩人匆匆沐浴後，天色已經暗了下來。家中無半粒米，兩人便想出門找間酒樓隨便吃一點。

誰知剛出後衙的門，就見孫志等在門口，見兩人出來，馬上迎了上來。

「屬下猜想大人要去採購物品，怕大人不熟悉縣城，便在這裡等。大人和夫人這是要出門嗎？需要屬下帶路嗎？」

沈蓁蓁看著孫志滿臉的笑意，雖知他是好意，但還是不由多想，這年輕人要麼是個圓滑的，要麼就是心思不大正的。

梁珩笑道：「我們打算隨便找間飯館吃一點，明日再麻煩你。」

孫志見兩人牽著手，又見兩人皆是年紀不大的樣子，猜想兩人剛新婚不久，心下知趣，便告退了。

梁珩牽著沈蓁蓁出了縣衙，此時正是飯點，街上已經沒什麼行人。

偶爾路過的行人從兩人身邊走過，並不知道這年輕人就是新來的縣令，只是在心裡驚嘆一聲：好一對玉人！

兩人隨便挑了一間不算大的酒樓，一個年輕的夥計迎了上來，笑著招呼兩人。

梁珩問沈蓁蓁想吃什麼，沈蓁蓁搖搖頭。「隨便點兩道菜吧！」

梁珩點點頭，對夥計道：「就上兩道招牌菜吧！」

夥計笑道：「好，兩位客官請稍等。」

兩人正坐著說話，旁邊的人說話有些大聲，傳了過來。

「這新任縣令怎麼還不來？昨天我家丟了東西，去縣衙報案，那衙役說新縣令還沒來，這事他們暫時管不了，你說說這叫什麼事啊？」

「哼，你就算了吧！這事啊！就算新縣令到了，管不管還兩說呢！」

「唉！」

梁珩見兩人都不說話了，轉過身去，就見說話的是兩個中年男人。

「兩位大哥，為何說新縣令不管這偷竊之事呢？」梁珩抱拳問道。

梁珩一口官話有些突兀，說話之人抬起頭來，見對方是一個年輕的俊俏後生。

「小兄弟是外鄉人吧？小兄弟不知道，剛走的李縣令，在江寧待的這三年，別的事一概不管，只認得一樣——銀子。衙門八字開，有理沒錢莫進來！哦，聽說人和小兄弟一樣年輕，可惜整整三年，我等都未曾見過李縣令的面貌！」

李縣令還在任的時候，大家都是敢怒不敢言，如今人終於走了，心裡的憤恨不吐不快。這會兒大堂裡的人，也都七嘴八舌地說了起來。

「那縣令如此搜刮民脂民膏，為何不去州府告發他？」梁珩聽了一會兒上任縣令的事蹟，不解地問。

「小兄弟到底年輕了些，這為官的都是官官相護，誰會管老百姓的死活？」

「聽說那李縣令的老子是做大官的，誰敢動他？」

「咱們這江寧縣，以前可是遠近馳名的富縣，如今……唉！」

梁珩明白大家說的是實話，官場就是這樣，天下有良知、真正為百姓做事的官能有多少？

沈蓁蓁見梁珩面色沈重，伸手拉住他的手。

梁珩抬起頭，就見沈蓁蓁鼓勵地看著他。

他為何放棄進翰林院，而選擇外放做沒什麼前途的知縣的原因，他已經跟沈蓁蓁解釋過了。沈蓁蓁知道梁珩有一顆為民的赤子之心，也支持他的選擇。

梁珩聽身邊的百姓說如今當官的如何如何、上任縣令如何如何，心裡不由難受，也很無奈。

這就是現狀，不管大齊這棵巨木表面如何安定富庶，內裡早已被蟲蛀得千瘡百孔。百姓滿心期待落了空，叫他們如何再生出對為官之人的信任？

第十六章

兩人回到府衙時，就見孫志還站在門口。

孫志見兩人回來，連忙迎了上來，見過禮後，道：「大人，屬下等人正在大堂裡等著大人，大人可有時間去見見？」

梁珩點點頭。「你先進去，我送夫人回去就來。」

孫志應下。心裡暗想，看來梁縣令確實是新婚不久，看這膩歪的，走個路都牽著手。

梁珩陪沈蓁蓁進房後，回到縣衙大堂。只見燈火通明的大堂裡站著七、八個衙役，有兩個身穿青色衫的中年人正輕聲說著話。

一人眼尖，見到梁珩進來，心想剛剛孫志說梁大人一會兒就來，這人肯定就是梁大人了。

「梁大人來了！」

眾人停下，往門口看去，就見一個不過二十歲出頭、身穿天青白長衫的年輕人走了進來，心下驚奇，這個唇紅齒白的俊俏郎君，就是他們的新任縣令？

孫志和劉茂見過梁珩，連忙帶頭行禮。眾人見兩人確認了這年輕人的身分，壓下心中的驚疑，忙跟著見禮。

「屬下見過梁大人！」

梁珩走進大廳，看清堂內眾人的長相，只見多半都是三、四十歲的男子，有兩個和孫志一般，是二十來歲的年輕人。

眾人迎著梁珩坐下。

「諸位不必多禮。」

梁珩站起身來，對著張安和拱手一禮。「張大人有禮了。」

那兩個身穿青色衫的中年人上前，拱手一禮。「大人，下官張安和，是本縣的縣丞。」

張安和連忙往旁邊側了側身，不敢受梁珩的禮。「大人多禮了。」

另一個略胖的男人接著朝梁珩拱手一禮。「下官王彥，為本縣的主簿。」

梁珩也朝王彥拱了拱手，王彥更不敢受梁珩的禮，連忙往旁邊一跳。「大人折煞下官了。」

底下的衙役也一一上前見禮。

梁珩跟張縣丞、王主簿聊了聊，略知道了些江寧的基本情況。

「江寧是個不大不小的縣，約三千戶，人口約一萬五千人。因臨近淮河，原先物產很是豐富，盛產水稻，百姓富裕，如今……」說到這裡，兩人頓了頓。

梁珩見兩人面有難色，心下一沈。「兩位但說無妨。」

張安和看著上首面色嚴肅的年輕人，心裡有些摸不清他的性情，可江寧如今的情況，他遲早會知道，心裡不由暗恨起李文伯來。

兩人在江寧縣也待了不少年，以前的縣令雖然貪，但都是暗地裡不動聲色地貪，哪像李文伯，簡直是肆無忌憚，凡是能搜刮的都搜刮了，別說老百姓，就是城裡的鄉紳，都被他刮下一層油來，大家對他恨得牙癢癢的。

好不容易，李文伯終於走了，卻留下一堆爛攤子。

張安和揀著一些不痛不癢的說了，卻讓梁珩聽得直皺眉。上任縣令，真是太不像話了。

聊了一會兒，梁珩見天色不早，清楚自己剛來，彼此都還不熟悉，他們自然不會跟他說什麼重要的事，便站起身，說道：「內人獨自在後衙，我就不與各位多說了。」說著又看向衙役們。「明日誰有空，送我去趟州府？」

堂下的衙役們皆表示自己有空，願意送梁珩去州府。

梁珩看了看孫志，道：「那就麻煩孫志送我吧！多謝諸位了。」從今日孫志的表現來看，這個年輕人應是極圓滑周到的，看面相也不像奸惡之人，算是一眾衙役裡比較熟悉的。

孫志連忙應下。

梁珩朝眾人拱拱手，出了大堂。

外面天色已經黑透了，他就著微弱的燈光和月光，回到後衙。

剛進後院，便見正房窗戶處透出燭光，一道綽約的身影投在窗戶上，半低著頭，嫻靜溫柔。

梁珩站在大門處，滿足地看著窗上秀美的影子。以前他總是不安，來自外鄉的沈蓁蓁像是浮萍一般，漂泊不定，不知何時就會離去；而現在，沈蓁蓁將根扎在他身上了。

他心下嘆息一聲。真好，這輩子她都會這麼陪著他。

沈蓁蓁正在做衣裳，聽到門輕輕響了一聲，轉過頭，就見梁珩面上含笑，走了進來。
沈蓁蓁放下手裡的針線，站起身來，輕輕笑了笑。「回來了？」
梁珩沒說話，而是走近沈蓁蓁，伸手擁住她。
沈蓁蓁也伸手回抱住他的腰。「怎麼樣？」
梁珩低頭嗅著她的髮香。「江寧的情況怕是很糟，明天一早我就去州府，後天便下鄉去看看吧！」
沈蓁蓁輕應了一聲，閉上眼睛。
良久，她才道：「廚房給你熱了水，一會兒去洗一洗吧！」
梁珩終於放開她。「不早了，那我去了。」
沈蓁蓁點點頭，正欲轉身，又被梁珩拉進懷裡，唇上立時傳來溫熱。
良久，梁珩鬆開她，笑道：「為夫去了。」
沈蓁蓁輕喘著，輕輕推了推梁珩。
梁珩笑了笑，拿了衣裳出門。
沈蓁蓁又坐下繼續做手裡的衣裳。
不知何時，換上一身褻衣的梁珩走進房來，見沈蓁蓁還在做衣裳，走過去將她手中的衣裳輕輕抽出來。
「這麼晚了，別做了，當心傷眼。」
沈蓁蓁聞著他一身皂角香，抬起頭來，笑道：「不礙事，也沒別的事。」

梁珩擁住沈蓁蓁，在這人生地不熟的地方，兩人舉目無親，能夠依靠的，也只有彼此了。

「蓁兒……」

梁珩輕輕叫了她一聲。

「嗯？」

沈蓁蓁等了半晌，不見梁珩回答，抬起頭來，就見梁珩目光灼灼地看著她，眼中像是有一團火。

沈蓁蓁心中暗笑，也不出聲，就這樣看著他。

梁珩等了半晌，不見沈蓁蓁有反應，又叫了她一聲。「蓁兒……」聽著頗有些撒嬌的意思。

沈蓁蓁看梁珩輕咬下唇的模樣，心裡喜歡得厲害，忍不住踮腳在他唇上輕輕吻著。

突然，梁珩打橫抱起沈蓁蓁，幾步走至床邊，將懷中之人輕輕放上床。

沈蓁蓁還沒來得及說話，梁珩就壓了上來，含住她的唇……

簾外的燭光燃至盡頭，撲閃兩下熄滅了。帳簾在黑暗中搖動良久才停了下來，沈蓁蓁筋疲力盡時，不禁想到一個問題——

梁珩身板這麼單薄，到底哪來的力氣？

次日，梁珩醒來時，沈蓁蓁還熟睡著。

他輕輕起身，穿好衣裳，提筆寫了一行字，將紙放在房中的桌子上，便出房了。

他走出後衙，就見孫志等在門前，沒注意到他出來。

「煩勞孫兄弟這麼早就過來等我。」

孫志聽到聲音，忙轉過身來。

「梁大人早，梁大人叫我孫志即可。」孫志上前行禮。梁珩是七品官，他區區一個衙役，哪敢與梁珩稱兄道弟？

梁珩笑了笑。「咱們走吧！你用過早點了嗎？」

孫志笑了笑。「還沒呢！出衙門不遠有個麵餅攤，味道不錯，一會兒我下車去買一些來讓大人嚐嚐。」

梁珩點點頭，兩人走出衙門。

衙門前有一輛官用馬車，等梁珩上車坐穩後，孫志就趕著車出發。

到了麵餅攤前，孫志將馬車停下來，跟梁珩打了聲招呼。

「大人，麵餅攤到了，屬下去買幾個餅上來，大人稍等。」說著就要下車。

梁珩卻叫住他。

孫志不解地停下來，就見梁珩彎腰從車廂裡走了出來，笑道：「我去買吧！」

孫志見梁珩跳下車，不再說話。

梁珩下了車，就見旁邊停著一輛推車，上面搭著簡易的灶臺，攤主是一個中年婦人，有些黑壯。

婦人在這裡做生意很久了，自然認識縣衙裡的衙役，這會兒見衙役停下來，以為他要過來買餅，正想招呼，就見車裡鑽出一個年輕男人。

不等婦人多想，梁珩就走到她的攤子前，詢問道：「大嫂，這餅怎麼賣？」

這年輕人可真俊！婦人在心裡暗自感嘆了聲。

梁珩見婦人只是盯著自己，並不回答，又問了一聲。

婦人一個激靈，立刻驚醒過來，連平時耀武揚威的衙役都給這個年輕人趕車，想來是個當官的，自己這麼直愣愣地盯著他，只怕官老爺要生氣了。

婦人想到這裡，不由害怕起來，趕緊賠笑道：「哪能收您銀子，您要幾個，我給您裝就是了。」

梁珩笑了笑。「大嫂是做生意的，如何能不收銀子？」說著取出荷包，數了十餘個銅板，對婦人道：「大嫂，我要兩份，一份裝兩個餅。」

婦人應了一聲，手腳麻利地裝好。

「幾個銅板一個？」梁珩問道。

「您帶走就是了，不敢收您銀子。」婦人還是賠笑。

梁珩微微皺眉，從細節就可知江寧以前當官的是什麼作風。

梁珩轉頭找孫志問清了價錢，數了十二個銅板放在婦人的攤上，轉身上車。

婦人看著案板上的銅板，有些難以置信。這些衙役平時也會來吃幾個餅，沒幾個人會付銀子，婦人也不敢收。

直至梁珩的馬車都走遠了，婦人才敢將案板上的銅板收起來，心裡暗想，那年輕人怕不是做官的。

兩人出了城，往汴城趕去，過了小半日，才到了目的地。

汴城是大城，城門十分高大，皆是用巨型青石砌築而成。

城門有守軍，進出的車輛皆排在一邊，等候檢查。

排了約一刻鐘，兩人通過檢查，往州府而去。

梁珩坐在車內，車外的街道不像江寧那麼安靜，摻雜著說話聲、叫賣聲，十分熱鬧。

很快地，兩人到了州府。

府門處站著兩個當值的衙役，見梁珩走上臺階，喝問道：「你是做什麼的！」

孫志忙上前，道：「這位是江寧縣新任的梁縣令，來求見州牧大人。」

兩衙役看了梁珩一眼，態度稍微客氣了點。

「原來是梁大人，大人請稍等，我等去通傳。」說著那衙役便逕自進去了。

梁珩也不惱，在大門外等著。

汴城果然十分富庶，街道兩旁的房屋皆十分氣派，重重疊疊，綿延不絕。

良久，進去的衙役出來了，對梁珩道：「梁大人，真是不好意思，何大人不在，我帶你去見長吏岑大人。」

梁珩沒有多說，點了點頭，跟著他進去。

長吏岑席四十來歲，聽梁珩說是來報備的，沒有多話，收下任書，蓋了印，便算是處理好了。

事畢，梁珩和孫志在汴城隨意找了家麵館吃了麵，便打道回府。

兩人回到江寧時，天都快黑了。

到了衙門，梁珩請孫志進去用晚飯，孫志連忙謝絕。

梁珩也沒堅持，謝過孫志後便進去了。

孫志今天沒有當值，目送梁珩進去後，便轉身趕著馬車往車馬司去了。

一整天相處下來，孫志算是有些了解這個新上任的年輕縣令。梁大人是探花，他們早就知道了，卻不知堂堂探花為何會被外放來做知縣？

今天梁大人在州牧那裡明顯受了冷遇，他還記得三年前李縣令上任時，可沒有專程跑這一趟，那時好像是那個州牧親自過來的。孫志雖是小小衙役，對這些門道卻是最清楚的，今天那州牧有沒有出門，那看門的衙役會不知道？肯定是州牧大人看不上梁大人區區寒門知縣，沒什麼前途，不屑見罷了。

可孫志今天觀察梁珩的一舉一動，他有種感覺，也許江寧要迎來不一樣的青天了……

後衙內，沈蓁蓁翹首引領著，擔心梁珩在路上出了什麼意外，直至終於見到那熟悉的衣袂出現在院門處，才放下心來。

「趕了一天路，累壞了吧？」沈蓁蓁迎了出來。

梁珩一身風塵僕僕，不敢抱她，只輕輕牽過她的手。「看到蓁兒就不累了。」
沈蓁蓁一聽，愣了一下。
如今他還會說情話了？忍不住笑了笑。「看到我是不是也不餓了？那廚房的飯菜我算是白留了。」
梁珩也笑。「看到蓁兒，為夫確實餓了。」
沈蓁蓁聽著梁珩含笑的話語，伸手輕輕擰了擰他的手臂。「什麼時候學會這麼……」她想說「這麼羞人的話」，可話未出口，自己就羞澀得說不出口。
梁珩偏頭在沈蓁蓁臉上輕啄一下。
沈蓁蓁推開他。「廚房鍋裡有飯菜，還燒了熱水，你自己去吃，我去忙了。」
梁珩看著沈蓁蓁進房，轉身往廚房走去。
到了廚房門口，裡面漆黑一片，正打算去房裡拿燈，就見沈蓁蓁捧著蠟燭過來了。
梁珩接了過來，兩人一同進了廚房。
梁珩掀開鍋蓋，見裡面放著兩碗看不出是什麼的菜，還有一缽米飯。
「蓁兒今天去買菜了嗎？」
沈蓁蓁應了聲。「是一個叫付永的衙役大哥帶我去的。」
梁珩點點頭，淨好手，舀了碗米飯，挾了些菜，挨著沈蓁蓁坐下。
他吃了一口碗裡的菜，才吃出來是茄子。
沈蓁蓁看著梁珩面不改色地將菜吃下去，心裡不由鬆了口氣。這菜是她重新炒過一遍才炒出來的，只是不知為何，茄子變成了黑色……

梁珩很快吃完，又洗漱一番後，打水去沐浴了。

當他洗完進房時，沈蓁蓁已經上床躺下，背對著他。

梁珩也上床躺了下來。

沈蓁蓁見身後半晌沒動靜，便轉過身來，見梁珩手肘撐在腦袋下，含笑看著她。

她今天一整天不見梁珩，感覺心下空落落的，做什麼都打不起精神，一直想著梁珩到了沒、路途順不順利……

直到梁珩回來了，沈蓁蓁感覺自己好像又活過來了。

她察覺到自己異樣的情緒，卻無可奈何，也不想改變分毫。她就是很愛他，這是這輩子注定的事。

沈蓁蓁挪到梁珩身邊，緊緊抱住他的腰。梁珩也將手從頭下抽出來，讓沈蓁蓁枕在他的手臂上。

「今天怎麼樣，順利嗎？」

帳內有些暗，沈蓁蓁看不清梁珩的神色。

梁珩頓了頓，道：「很順利，明天一早我要下鄉去。」

沈蓁蓁應了聲，微微動了動，換了個舒服的姿勢。

兩人又說了些話，這才相擁睡去。

次日，梁珩醒來，輕輕起身，正在穿衣裳，沈蓁蓁就醒了。

「梁郎？」
梁珩轉身，見沈蓁蓁睜著矇矓的眼睛看著他。
他走回床邊，輕聲道：「我一會兒就走了，妳再睡會兒。中午我可能趕不回來，別等我吃飯。」
沈蓁蓁輕輕應了聲。
梁珩換好衣裳出房，沈蓁蓁聽到外面傳來輕輕的水聲，沒過多久，外面就安靜下來。她睜著眼睛看著帳頂，卻是睡不著了。

梁珩昨天交代過孫志，今天要下鄉，一大清早，孫志又趕著馬車到後衙後門處等著。見梁珩出來，孫志拿了一包油紙包著的麵餅上前，見梁珩猶豫，忙道：「大人放心，屬下給了銀子的。」
梁珩對孫志真正的好感，便是源於此時。
梁珩接了過去，輕輕拍了拍孫志的肩膀，上了車。
孫志被拍得心下震動不已，這個舉動，說明這個年輕知縣已經認可自己了。
一路上，梁珩問江寧哪個鎮最困難，孫志自是知無不言。
趕了一個時辰的路，兩人才到了孫志說的水田鎮。
馬車駛到一個叫做「木塘村」的村子，還未至村口，梁珩便叫孫志停下車。
兩人下了車，孫志將馬套解了，讓馬去吃草。這馬車和馬皆有官府印記在上頭，沒人敢偷。

村前是一片稻田，還有大半個月就要收成了，兩人停下來，看了看水稻的長勢。

梁珩沒見過水稻苗，便問孫志。

孫志看了一眼，皺著眉頭道：「這水稻多半都是空殼，大人您看，好多殼都是灰黑色的，這些裡面都是沒有稻米的，若是都這樣，只怕今年沒什麼收成。」

梁珩聞言，心下一沈。

兩人進了村口，只見村子裡大多都修起了磚瓦房，一路看過來，梁珩也不覺得驚訝了，這些只怕是以前還富裕時修建的。

一路上有許多扛著農具的村民，見兩個陌生人進村，都好奇地看著兩人。孫志以前雖然來過，但次數不多，沒什麼人認得他。

梁珩看著面黃肌瘦的小孩，以及滿臉愁苦的大人，心裡像是堵著一團泥。

兩人走到一戶破敗的茅屋前，茅屋前方席地坐著一位耄耋老者，衣裳破舊，正彎腰清理背簍裡的野菜。

梁珩看著老人，心裡酸得幾乎要掉下淚來。

他走近老人，俯下身來。「老人家，您今年貴庚啊？」

老人聽見聲音，抬起頭來，見是兩個年輕人。

「八十了。」老人的聲音像是貓叫一般。

梁珩看著背簍裡的野菜，全是沒有見過的，忍著心下的酸澀，又問：「老人家，家裡還有米嗎？」

老人看向梁珩，飽經風霜的眼眸裡，已是渾濁一片。

梁珩道：「老人家，我是新上任的縣令，我來看看你們有沒有糧食。」若是不說出身分，只怕不好詢問，畢竟他說著官話，是外鄉人，本地人可能會心生警戒。

老人看著他愣了愣，連忙站起來就要下跪。

梁珩連忙將老人扶住，孫志進屋找了兩張破舊的凳子出來，梁珩便請老人先坐下。

老人從來沒有這麼近地接觸過官老爺，低頭看著梁珩緊拉著他那滿是黃泥的手，不由老淚縱橫，也不說話，拉著梁珩往屋裡走。

梁珩跟著老人走進有些漆黑、簡陋的屋子，老人停在一個老舊的木桶前，打開木蓋，梁珩湊上去，見到木桶裡還有一些糧食，他伸手一撈，看清手中之物後，倏地紅了眼眶。

手心裡的糧食，只有少數碎米，多半都是黃色的米糠。

梁珩扶著老人坐下，老人這才娓娓道來。

原來江寧的水稻，一年種兩季，這三年來，每季官府都徵收比以前多兩倍的稅賦，還不收陳糧。新糧剛收好，交了稅賦後，老百姓根本就沒剩下什麼。

一開始有的老百姓不肯交那麼多，官府放話說不交稅就收回田地。有的人家還是不肯，官府就真的將田地收回去了。老百姓都是靠腳下的土地吃飯，沒有田地，就是沒了活路，但民不與官鬥，後來又交了額外的銀子，才將土地要了回來。

這兩年收成不大好，新糧收上來，去交糧稅，除了官家要求的糧食，還有「折耗」，餘糧根本就不夠一家人吃，而以前的餘糧也快吃完了，很多人家都是買糧吃。

除了田稅，還要徵收戶稅。

以前每戶六百文，另外交兩百文的「公費銀」，前任縣令上任時，下令不收銅板，每戶額外增收三百文的「火耗銀」，每年還要交五百文的「徭役銀」。

原本江寧是遠近馳名的富縣，如今……

而今年，莊稼人拚盡了力氣，將蒐集的肥都下到田裡了，水稻的長勢卻讓人絕望。

因新糧都交上去了，老百姓沒辦法，只能用以前的陳糧做種，水稻普遍「死線」，結不出稻子來。

說到這裡，老人嘆了口氣。「只怕今年連糧稅都交不上，官老爺，我們啊！快活不下去了……」

梁珩心下沈甸甸的，他新來乍到，就算知道老百姓的苦，一時半刻也想不出什麼法子，面對老人希冀的目光，他卻說不出任何話。

他知道，老百姓們要的不是不痛不癢的安慰，而是真正仁道的政令。

梁珩從木塘村出來，又陸續去了幾個村子，情況都大同小異。

直到天都擦黑了，兩人才回到縣衙。

梁珩謝過孫志，進了後衙。

他推開房門，沈蓁蓁坐在燈下，正在做鞋子，看那鞋子的尺寸，是做給他的。

沈蓁蓁見梁珩回來，歡喜地站起身來。

梁珩心情沈重，卻不想將外面的事帶到家中，他收斂情緒，對著沈蓁蓁笑了笑。

「吃飯了嗎？廚房裡給你留了飯。」

梁珩這才想起來，他和孫志早上吃了麵餅，之後一天都沒有吃東西，也沒感覺到餓。

他點了點頭，又出了房間，去廚房吃飯。

沈蓁蓁感覺到梁珩似乎情緒不佳，便跟著到了廚房，就見梁珩端著一碗飯，卻不吃，只是看著碗裡的飯發呆。

沈蓁蓁以為是自己做的菜不好吃，問道：「怎麼了，很難吃嗎？」

梁珩搖搖頭，只是看著這一碗晶瑩飽滿的米飯，就想起那木桶混著米糠的糧食，不禁食不下咽。

「這是怎麼了？」

梁珩抬起頭，見沈蓁蓁一臉憂色，沈吟片刻，將碗放到一邊，將今天的事說了。

沈蓁蓁也是十分憤怒。

「那李文伯怎敢如此大膽？」

「聽說李文伯是中書李侍郎的兒子，外放不過是走個過場，累積資歷。那糧稅便是李文伯想出來的，他謊報了產量，讓百姓多交了一倍多的糧稅，藉此來增加政績。」

沈蓁蓁不禁皺眉。

「那現在怎麼辦？」

梁珩嘆了口氣。「今年收成不好，老百姓怕是連吃的糧食都不夠，如何能再交糧稅？」

沈蓁蓁對這些不懂，見梁珩眉頭緊皺，自己又幫不上忙，不禁有些自責。

梁珩沈思半晌，回過神來，見沈蓁蓁神色不好，頗有些後悔，自己不該跟她說這些的。

「蓁兒，妳別擔心，我會想辦法的。」

沈蓁蓁聽這意思，明白梁珩是不想讓她憂心。她在梁珩身旁坐下，伸手抱著他的手臂。「梁郎，你我如今是夫妻了，你在外面的事，我幫不上，但要是你回到家了，還事事都憋在心裡，我看著會難受的。」

梁珩伸手擁住沈蓁蓁，說道：「如今還有半個月就要夏收了，雖然收成不好，但稅是一國之本，不能不交。」

沈蓁蓁靜靜地聽著。

「可是老百姓也要活命啊！這一季的水稻收上來，馬上要播種下一季的，但如今老百姓都沒了糧種，糧種的事，也是迫在眉睫。」

聽梁珩說到糧種的事，沈蓁蓁抬起頭來，說道：「糧種的事倒是好辦。」

梁珩偏過頭，眸中閃著希冀。「蓁兒？」

沈蓁蓁笑了笑。「梁郎忘了我家如今在做糧食生意嗎？我大哥現在就在江淮收糧，我寫信給大哥，讓他留意好糧，買來做種子。」

梁珩喜不自禁，繼而想起買糧的銀兩來。財政一應事宜，他還不清楚，看來要盡快熟悉才是。

沈蓁蓁又催促梁珩快把飯吃了，等梁珩沐浴後，兩人說了會兒話，便歇下了。

次日，梁珩卯時便起身，沈蓁蓁也跟著起身。
「蓁兒，妳再睡會兒吧！」
沈蓁蓁迅速穿著衣裳。「我去給你做早點。」
梁珩連忙攔住她。「蓁兒，妳別忙了，我一會兒去衙門前買兩個餅就好了，妳再睡一會兒。」
「每天都吃餅，怎麼行，我去給你煮粥，一會兒你回來吃吧！」
梁珩見勸不住，便由她了。
梁珩洗漱、收拾好之後，進了廚房，見沈蓁蓁正在淘米。
「蓁兒，我這就去了。」
沈蓁蓁抬起頭，見梁珩穿著一身綠色官袍，襯得面色如玉，溫潤非常；腰間束著一根黑色腰帶，窄腰纖細，更顯得他俊若清竹；足下穿著一雙黑色的靴子，是沈蓁蓁做給他的。
沈蓁蓁放下手中的木瓢，走近梁珩，一把抱住他的腰。「一會兒回來吃飯。」
梁珩伸手撩起沈蓁蓁前額的碎髮，別至她耳後，輕應了一聲。
到了衙門前堂，只有兩個當值的衙役躺在公案上，睡得正熟，打著呼嚕。
梁珩叫醒其中一人。
郭山睜開眼，迷迷糊糊間，見眼前好像是梁縣令，嚇得心下一抖，忙伸手一抹哈喇子，站起身來見禮。「屬、屬下見過梁大人！」
梁珩點點頭，問道：「張縣丞和王主簿呢？」

「他、他們還沒有來。」郭山說完就聽到旁邊馮州的打呼聲，連忙推醒他。

馮州醒來，見到面前一身官袍的梁珩，也是嚇了一跳，連忙起身行禮。

梁珩擺擺手，示意不必多禮。

其他人還沒有來，梁珩便在堂前等了等，大半個時辰過去，還是沒有人來，梁珩不禁皺緊眉頭。

「馮州、郭山。」

「屬下在。」

「你們跑一趟，去請一請張縣丞和王主簿吧！」

兩人見梁珩面色不是很好，連忙應下。

梁珩又等了半個時辰，才見張縣丞、王主簿和其他人匆匆進來。

昨天一天都沒見到梁縣令的身影，幾人以為這縣令應該也不是什麼恪盡職守的，以前懶散慣了，就沒有準時來。

這會兒見年輕縣令臉色不好，兩人連忙道歉。

梁珩沒有多說什麼，只是讓兩人帶著他去熟悉縣衙的事務。

兩人職責是輔助縣令管理財政、倉管的事務，便帶著梁珩去文書房。

梁珩一一看了人口、土地等檔案，李文伯搜刮了那麼多民脂民膏，卻沒留下什麼，縣裡財政很是緊張。

臨近中午，梁珩幾人才從房裡出來。

孫志連忙迎了上來，輕聲對梁珩道：「大人，夫人讓我給您送早點來。」孫志這話說得很是心虛，沈蓁蓁兩個時辰前就讓他把早點帶過來，但梁珩一直忙著，孫志雖然焦急，也不敢去打擾他。

梁珩聞言，連忙跟張、王兩人告罪，跟著孫志到了偏房，就見桌上放著兩碗米粥。他端起一碗嚐了口，已經涼透了。

孫志輕聲道：「剛剛屬下見您在忙，沒敢打擾您……」

梁珩抬頭道：「無妨，麻煩你了。」

孫志忙稱不敢，告退出去了。

梁珩又吃了一口，才感覺腹中早就餓了，他心想應該是沈蓁蓁做好早點後，左等右等都不見他回來，才送了粥來。

接下來幾天，兩輔官一直帶著梁珩熟悉縣衙的事務。

外面的鄉紳、商戶們一直在密切關注著新任縣令什麼時候上任，雖然梁珩來了之後沒有張揚，但自他審過第一樁盜竊案後，新縣令到任的消息便不脛而走。

那案子是梁珩在縣衙熟悉事務的第二天審的。失主來報案時，雖然新任縣令還沒有來，衙役還是將失主的姓名、住址記下，當梁珩翻檔案時看到，便讓衙役去通知失主過來陳述案情。

那失主本以為這麼多天過去，衙門的人肯定不會管了，決定自認倒楣，沒想到這天兩個衙役過來，說是新縣令到了，要審他的案子。

那失主到了衙門，進了大堂的門檻，就見一個身穿綠色官服、頭戴烏紗官帽的年輕男人，正襟危坐於上刻「明鏡高懸」四字的牌匾下方。

他不敢多看，低頭快步進了大門，走至堂中，撲通跪下。「草民叩見大人。」他匆匆看了一眼，並沒有認出梁珩就是那天在酒樓的年輕人。

「堂下何人？」

「草民劉舟，家住桂花巷。」

「起來說話，且將案子陳述一遍。」

「謝大人。」劉舟站起身，將哪天丟失了什麼一一說了，其實也不是什麼特別貴重的東西，就是曬在家中竹蓆上的兩袋稻穀不見了。

「那天你家有人在嗎？」梁珩問道。

「賤內在家，但她說她去隔壁串了個門，回來稻穀就不見了。」

梁珩又問了一些細節，讓兩個衙役跟著劉舟去他家看看，也去隔壁四鄰問問情況，看看有無線索。

天快擦黑時，兩個衙役才回來，梁珩還沒有回家，正在文書房裡看檔案。

梁珩聽到敲門聲，抬起頭，就見孫志和郭山站在門口。他起身將手裡的檔案放回原處，走出房。

「怎麼樣？」

「回稟大人，屬下查到一些線索。」孫志道。

梁珩應了一聲，示意他繼續說。

孫志繼續道：「我們去了劉舟家，他家四面都有圍牆，想從外面進去，沒有梯子是不可能的，更何況還扛著兩袋約兩百來斤的稻穀。那劉舟的妻子楊氏一開始說自己鎖了門，後來又說記不清有沒有鎖。」

梁珩點點頭，思索著。

孫志又道：「屬下兩人也去問了旁邊的人家，那些人家表示不清楚這件事，只說劉舟為人比較吝嗇，在桂花巷那一帶風評不大好。」

「那竹蓆上可有餘穀？」梁珩突然問道。

孫志愣了愣。「屬下沒有注意。」一旁的郭山也表示自己沒注意。

「再去劉舟家查一查。」

孫志兩人領命去了。

梁珩回到後衙時，沈蓁蓁坐在院中納涼。

見梁珩回來，沈蓁蓁站起身。「怎麼這麼晚才回來？」

梁珩笑了笑。「那天在酒樓裡碰到的那個報案的還記得嗎？我今天在審那件案子。」

沈蓁蓁點點頭。「去淨手吧！我去給你端飯，就在院裡吃可好？」

梁珩應了聲，先進屋去換衣裳。

他出來時，就見院中桌上已經擺好了飯，沈蓁蓁端著一碗湯從廚房出來，將碗放在桌上後，坐在梁珩身邊。

梁珩看著桌上幾道菜，雖然品相不好，但這是沈蓁蓁親手做的。他挾了兩筷子，還沒吃就想起一件事。

「蓁兒，妳看我們要不要雇個人？」

「雇人做什麼，就我們兩人不好嗎？」

梁珩放下碗，拉過沈蓁蓁的手，原先白皙細膩的手，如今已經有些粗糙了。

他輕輕摩挲著沈蓁蓁的手心。「蓁兒，如今我忙，家裡買菜、做飯、洗衣都是妳在做，妳這麼累，我會心疼；而且我一出門就是一整天，雇個人除了能幫忙做事，也能陪妳說說話。」

沈蓁蓁抬眼看著梁珩眼中毫不掩飾的心疼，伸手抱住他的胳膊。

「梁郎，我出嫁時，我娘打算給我安排陪嫁丫鬟，可我拒絕了。」

梁珩輕輕應了聲。

沈蓁蓁抬起頭。「你可知道陪嫁丫鬟是什麼？」

「可以照顧妳啊！為什麼要拒絕？」

「陪嫁丫鬟以後可能會給姑爺做通房。」

沈蓁蓁雖是面不改色，語氣平靜，梁珩還是從裡面聽出了酸意，不禁輕輕笑了笑。

這一笑，可就打翻醋罈子了。

只見沈蓁蓁倏地繃起臉，起身往房間走去。

梁珩連忙站起身，幾步追上她，拉著她的胳膊。「怎麼不高興了？」

沈蓁蓁把他的手甩開，繼續往房間走去，快走到門口時，梁珩追上來抱住她的腰，不讓她走。

「為夫錯了，蓁兒別生氣。」梁珩反應過來，可能是自己那一笑讓沈蓁蓁誤會了，他不禁後悔，當時就該繃著臉堅定表示自己絕不會要什麼通房丫鬟。

沈蓁蓁背對著他，還是不說話。

梁珩從沒見沈蓁蓁這麼生氣過，心裡不禁有些慌，又連聲道歉。「是我的錯，蓁兒別生氣……」

沈蓁蓁聽著梁珩輕聲細語地哄她，心下不禁泛起酸來，梁珩真的對她太好了。

梁珩見沈蓁蓁還是不說話，繞到她面前，就見她眼眶通紅，連鼻頭都泛著紅。見沈蓁蓁哭了，梁珩真的慌了，連忙將人摟入懷裡。

沈蓁蓁聽著梁珩不停輕聲哄她，伸手緊緊抱住梁珩的腰，頭埋在他胸前。

梁珩輕聲道：「蓁兒，我就是想我不在的時候，能有個人陪妳說說話，否則妳一個人在家孤單一整天，我很心疼。我沒想要什麼通房丫鬟，我這裡，」說著拉住沈蓁蓁的手，捂在他的胸口上。「只有妳，也只能有妳。」

沈蓁蓁聽著梁珩認真的情話，心下又喜又感動，還有些自責。自己明明知道梁珩絕不是那種會納通房丫鬟的人，可卻還是不信任他。

梁珩真的太優秀了啊！他對她的愛，在她看來是沒什麼道理的，她甚至不知道梁珩愛她什麼，所以內心深處她很害怕。如今梁珩做了官，又聽說官場上經常往來送美人……

「梁郎……」

梁珩聽到沈蓁蓁帶著哭音，輕叫了他一聲。

「我在這兒。」

梁珩剛說完，就見沈蓁蓁淚眼朦朧地抬起頭，突然摟住他的脖子，湊上來，吻上他的唇。

沈蓁蓁從未這麼癡纏地吻過他。梁珩睜開眼，就見沈蓁蓁閉著眼，眼角一顆淚落下來，滑入兩人的嘴裡，鹹鹹的，像有絲淡淡的苦澀。

在這個吻裡，梁珩感受到沈蓁蓁深深的不安。

他緊抱住她的腰，不顧唇上似乎被咬破帶來的痛意，深深回吻著。

在梁珩無聲的安慰下，沈蓁蓁不安的心漸漸安穩下來。

梁珩一把抱起沈蓁蓁往屋裡走去，解開她衣裳時，沈蓁蓁突然想起梁珩還沒吃飯。

「梁郎，你還沒吃……」

餘音卻被梁珩的唇堵在嘴裡。

當喘息停歇，屋內早已是漆黑一片。

梁珩輕輕吻了吻沈蓁蓁，起身點了蠟燭，房間終於亮堂起來。

沈蓁蓁睜開眼，就見梁珩什麼都沒穿，正往床邊走來，她羞得慌忙閉上眼。

梁珩撿了衣裳穿起來，輕聲道：「我去燒水，等我一會兒。」
沈蓁蓁閉著眼，輕應了一聲。
梁珩生了火，給鍋裡添滿水，坐在灶孔處注意柴火時，就聞到一股熟悉的香味。他轉過頭，果然見沈蓁蓁進了廚房。
「梁郎。」沈蓁蓁挨著梁珩坐下。
梁珩伸手將她摟住。「怎麼起來了？」
沈蓁蓁俯下身，趴在梁珩的腿上。
「對不起。」
梁珩輕輕撫摸著沈蓁蓁的青絲。「不礙事的，是我不該惹蓁兒生氣。」
沈蓁蓁當然知道今天根本就不能怪梁珩，是她吃了乾醋。
她沒有再說話，閉上了眼。此刻趴在梁珩的腿上，只覺得再安心不過。

次日，孫志等人一早就將昨天查到的線索來向梁珩報告。
梁珩聽完，派衙役去將劉舟和其妻楊氏叫到衙門來。
劉舟和楊氏很快就到了衙門，跪在堂下。
「此案本官已經查明白了。楊氏，妳且說說，為何要悄悄讓妳兄長將糧食運走？」
楊氏三十來歲的模樣，看著有些瘦弱。聞言，心下一抖，抬眼見一個身著綠色官服、頭戴烏紗帽的俊秀男人嚴肅地看著她。

楊氏驚異於縣官老爺如此年輕，也十分懼怕，他竟這麼快就將真相查出來了。

劉舟轉頭，驚怒交加地看著身邊的妻子。

楊氏看著丈夫震驚、憤怒的眼神，一下就哭出聲來。「我娘家沒了糧食，我們家餘糧足夠一家人吃了，可你就是不肯接濟他們，難不成要我眼睜睜地看著我的父母、兄弟餓死嗎？」

「好啊！妳已是潑出門的水，竟然作賊偷糧食送回娘家去，妳、妳……我非休了妳不可！」

楊氏哭道：「嫁給你十幾年，為你生兒育女，做牛做馬、累死累活就換來一紙休書，你要是敢休我，我就一頭撞死在劉家的宗祠！」

「……」

梁珩看著堂下爭吵不休的夫妻，猛然一拍驚堂木，下面兩人立刻安靜下來。

事情已經很清楚了，楊氏娘家沒了糧食，楊氏想接濟娘家人，劉舟不肯，楊氏便偷偷將糧食送給兄弟，謊稱被偷。

案子到了這裡，已算是家務事了，梁珩調解幾句，就讓夫妻倆回去了。

退堂後，梁珩揮手讓衙役們都下去，獨自坐在公案後沈思著。

老百姓吃飽了才能安居樂業，自古動亂皆是因百姓食不果腹、居無定所，沒了活路，才會不顧一切掙出一條生路來。

江淮作為大齊的糧倉，其重要性不言而喻。若只是江寧一縣如此，情況可能還沒有這麼糟，若是都這樣……梁珩思及此，回想起還在京時，皇上藉著安撫他，召他進宮時說的話。劉致靖也被外派到江淮這一帶，越是富庶的地方，貪腐就越嚴重，皇上自是知道。只是官場上牽一髮而動全身，如今皇上根基未穩，不能妄動，便派兩人過來，看看能不能打開一個口，只要打開了這個口，就算補上，也必有破綻可鑽。

梁珩想了一會兒，起身回到後衙，沈蓁蓁正在等他吃飯。吃過飯，梁珩又到了文書房，熟悉江寧縣各方面的事務。

江淮有全國最大的糧倉——淮寧倉，每年江淮都會藉由運河，往京城長安運送數十萬石糧食，而各縣也都有糧倉，這糧食平日不可動，皆是儲存著，防備天災人禍。

江寧自是也有糧倉的，梁珩翻看著記錄每年入庫糧量的檔案時，突然想到了方法。

他連忙修書一封，讓孫志快馬加鞭往州府送去，並交代他一定要等到州牧答覆了再回來。

焦灼地等了一天，次日下午，孫志才從汴城回來。

梁珩滿心期待地拆開孫志帶回來的信，一看，頓時滿臉失望。

只見信上潦草地寫著四個字——

癡人說夢。

第十七章

沈蓁蓁明顯感覺到梁珩最近的情緒不大對，比以前更愛抱她，也不說話。她很擔心，梁珩卻不告訴她發生了什麼事。

城裡的鄉紳、商戶們不知託張安和與王彥邀請梁珩多少次，準備宴請他，都被梁珩婉拒了。兩人見梁珩不想去赴宴，再有人託他們，他們也找藉口推拒了。

而縣城以外，很多地方的百姓都知道新縣令上任了。因為上次梁珩下鄉慰問百姓的消息不脛而走，百姓等待了太久，見過梁珩的人都說終於盼來了好官。

消息一傳十，十傳百，傳到最後，梁珩幾乎成了活菩薩一樣的官老爺。

夏收眨眼就到了，收成果然不好，穀粒多半都是空殼，只能用來餵牛。

百姓們都盼著官府發布今年免收糧稅的公文，左等右盼，盼來了公文，卻是徵收糧稅的。

百姓們一開始有多希望，如今就有多憤怒。

前面三年好不容易才熬過去，想著換個縣令會有所不同，誰知結果都是一樣的。

梁珩在縣衙中跟張、王兩人商量公事，並不知道江寧城以外，一個憤怒的漩渦正在迅速成形，只待一片樹葉飛入，就要颳起驚天颶風。

公告頒布下去，好些天都沒有百姓來交糧。

有幾個衙役本就十分蠻橫，常被李文伯派去辦其他衙役不忍心辦的事，這會兒見沒人來交糧，又見梁珩一副溫和的樣子，想著或許是縣令不忍心催老百姓，便想著立功的機會來了，也沒跟梁珩打招呼，就下鄉催糧去了。

這天中午，梁珩正在後衙吃飯，就見孫志急急忙忙地跑進來，神色慌亂道：「大人，不好了，衙門前面來了好多扛著鋤頭的百姓，把衙門堵上了，要找您討說法，您快去看看！」

梁珩倏地站起身來，百姓聚眾圍堵衙門，嚴重性不言而喻。

「蓁兒，妳在家別出去，我去看看。」

梁珩迅速丟下一句，連官服都來不及換，就跟著孫志往衙門大門跑去。

老遠就聽到一陣喧鬧聲，大門緊閉著，上了門栓，還在衙門裡的衙役全聚在大門後，皆是面帶慌亂、懼色。別說年輕的衙役沒見過這種陣仗，就連在衙門待了十幾年的衙役都沒見過。

梁珩一過來，眾人像是找到主心骨兒一般，連忙圍了上來。

「怎麼回事？」梁珩繃著臉問道。

「不知道啊，這些百姓突然扛著鋤頭圍住衙門，本來只有幾十個人，後來人越來越多……」王彥沒說完，外面就傳來喝罵聲。

「狗官！你們搜括老百姓的血汗，想把我們往死裡逼，我們也不要命了，就要取你狗官的項上人頭！」

「對！」

梁珩聽外面百姓情緒越來越激動，大有砸門之勢，便讓人將大門打開。

「大人，外面老百姓情緒正激動，大人還是避一避，等他們氣消了再出去吧！」

「是啊，大人！」

「避什麼？是誰將老百姓逼成這樣的？老百姓是來要交代的，我不給老百姓交代，他們要如何消氣？」

這番鏗鏘有力的話，在喧鬧的人聲中分外清晰，幾個衙役看著梁珩年輕卻無絲毫懼色的臉，心下也不由一陣激昂。

「屬下願意陪大人去！」

「屬下也願意！」

「屬下……」

梁珩擺擺手，讓人打開大門。

憤怒的百姓已將衙門圍得裡三層、外三層，正憤怒地叫罵著，就見緊閉的衙門大門緩緩打開，從裡面走出一個眉清目秀的年輕人。他穿著一身天青色長衫，像是個普通的讀書人。

眾百姓看著那年輕人一步步堅定地走出來，不禁齊齊噤口。

梁珩走出衙門，見外面街道上擠滿了身穿短衫的百姓，至少數千，他環視一周，朝百姓拱拱手。「諸位父老鄉親，我就是新任縣令，梁珩。」

眾百姓難以置信，如此一個唇紅齒白、不過二十出頭的男人就是新任的縣令？大家震驚得一時忘了言語。

梁珩繼續道：「父老鄉親們，我也是農門出身，靠我娘不分四季給人洗衣裳，才能供我考上進士。我知道鄉親們生活艱難，我也知道今年收成不好……」

話還未說完，下面就有人大聲道：「既然你出身農門，也知道今年收成不好，為何還要徵糧稅？這不是想把我們往死裡逼嗎？」

「對！」

「為什麼不給我們活路?!」

「……」

百姓們的情緒又被帶動起來，只是相較剛才，聲音已經小了不少。梁珩說自己出身農門時，老百姓心裡就將他當作自己人了，而且眾人看著梁珩的長相，潛意識已經認為他不像是貪官。

梁珩又拱拱手，說道：「鄉親們，請安靜一下，聽我說幾句。」

百姓們漸漸安靜下來。

「稅收是一國安民之本，不能不交。」梁珩話音剛落，群眾的情緒又憤怒起來。

「我們年年交稅，人頭稅、戶稅、徭役稅……稅交上去，沒見過國家為我們做過什麼，我們還交什麼？如今連活路也不給我們，我們不活了，就跟你們這些……」那人看著梁珩，卻說不出「狗官」兩字。「跟你們拚了！」

「對，我們不活了，跟你們拚了！」

又是好一陣騷亂。

「鄉親們……鄉親們！」梁珩喊了兩聲無果，往後退了兩步，一把抓起鳴冤鼓槌，猛地敲了兩下。

「砰砰」兩聲巨響，百姓終於安靜下來。

梁珩剛剛就明白了，這會兒不能跟這些憤怒的百姓講理，便大聲道：「鄉親們，我梁珩在此保證，你們交了糧稅後，絕不會讓你們餓著！」

「你如何保證？糧食都交上去了，我們怎麼能吃飽？」

梁珩看著那一雙雙絕望憤怒的眼睛，心下一痛，深吸了一口氣，道：「等你們交了糧，官府糧倉會放救濟糧，保證夠大家吃到新一季的糧食收成！」

門內，張安和和王彥兩人聽到梁珩這麼說，臉色驟變。梁珩從來沒有跟他們說過開倉賑民的事！這糧倉平常如何能開？非有上面政令不可開，可梁珩今天一下就當著數千百姓面前說了。

「完了……」兩人頹喪地齊嘆一聲。

另一頭，沈蓁蓁聽到衙門前面的吵鬧聲，按下狂跳的心，強自坐了一會兒，最後實在坐不住，起身就往前衙去。

她快步往前衙走，叫罵聲也越來越清晰，聽得她心驚肉跳。想著在前面的梁珩，她一陣害怕，不禁小跑起來，往前衙衝去。

剛穿過過堂，叫罵聲就驟然停了下來，衙門大門敞開著，沈蓁蓁一眼就看見那個站在衙門外面、獨身一人面對著百姓的怒火，站得筆直的身影。

大門外，能看到的地方都擠滿了百姓，手裡多半都拿著鋤頭、鐮刀等農具，神情憤怒地盯著那道身影。

沈蓁蓁嚇得心都快跳出來了，此時聽到梁珩清澈的聲音傳來。

「諸位父老鄉親，我就是新任縣令，梁珩。」

沈蓁蓁停下腳步，看著那道略顯單薄的身影，即使獨身面對無數憤怒得快要失去理智的百姓，他的話音裡依然沒有絲毫畏懼。

她慢慢地走到眾衙役後面，眾人都看著前方，並沒有注意到她。

就算今天會出什麼事，她也會陪著他一起。沈蓁蓁思及此，漸漸冷靜下來，害怕的情緒驟然消退。

等到百姓情緒再次失控時，沈蓁蓁拚命壓抑著想出去陪他一起面對的衝動，若她這時出去，就是給梁珩添亂。

她緊張地看著梁珩，直到梁珩取下鼓槌，重擊兩下後說出那番話。

沈蓁蓁頓時明白為何梁珩這些天會如此反常。

就算她沒有讀過律法，也知道官倉是不能輕易開的，遇到天災人禍時，地方奏請，朝廷下令，才可以開倉賑民；若是私自開倉，後果……沈蓁蓁臉色一下變得煞白。

自從梁珩到了江寧後，看著百姓生活在水深火熱之中，就算梁珩很少跟她說，沈蓁蓁也知道梁珩心裡很不好受，可她萬萬沒想到，梁珩會為了江寧一縣百姓，將生死置之度外。

沈蓁蓁的眼眶不禁泛紅，梁珩還那麼年輕，他卻選擇了大義。

外面的百姓聽梁珩這麼說，果然都安靜了下來。

梁珩說完，腦中千迴百轉。他在賭，可也許他會輸。

想到後院的新婚妻子，他的心驟然一疼，但面前還有數千百姓在等著他解釋。

梁珩深吸一口氣，將其他念頭暫時壓下去。

「鄉親們，如今已經六月了，二季稻穀九月便可以收成，只要我們挺過這三個月，就能等到新稻穀成熟。」

整條街道上鴉雀無聲。

梁珩繼續道：「若是鄉親們同意，今天便可以開倉放糧。鄉親們也許會問，交糧稅又放糧，何必多此一舉？可糧稅不能不交，朝廷也有律法規定，必須交新糧。鄉親們交了糧稅，沒了吃的，自然就得開倉放救濟糧！」

眾百姓將信將疑，紛紛議論起來。

就在此時，一個老者從人群中擠了出來，顫巍巍地走上臺階，就要給梁珩下跪，正是梁珩下鄉見到的老者。

梁珩連忙上前扶住老人。「老人家，您也來了？」

街道上的百姓看著一個衣著破舊的老者走上臺階，那年輕縣令還親自扶住他，這奇怪的一幕，讓眾人不禁都噤了口。

由於這老者高壽，周圍好些村人都認得他，這會兒見他上去，不禁好奇起來。

老人對梁珩道：「縣官老爺，我信你，我只有一畝地，明天，我就把糧食挑來。」

梁珩看著老人眼中的信任，不禁熱淚盈眶。「老人家，您年紀大了，我派衙役跟您回去拉糧食，您放心，一定會給您記上去。」

「他們在說什麼？」

「聽不到啊！」

老人拉著梁珩的手，用力點點頭。經歷過一輩子的滄桑，老人如何不會識人？會輕聲細語跟他這種入土半截的老農說話，會不嫌棄他污黑的手，緊拉著他的官老爺，他這輩子都沒見過。

等老人走下臺階，前面的百姓立刻圍住老人，問他跟梁珩說了什麼。

老人說了什麼，梁珩聽不見，只是老人說完後，前面的人沈默了會兒，紛紛表態道：「好，縣官老爺，我信你，我下午就把糧食擔來！」

「我家也信你！」

「……」

本來眾人心下就有些想法，和官府作對，眾人心裡怎會不害怕呢？自古民不與官鬥，只不過是被逼得沒有辦法了。

這會兒見有人帶頭交糧，便也紛紛跟著表態會交糧。

後面一眾衙役看著前面那道年輕的身影，心下可謂五味雜陳。開倉賑民，他們自然都知道意味著什麼，梁大人這是不要命了。

外面的呼聲越來越高，不過不同於先前的叫罵，都是表明要交糧稅的。

梁珩不知道州牧知道這事後會做何反應，心想還是早點將糧食發下去較為妥當。

「鄉親們、鄉親們！」梁珩叫了兩聲。

「噓！別吵、別吵！」前面的人見後面的人還在不停地說，連聲齊叫，後面的人也逐漸安靜下來。

「鄉親們，能今天將糧食挑來的，就今天挑來，交了糧稅，馬上就到糧倉去領救濟糧！」梁珩道。

百姓一聽，便匆匆散去，急忙回家擔糧。

梁珩轉身走進大門，一眼就看到站在廊下的妻子。

梁珩怔了怔，這麼大的事，他卻沒有告訴她，梁珩不禁有些無顏面對她。

可他卻看到沈蓁蓁對他含淚一笑。

笑容裡，是理解、是支持。

梁珩緊緊抿了抿唇，將瞬間湧上的熱意生生壓了下去，畢竟現在他還有要事要交代。

「梁大人，您怎能如此草率地做了開糧倉的決定？您可知道，這糧倉您是沒權力開的啊！」王彥著急道。

梁珩點點頭。「對不住，沒有事先跟你們說，這件事由我一人承擔。」

「您說由您承擔就行了嗎？我等算是被您害苦了！」

「王主簿！」張安和厲喝了一聲。

王彥看著周圍幾個衙役與張安和都皺著眉頭看他，冷哼一聲。「這事你們要做便做，我不會跟著你們去送死的，這事我什麼都不知道！」說著便轉身出了大門。

「梁大人，屬下願意跟著您！」孫志俯身堅定道。

「屬下也願意！」

張安和沒有說話，神色卻表明了一切。人心都是肉做的，李文伯如此壓榨百姓，他們如何能無動於衷？他們也都是喝這一方水、吃這一方米長大的，只是強權之下，除了明哲保身，他們能怎麼辦呢？

沒想到眼前這位年輕的縣令，將他們深埋已久的熱血點燃，使之沸騰起來。

梁珩看著周遭神色堅定的人，喉嚨哽咽。這事若沒有幫手，他一人絕對做不到。

梁珩甚至沒來得及和沈蓁蓁說句話，就帶著衙役進堂分派任務去了。

這個計劃梁珩已經想了好些天，本來想等回覆，老百姓卻來得更快。

張安和將田地登記冊找了出來，拿到糧倉外，幾個衙役也將量糧食的斗拉了出來。

梁珩帶著兩個衙役去了糧庫，百姓交了糧稅後，張安和那邊會開收據，憑收據便可以領救濟糧。

梁珩交代完，又到了另一邊的收糧處。

很快就有住家離縣城近的老百姓或挑、或用牛車拉著糧食，來到縣衙交糧。

百姓將挑來的糧食倒進斗中，直至將之填滿，為一斗。

以往交糧時，斗明明已經滿了，收糧的衙役還是不停地往上堆，實在裝不下了，就用力踢斗身，糧食便撒出不少。這些撒出的糧食是不允許撿起來的，算是折損糧，有時候一斗糧食，折損了小半斗，才算裝滿過關。

而今天，糧食堪堪將斗裝平，便算做一斗了。很多百姓挑了多餘的糧食來，最後都剩了下來。

百姓們看著站在一旁的縣官老爺，總算真正明白，江寧終於盼來了好官。

看見前面交了糧的人家領到了救濟糧，後面來交糧的人就越來越多了，生怕夜長夢多，在官倉外面排起了長隊。

眾衙役忙得團團轉，沒注意到有兩、三個衙役趁著人多跑了。這事他們清楚其中厲害，不想平白搭了性命進去。

眾人一直忙到天黑，外面還有不少百姓排著隊，排在後面的百姓，見天都黑了，怕衙門的人要散值了，準備挑著糧食回去，就有衙役出來通知，今夜會連夜收糧。

百姓怕會出什麼意外，就算連夜等也是願意的。

糧倉裡的松明在夜色中分外亮堂，官倉前萬頭攢動，眾人忙得連晚飯都沒時間吃。

沈蓁蓁在家等至夜深，梁玠都還沒有回來，便知道他肯定是被公務耽誤了，不然梁玠絕不會讓她獨自在家。

沈蓁蓁到了官倉外頭時，就見官倉大門外還有許多百姓在排隊，等著進去交糧。

沈蓁蓁走進大門，一眼就看到了松明下，低頭奮筆疾書的梁玠。

梁玠寫好一張，將收據遞給面前等候的百姓，笑道：「拿著這個去右邊領救濟糧。」

那百姓千恩萬謝地去了。

沈蓁蓁走到梁珩身後，不欲打擾他，梁珩卻聞到了她的香味，轉過身，果然見到沈蓁蓁站在他身後。

「蓁兒？」

「梁郎。」

沈蓁蓁見寫收據的只有梁珩，有些忙不過來，又看旁邊有一張凳子，凳前的桌上也有一副筆墨紙硯，便坐了下來。

「梁郎，你跟我說說要怎麼寫。」

「蓁兒，這還得忙很久，妳回去睡吧，不要等我了。」

沈蓁蓁偏頭看著梁珩，沒有說話。

梁珩看著她堅定的神色，明白她的心意，心下湧起巨浪般的感動。

有妻如此，夫復何求？

一直忙至大半夜，才收完最後一家百姓的糧食。

大半夜通宵下來，等候的百姓都十分勞累，更別提收糧的衙役以及梁珩等人，一個個熬得眼眶通紅，衙役們還要將糧食搬進倉裡，更是累得撐著腿在做事。

梁珩和沈蓁蓁寫了大半夜的收據，不僅又睏又餓，右手都快抬不起來。

眾人都還沒吃晚飯，梁珩讓人將糧庫鎖好，讓府兵看管著，招呼眾人到街邊找攤子吃宵夜。

郭山推薦一家麵攤，就在衙門後面不遠的一條巷子前，晚上通宵營業。

郭山和孫志在前面帶路，梁珩牽著沈蓁蓁與張安和一起走在後面。路上沒什麼燈籠，幸好天上明月高懸，滿地清輝，且街道寬敞，倒是不擔心看不見路。

到了麵攤，眾人坐了下來，有幫忙的全部都在這兒了，誰走了也一目了然，卻都默契地沒有提起他們。趨利避害是人之本性，沒什麼好苛責的。

張安和見沈蓁蓁也在，本欲去和衙役們坐，被梁珩給攔下了。如今眾人也算共患難了，關係比之前親近不少。

張安和見梁珩邀他，也不多推辭，坐了下來，只是離沈蓁蓁有段距離。

沈蓁蓁暗自打量這個江寧二把手，只見張安和不過三十來歲，皮膚白淨，看著很是年輕；面相不說和善，也不凶惡，想必不是什麼奸詐之人，更何況今天那樣的情形，沈蓁蓁都看在眼裡。這個張安和，算是可以結交之人。

「張大人，今天肯定還會有百姓過來交糧，天亮要早些過來。」梁珩道。

張安和點點頭，熱血褪去，這會兒他心裡也不禁後怕起來，他不是毛頭小子，還有一大家子靠他養活，今天卻跟著衝動了一次。

他是戊子年的三甲進士，二十八歲才中了進士，又等了三年，才終於等到職缺，到江寧來做縣丞。

李文伯在任的那些作為，他看在眼中也極為憤怒，可州牧知道這事，都沒有干涉，甚至還常來江寧請李文伯喝酒，這就說明了一切，李文伯背後有靠山。

他只是寒門出身的一個小小末流縣丞，強權之下，又能怎麼辦？

有時候想起自己眼睜睜地看著李文伯的暴行而不作為，甚至一度想辭官不做，可就算是末流小官，也足以光宗耀祖，且這個官位他付出了太多，也等了太久。

幾番思慮下來，終是沒有辭官，他也從最開始的憤怒，到後來的麻木，認清了一個事實——

大齊就是這樣的現狀，誰能改變它？

兩人說了會兒話，張安和看著沈蓁蓁，說道：「夫人初到江寧，賤內平日無事，若是夫人不嫌棄，在下可讓賤內來陪陪夫人。」

沈蓁蓁笑道：「那可真真好呢！不瞞張大人，來江寧這些天，不認識人，想出去逛逛都不敢去，可把人悶壞了。」

梁珩轉頭看著一臉笑意的沈蓁蓁，心下不禁自責。到江寧這些天，自己一直很忙，忽略了她。

沈蓁蓁轉頭就見梁珩滿眼心疼地看著自己，伸手握住桌下他放在腿上的手，輕輕笑了笑。

梁珩緊緊地反握住那隻柔荑。

張安和在一旁看著兩人深情流露的模樣，不禁想起家中的髮妻陳氏。陳氏嫁給他時，他不過是一介窮酸秀才，陳氏不嫌他家貧，嫁給了他，為他洗衣做飯、做牛做馬，甚至在他屢試不中時，也未曾多說半句，一直支持著他，為他生下一雙兒女。

張安和一直對陳氏禮遇有加，但到江寧上任不久，有鄉紳送給他一名美婢，他很是喜歡，就抬了做妾。

張安和一下想了很多。

梁珩兩人沒有再說話，一時間沈默下來。

麵很快就上桌了，眾人匆匆吃完就散了，畢竟還有百姓未交糧，天亮後還要早起。

孫志幾人本欲送梁珩他們回去，卻被梁珩婉拒了，讓他們回去休息。

梁珩牽著沈蓁蓁往回走，銀輝灑在兩人肩頭，背後拉著淺淺的長影。

沈蓁蓁偏過頭，看著身旁的梁珩。

梁珩的唇抿得緊緊的，似乎在想什麼，並沒有注意到她在看他。

「梁郎。」

梁珩回過神來，看向沈蓁蓁。「蓁兒。」

沈蓁蓁停下腳步。「梁郎，今天的事，你不提前告訴我，我能理解，也不怪你；但是，若之後還有什麼事，我不許你再悶在心裡，獨自承擔。」

梁珩看著沈蓁蓁的認真之色，沈默不語。

「我知道私自開倉放糧，你可能會丟官，甚至嚴重點，可能會死。」沈蓁蓁伸手將梁珩的身子扳過來，一字一句道：「你我夫妻，生同衾，死同穴，就算你因此丟命，黃泉路上，我也定會陪著你。」

「絕對不行，天一亮我就讓人送妳回涼州！」梁珩不禁大驚失色。他如何能讓蓁兒陪他去死？他甚至想好要寫一封休書，總之，這件事，絕不能牽扯到她。

沈蓁蓁看著梁珩的神色，又聽他說要送她回涼州，就明白他做了什麼打算。她是他的妻子，若是被追究，家屬絕無可能不受牽連，除非……

沈蓁蓁的心驟然疼痛起來，臉色變得慘白。

梁珩見沈蓁蓁臉色不對，忙拉住她的手，正想說話，就被沈蓁蓁一把甩開。

「梁珩，沒想到我沈蓁蓁在你眼裡，就是只能同富貴、不能共患難之人。」

沈蓁蓁臉上沒有憤怒，沒有哀痛，什麼都沒有，卻讓梁珩慌了神。

「蓁兒，妳聽我說……」

沈蓁蓁沒等梁珩說完，轉身就往前疾行。

一路上，不管梁珩怎麼說，沈蓁蓁只是低頭看路，沒多看梁珩一眼。

梁珩做下那個決定何其艱難？他的心也痛得在滴血，沈蓁蓁好不容易成了他的妻子，本以為兩人能廝守一生，誰承想……

就算沈蓁蓁面無表情，像是毫不在意，梁珩也知道她心上的疼不比他的輕半分。

做下開倉賑民的決定後，梁珩頭一次動搖了。他本該自私一些的，他根本就沒有他安慰自己時那樣，捨得留下沈蓁蓁獨自一人。

兩人僵持著進了後衙，沈蓁蓁還是一言不發，逕自摸黑進房躺下。

梁珩跟在後面，點了蠟燭，看著背對他躺下的妻子，欲言又止。

最終，他還是什麼都沒說，也沒有洗漱，在床外沿躺下。

沈蓁蓁蜷縮在一角，聽著梁珩的呼吸逐漸均勻，眼淚不由自主地流了出來。

她何嘗不知道，梁珩這是在安排她的後路呢？可她以為他至少會再哄哄她，他再多哄哄她，她就原諒他了。

沈蓁蓁壓不住心頭的絕望和悲痛，眼淚滂沱直下。

她緊緊地捂著嘴，不讓自己哭出聲，身體卻不由得打顫。

突然，梁珩將沈蓁蓁的身子扳過來，就見沈蓁蓁緊閉著眼，咬著自己的手背。

他輕輕將她的手拿下來，上面已經有了血印，她的頭髮也蓋住了她的臉。

他伸手撥開她的頭髮，跪坐起身，將沈蓁蓁抱入懷裡。「蓁兒，對不起。」

沈蓁蓁沒說話，任梁珩緊緊抱著她。

沈默中，沈蓁蓁感覺到有什麼東西一滴滴地落在她髮上。

沈蓁蓁抬起頭，就見梁珩不知何時已淚流滿面。

沈蓁蓁立刻哭出聲來，邊哭邊捶著梁珩的胸口。

「你不跟我多商量，就想了這個法子，我不怪你，比起這一縣百姓的性命，你我算得了什麼？反正我沈蓁蓁是死過一次的人了，我怕什麼？可梁珩你千不該、萬不該，竟想休了我……」說到這裡，已是泣不成聲。

梁珩沒注意到沈蓁蓁話裡那句「死過一次」，只是抓住她的手，將她緊緊擁入懷裡，眼淚直流。

他何嘗不痛呢？

「都是我的錯，蓁兒……」

沈蓁蓁緊貼在梁珩胸前，聽著他的心跳。他是因為太在乎她了啊！自己怎麼能苛責他？

沈蓁蓁突然掙脫梁珩的懷抱，用力吻上他的唇。梁珩感到唇上一疼，嘴裡泛起血腥味。

良久，兩人才分開。

「梁珩，你記住，是你要娶我的，你要是敢休了我，我……我就嫁人給你看！」

不知多久，兩人相擁睡去。

不到兩個時辰，梁珩就醒了，剛一動，沈蓁蓁也醒了過來。

「梁郎……」

「蓁兒，我去糧倉了，妳再睡一會兒吧！」

梁珩低下頭，黑暗中卻看不清懷裡的沈蓁蓁。

沈蓁蓁睏得有些睜不開眼，仍強迫自己坐起來。「我要跟著你去。」

梁珩知道，也許這是兩人在一起的最後時光了。他沒有多說什麼，起身點了蠟燭，房間緩緩亮了起來，兩人這才看清彼此，眼睛都是紅腫不堪。

兩人穿好衣裳，沈蓁蓁在梳妝，梁珩便先出了房間。外面的天只是微微亮，天邊掛著一顆明亮的星星。

梁珩怔怔地看著那顆星星良久，房裡沈蓁蓁拉凳子的動靜驚醒了他，他趕緊摸黑到院中洗漱，進廚房生火。

等沈蓁蓁洗漱完，梁珩已經生好火，沈蓁蓁便熬了一鍋粥。

兩人緊挨著坐下，一人手裡端了一碗粥，迅速吃完，立刻就往官倉去。

出門時，天已經亮起來。

到了官倉，遠遠地就看到有許多百姓正坐在官倉外的牆壁下等著，腳邊堆著幾籮筐稻穀。許多人家都是拉家帶口，揹著穀子，跋山涉水，不知幾更天就出門，才會趕在天還沒大亮前抵達縣城。

有人見梁珩兩人走過來，叫了起來。「縣官老爺來了！」

雖然梁珩只在昨天露了一次臉，卻讓昨天參與的所有老百姓都記住了他。

所有靠牆打盹的、說話的老百姓聞言都看了過來，就見年輕的縣官老爺牽著一個女子走了過來。

老百姓們看著那雙玉人，都忘了要給官老爺行禮，全都驚異地盯著兩人。

梁珩放開沈蓁蓁的手，笑著跟眾人打招呼。「鄉親們這麼早就過來了？」

眾人看著笑容親切的梁珩，都不由點點頭，畢竟是莊稼人，拙於言辭。

官倉大門還是緊閉著的，那些衙役都還沒來，梁珩也不叫裡面的府兵開門，就站在門外與百姓說起話來。

「老大爺，你是哪個村的啊？」

那老漢頭上戴著草帽，坐在地上抽旱煙，見縣官老爺和自己說話，忙將陶煙斗裡的煙倒了，還有一截沒抽，捨不得扔，掐熄以後放進口袋，這才站起身來。

「官老爺，老漢是磨子村的。」

梁珩點點頭，拉著那老漢席地而坐，沈蓁蓁則站在一旁看著。

「你們村來了多少人家？」

「全來了。」說著給梁珩指了指旁邊坐在地上、正看著他們的一群人。

梁珩看了看，心裡略微估計了下，怕有二十來戶。

梁珩又問了老漢其他的家常。

旁邊的百姓驚訝地看著和他們一樣坐在地上，臉上一直帶著笑意的年輕縣官，他看上去就像是一個普通的讀書人，一臉溫和，沒有一點官架子。

百姓心中不由疑惑，這真的是縣官老爺嗎？

過了一會兒，孫志等人陸續來了，將大門從裡面叫開，又吩咐百姓排隊，眾人這才進去。

整個早上非常忙碌，沈蓁蓁趁著空檔，去買了些包子回來，發給衙役，正吃著，就來了一村百姓。

沈蓁蓁將咬了一半的包子放在桌子旁，開始寫起收據。

沈蓁蓁寫好一張，抬頭就見面前站著一個面黃肌瘦的婦人，旁邊還有兩個孩子，也是十分瘦弱的模樣。

那兩個孩子大的十來歲，小的七、八歲，衣衫雖破舊，卻很乾淨，目不轉睛地盯著沈蓁蓁咬了兩口、放在一旁的包子。

沈蓁蓁看著孩子瘦得眼珠都凸出來的模樣，不禁一陣心疼，只是包子都是照著人數買的，她和梁珩一人兩個，衙役則一人三個，梁珩的已經吃完了，她只剩這一個，還咬了兩口。

沈蓁蓁看了看周圍交糧的百姓，身上都穿著打了一層又一層補丁的土布短衫，纖瘦的面上帶著難掩的疲憊。有許多大人在這邊交糧，孩子就坐在牆壁下睡著。

這些百姓的住家離縣城最遠，坐馬車都要近兩個時辰，而這些百姓，全家上陣，挑著幾百斤稻穀步行至縣城。

沈蓁蓁湊到梁珩耳邊說了幾句話。

梁珩站起身來，大聲道：「鄉親們，交完糧、領了救濟糧後別急著走，再回來這裡，我有事交代。」

百姓一聽梁珩這麼說，頓時低聲議論起來，縣令有何事要跟他們說？但還是紛紛應聲。

梁珩叫來孫志，交代兩句，孫志便小跑著出了大門。

三刻後，這批百姓交完糧食，也領到了救濟糧，都過來等著，只等縣老爺說完話，就要挑著糧食回家。

可等了近一刻鐘，都沒見縣官老爺說什麼，眾人不禁有些急躁起來。很多人都是在家吃了點稀粥就來，挑著稻穀走了這麼遠的路，此刻已是餓得頭昏眼花，只想趕緊拿著救濟糧回家煮飯吃。

一個後生便大著膽子過來問梁珩。「縣官老爺，您想跟我們說什麼就快說了吧！我們都趕著回去呢！孩子們都餓了。」

梁珩看了看牆角邊餓得雙眼無神的孩子，也不禁著急起來。孫志怎麼還沒回來？

就在這當口，孫志抱著好幾層的蒸籠進來了。

梁珩見孫志來了，忙收拾桌上的筆墨紙硯，讓孫志把蒸籠放下，後面還跟著兩個同樣抱著蒸籠的男女。

「大人，屬下跑了幾家才買到這些包子！」孫志喘著氣道。

梁珩點點頭。「辛苦你了。」

沈蓁蓁將蒸籠打開，一顆顆白白胖胖的包子露了出來。

「鄉親們，大家老遠來交糧，都沒吃早飯吧？都過來領包子吧！吃完再回家去。」梁珩朝一旁的百姓道。

眾百姓看著桌上堆著的三籠包子，都驚呆了。活了幾十年，頭一次碰到請吃包子的官老爺呢！

一開始，眾人還有些不敢上前，沈蓁蓁便招呼了幾聲。

沈蓁蓁看著溫婉柔弱，自然要比梁珩讓人容易親近一些，即使梁珩看著也十分溫良，可他畢竟是百姓畏懼的縣官。

有幾位帶頭的百姓去拿了包子，後面的也跟著過來了，不論大人、孩子，都領到兩個熱呼呼的包子，張嘴一咬，裡面竟然還包著肉餡。

這一頓飯，直吃得眾人心頭暖和，喉嚨哽咽。莊稼人不大會將心裡的感激表達出來，只是將這份恩情深深記在心裡。

江寧縣，真的盼來了好官啊！

汴城。

州牧何庭堅正在招待貴客，婢女進來通傳，說門口有江寧的衙役求見。

何庭堅皺了皺眉，厲聲道：「誰這麼沒眼色，什麼人都進來通傳，沒看見我這裡有貴客嗎?!」

聞言，坐在何庭堅對面的劉致靖立刻想起，江寧縣不就是梁玠到任的縣嗎？梁玠不知道劉致靖到了江淮哪處，劉致靖卻是知道他在哪裡的，便笑道：「想必那衙役有要事，大人何不將此人傳進來？」

劉致靖都這麼說了，何庭堅自然不會拒絕，便對婢女道：「讓人進來吧！」

婢女領命下去，沒多久，就見一個中年模樣的衙役進來。

劉全不敢抬頭，一進來就跪下。「小的見過州牧大人。」

何庭堅冷淡地應了一聲。「你有何事求見本官？」

劉全略抬起頭，就見前面坐著兩個人，其中一人雖十分年輕，卻帶著一股不怒自威的氣勢，劉全不禁心下一驚。

何庭堅見那衙役抬頭看他們，心下不悅，就怕這賤役唐突了貴人。

「嗯？」

劉全聽到何庭堅冷冷的聲音，嚇得心一抖，忙道：「大人，新任梁縣官私自打開官倉，將糧食發放給老百姓了！」

「什麼?!」何庭堅霍地站起身來。

「這個梁……」何庭堅忘了梁珩的名字，頓了頓，又繼續道：「好大的膽子！」

劉致靖也是聽得眼睛一縮。有天災時，縣衙私自放糧還好說，可如今明明風調雨順；但他明白梁珩絕不是那麼魯莽的人，忍下問話的衝動，靜靜地聽著。

何庭堅質問梁珩放了多少糧。

劉全道：「小的來的時候，梁大人他們已經放了一整夜的糧，今日白天肯定放得更多，小的想……應該差不多了。」

何庭堅頹然地坐下。這個梁……真是把他害慘了！

劉致靖還是不說話，在一旁看著。

何庭堅迅速想好對策，如今木已成舟，如何將自己從裡面撇清關係才是最重要的！

「這個梁……本官駁回了他的公文，他竟然不顧本官的意思，私自放糧，這種亂臣賊子，本官要親自緝拿，送往京城！來人，伺候本官換官服！」

何庭堅說完，才想起劉致靖還在一旁，忙致歉道：「三公子，真是對不住，您也看到了，我可能要失陪了。」

劉致靖笑了笑。「不礙事，正好我也無事，就跟著何大人去看看熱鬧吧！」

何庭堅聞言，不禁微微皺了皺眉。他是去做正事，他跟著去看什麼熱鬧？不過轉念一想，有劉致靖跟在一旁，還能為他作證這件事與他無關，便應下了。

何庭堅迅速換好衣裳，帶了幾十個府兵，氣勢洶洶地往江寧趕去。

一隊人到了江寧，已是日落西山。

梁珩他們等了很久都沒見有百姓來，正準備收工，突然有一隊身穿兵服的府兵衝進糧倉，將他們團團圍住。

梁珩拉住沈蓁蓁冰涼的手，將她護在身後，看著圍住他們的府兵，心裡沒有絲毫懼怕。做下這個決定時，他就已經想過結果了。

梁珩看著府兵讓開一條路，從大門處走來兩人，其中一人中年模樣，很是陌生，而另一個身穿藍色交領長衫的男子，正是劉致靖。

「梁……你好大的膽子，本官已經駁回你的請求，你竟還敢私自放糧？你活膩了，不要腦袋了嗎?!」

梁珩本想跟劉致靖打招呼，可還沒來得及說話，那身穿紫色官服的中年男子就怒瞪著他，厲聲大喝。

梁珩聽他這麼說，便明白這人肯定是州牧。

梁珩放開沈蓁蓁，朝何庭堅拱了拱手，說道：「下官參見州牧大人。官倉本就是儲備來賑濟百姓的，如今江寧的百姓食不果腹、衣不蔽體，已經在挨餓了，此時不放糧，何時才放？」

何庭堅氣得怒喝道：「如今風調雨順，百姓怎麼就食不果腹了？上任李大人在任時，江寧縣百姓可謂是安居樂業，年年豐收，一年上交多少糧稅，你知道嗎？偏偏你一來就不同了，百姓就餓肚子了？你別在這裡妖言惑眾！來人，將這梁……給本官拿下！」

「慢著！」

何庭堅忽聽身旁的劉致靖喝了一聲，雖然憤怒，但還是強忍住情緒，問道：「三公子有何事？」

劉致靖道：「梁縣令想必不會無緣無故做這種自摘烏紗帽的事，大人何不聽梁縣令說說原因？」

何庭堅皺了皺眉。還有什麼原因好說，就是這姓梁的不顧他的反對，私自放糧。

他正要說話，就聽那梁縣令冷笑了兩聲。

「安居樂業？年年豐收？您可知道江寧的百姓因為您口中的年年豐收，每年被迫將所有收成都交了上去，連糧種都留不下來？您可知道百姓如今吃完了糧食，四處挖野菜來果腹？您可知道江寧一縣的百姓被上任狗官吸乾了骨血，如今窮得連米都買不起？您去江寧任一個鎮、任一個村看看，是不是像您口中說的那樣安居樂業，連年豐收！」

何庭堅被嗆得一愣。「你……」

梁珩怒氣上湧，這些話他從到了江寧就一直憋著，這會兒不吐不快。這州牧若是個好官，不可能不知道江寧是什麼情況；明明知道卻裝作不知情，足以說明這人為官是怎樣地貪腐無能。

「三年來，你都不知道江寧的百姓生活在水深火熱之中，還大言不慚地說出安居樂業這種話？一州的百姓可曾得了你半點好？你配做什麼州牧？您不過是與那李文伯沆瀣一氣，尸位素餐的狗官罷了！」

「你！你竟敢辱罵朝廷命官，真是反了！來人，來人，把他給我拿下！」

一旁的衙役嚇得大氣都不敢喘，梁大人真是不要命了，連州牧大人都敢罵！

「我看誰敢？我是朝廷欽命的七品縣令，就算有違律法，也輪不到你來拿我！」梁珩喝道。

沈蓁蓁站在梁珩背後，緊緊握著他的手。

梁珩背脊挺得筆直，不畏強權，鐵骨錚錚，給了她莫大的勇氣，她慌亂的心也逐漸安定下來。

如今最壞的不過就是一死罷了，相比前世的枉死，今日能陪梁珩為了大義而死，她毫不畏懼。

梁珩鏗鏘有力的話一出，蠢蠢欲動的府兵果然停下來，都看向何庭堅，等著他發話。

何庭堅冷笑兩聲。「你連官倉都敢私自開放，本官如何拿不得你？本官要拿你進京，請皇上治你的罪！來人，給我拿下他，有什麼事，本官擔著！」

府兵一聽，就要衝上前。

「慢著！」

何庭堅見劉致靖再次打斷，頗有些不耐煩了。「三公子有何指教？」

劉致靖笑了笑。「我覺得梁縣令說得很對，何大人似乎真的不能私自拿下梁縣令，別到時候，何大人有理都變得沒理了。」他在一旁看得明白，這何庭堅之所以想拿下梁珩，就是想把自己撇清關係。

何庭堅愣了愣，轉念一想，又覺不對，自己明知道梁珩開倉放糧，還不制止，不是更會受到責罰嗎？

「三公子，此事你就別管了，本官自會思量。」

劉致靖見何庭堅這麼說，明白不管自己怎麼說，何庭堅肯定是要將梁珩拿下的。他知道，這何庭堅是地頭蛇不說，表面上看起來笑笑的，實則是個狠角色。何庭堅之所以如此禮遇他，不過是因為他老子罷了，可他畢竟不是他老子，而且他連情況都還沒弄明白，更是不好插手，便沒有再說話。

梁珩被府兵拉住，想將他拉走，沈蓁蓁卻拉著梁珩的手不肯放。

「梁郎……」

梁珩看著沈蓁蓁，輕聲又迅速地道：「劉兄過來了，我會求他保護妳的。蓁兒，妳別怕。」

沈蓁蓁使勁搖搖頭，緊緊拉著梁珩鬆開的手。「梁郎，我不怕，梁郎……」她用力咬緊下唇，生生逼回淚意，卻再說不出話來。

梁珩被府兵拉開，劉致靖這才注意到梁珩背後有個女子，看模樣，應該是上次深夜在京城時，在梁家看到的女子。

「蓁兒，鬆手吧！」梁珩怕那些粗魯的府兵傷到她。

沈蓁蓁看著梁珩眸中的擔心，輕輕鬆開手，梁珩就被府兵扯到了一旁。

何庭堅正準備下令回汴城，劉致靖湊到何庭堅耳邊，輕聲道：「我知道何大人擔心皇上會責怪何大人知情後不作為，仔細想想，若是皇上知道何大人私自將梁縣令下獄，會如何想？畢竟現在朝廷還沒將梁縣令定罪，梁縣令依然是朝廷命官，皇上會不會認為，何大人此舉是想造反？」

聞言，何庭堅嚇了一跳，見劉致靖頗精明的樣子，便悄聲問道：「依三公子的意思？」

劉致靖道：「但不理會也是不行的，何大人何不將梁縣令軟禁在府衙後面的空屋裡，派人看守？等到朝廷的處理文書下來了，再將他下獄也不遲。這樣何大人算是阻止梁縣令違法，也不至於在律法上站不住腳。」

何庭堅一想，便道：「三公子說得有道理，只是本官……」

「不如交給我看管如何？反正我縣上也沒什麼事，正閒著呢！」劉致靖笑了笑，像是頗有興致般。

如此正遂了何庭堅的心意。劉致靖可是宰相之子，由他看管，他也算是插了一腳，以後朝廷追究起責任，劉致靖的老子見兒子也在其中，不可能撒手不管。

於是何庭堅便同意了。

沈蓁蓁看著劉公子跟那州牧咬了一會兒耳朵，那州牧就發話讓人押著梁珩去後衙關著，不再帶走，不由生出一絲希望。

第十八章

何庭堅留下十餘個府兵看守梁珩後，看天色漸晚，與劉致靖打了個招呼，匆匆坐著馬車回汴城去了。

等何庭堅走了，那些衙役們才敢上前去安慰沈蓁蓁。

「夫人，您別擔心，梁大人會沒事的。」

張安和本來還有些後悔，但今天經過這一遭，梁珩說的那些話就像一柄利刃破開烏雲，深藏已久的豔陽一下就露了出來。

張安和那顆一直飽受譴責的心，像是從越收越緊的網中解脫出來；不過就是一死，就算死，也要留清白在人間。

張安和走近沈蓁蓁，輕聲安慰道：「夫人，保重身體要緊。」

縣令夫人不過是個小姑娘，遇到這麼大的事，能忍著沒哭出來已經很不錯了。可安慰梁縣令會沒事的話，他也說不出。梁大人出身寒門，朝中無人，這次這麼大的事，沒人在朝中幫忙說話，罷官可能就是最好的結果了。

沈蓁蓁對張安和點點頭，清了清喉嚨，聲音還是略有些沙啞，道：「張大人、諸位衙役大哥，你們都先回去吧！」

張安和與孫志等人一致道：「我們送您回去吧！」

沈蓁蓁看著大門處的劉致靖，她明白劉致靖有話和她說，便道：「多謝諸位，我自己回去就行，你們先回去吧！」

眾人不應。如今梁縣令被抓走，萬一縣令夫人想不開怎麼辦？

沈蓁蓁見眾人不同意，心裡不由感動，只好同意了。

張安和等人請沈蓁蓁先走。

沈蓁蓁走在前面，到了大門處，聽見站在一旁的劉致靖輕聲說道：「一會兒我去找妳。」

劉致靖說完感覺不大恰當，又忙加了句。「我要問梁兄的事。」

沈蓁蓁應了一聲，出了大門。

張安和與四、五個衙役跟在沈蓁蓁後面，一直送她到了後衙門口，看著沈蓁蓁道謝進去後才散了。

沈蓁蓁想著剛剛那州牧好像讓人將梁珩關到後衙，不知道是不是他們住的這個後衙？若是的話，可能會關在前院。

她穿過耳房，就見前院簷上掛了好些燈籠，有三、四個人把守在一間房外。

看來梁珩就在裡面了。

沈蓁蓁停在過堂處，並沒有走出來，身影掩在黑暗中，看著那間上了鎖的房間。

裡面肯定沒有床，不知道梁珩要怎麼睡？

沈蓁蓁不知道自己站了多久，直到看見劉致靖來了，才驚醒過來。

她以為劉致靖看到她了，正要出聲，就見劉致靖轉了個彎，往關梁珩的房間走去。

劉致靖和府兵說了幾句，一個府兵將門打開，劉致靖走了進去。

房間裡沒有點蠟燭，劉致靖什麼也看不見，又走出來，讓一個府兵去取幾根蠟燭。

梁珩摸到一張椅子坐著，聽到外面傳來劉致靖的聲音，連忙站了起來，沒多久，門打開了，外面照了些燭光進來，梁珩還沒來得及說話，就見進來的劉致靖又退了出去。

梁珩正覺得奇怪，就聽見劉致靖要蠟燭的聲音傳來。

這些府兵都不是傻子，雖然不知道劉致靖是何人，但見何大人對此人十分客氣，想來應該是什麼權貴，一人便去拿蠟燭了。

過了一會兒，那府兵回來了，遞了幾根蠟燭和火摺子給劉致靖。劉致靖接過，進了房間。

「劉兄。」

劉致靖聽到梁珩叫他，卻不回答，點燃蠟燭，房內這才亮堂起來，就見穿著一身灰白長衫的梁珩站在一旁。

劉致靖朝梁珩「噓」了一聲。

梁珩雖不明白，但還是噤了口。

「梁縣令為何要開倉放糧？」劉致靖大聲問道。

門外有何庭堅的人在，何庭堅是個心黑手狠的，雖然表面上看起來像是無功無過的模樣，但若是沒點手段，也不會由一介寒門進士混到一方州牧。若是被何庭堅知道他和梁珩的關係匪淺，多疑的何庭堅會如何做，不得而知，因此還是先掩著關係為好。

梁珩見劉致靖這麼問，心裡不由一愣，又見劉致靖給他使眼色，不明白是什麼意思，乾脆閉口不言。

劉致靖見梁珩不說話，湊上去輕聲道：「梁兄裝作不認識我，將江寧的情況告訴我就好，或者那姑娘知不知道，我去問她？」

梁珩搖搖頭。「她不知道。」

接著梁珩便將他到江寧後了解的、親自看到的情況都說了。

劉致靖越聽，眉頭皺得越緊。他所任的赤縣，貪腐沒有如此嚴重，百姓還能吃飽穿暖，但貧困戶也不少。他今天去見何庭堅，本來是想讓他批點銀子下來，救濟縣裡的窮人，沒想到剛好碰上梁珩出事。

劉致靖聽完也是氣得不行，那李文伯他如何不認得？當年和他一起在國子監進過學，不過是個不學無術的紈袴罷了，只是他那中書侍郎的老子李煥就只得了他這個兒子，從小寵溺得不像話，經常惹是生非。沒想到李煥竟敢將兒子塞到江淮來做縣令，既然他兒子敢貪，還偏偏被他碰上了，別說還牽扯了梁珩進來，就算沒有，他劉致靖也不可能知道此事而不作為。

劉致靖沈吟半晌，一時半刻想不到什麼好法子，道：「如此，那我便先走了。」

梁珩連忙輕聲道：「有一件事，請劉兄務必幫忙。」

劉致靖道：「是讓我幫忙照顧那姑娘嗎？」

梁珩點點頭。

劉致靖道：「梁兄放心，我會的。那我走了。」

外面的府兵支著耳朵，聽著裡面的動靜，只見裡面聲音一會兒大、一會兒小，有時候聽不真切，不知裡面的人說了什麼。

劉致靖走出來，沒多停留便離去了。

沈蓁蓁見劉致靖逕自走了，不禁有些著急，但劉致靖已經見過梁珩，想必梁珩將原由都告訴他了，便按下心，回了後院。

沈蓁蓁剛進房沒多久，就聽到外面傳來一陣敲門聲。

沈蓁蓁嚇了一跳，心立刻狂跳起來，剛剛劉致靖已經走了，這人會是誰？

正猶豫著，就聽外面的人輕聲說道：「我是劉致靖。」

沈蓁蓁深吁了一口氣，忙過去開門，果然是劉致靖。

劉致靖站在外面道：「前院有一些府兵住進來了，我怕姑娘一個人住在後院不安全，安排了一名隨從在院中保護姑娘。」

劉致靖的身量和梁珩差不多高，沈蓁蓁微仰著頭看他，光線太暗，看不清他的神色，只能看到劉致靖白淨的輪廓。

劉致靖考慮得這麼周全，沈蓁蓁不由心生感動。如今梁珩出了事，她一個人住在這後衙，確實很不安全。

「多謝劉公子。劉公子不是要問我事情嗎？進來說話吧！」沈蓁蓁說著往旁邊讓了讓。

劉致靖並沒有進去，梁珩不在，他進去不適當。「梁兄將原由都告訴我了，姑娘別擔心，我會想辦法的。」他不知道梁珩和沈蓁蓁已經成親了，沈蓁蓁雖然聽見劉致靖對她的稱呼，但這會兒也顧不得糾正這些。

救梁珩的事，她什麼都做不了，唯一能做的，就是好好保護自己，別讓梁珩擔心。

沈蓁蓁鄭重地對劉致靖屈膝一拜。「多謝公子。」

劉致靖下意識伸手扶住她，剛碰到沈蓁蓁的手臂，忽又反應過來，慌忙縮回手。「我與梁兄是朋友，都是應該的，姑娘別客氣。夜深了，姑娘早些休息，別害怕，我的隨從就在院裡，不會讓旁人進來的。」

沈蓁蓁點點頭，看著劉致靖告辭後，轉身往後門方向去了。

直至劉致靖的身影消失在黑暗中，沈蓁蓁轉頭環顧了下院子，院子裡沒有點燈籠，漆黑一片，看不清哪裡有人。

沈蓁蓁關上門，躺上床，但心裡有事，怎麼都不能入睡。

她偏過頭，看向鴛鴦枕的另一頭。

空空如也。

劉致靖當夜找了家客棧住下。

是夜，他躺在床上，帳外的蠟燭早已燃盡，房間裡有一股驅蚊的艾草香。

他睜著眼睛沈思著。開倉這事雖說事出有因，但國有國法，真正追究下來，他能保梁珩不會丟了性命，但會不會被罷官，還很難說；且一旦李文伯的事捅上去，李煥必定會揪著這事不放。他一介三品大員，在朝中的關係錯綜複雜，若是存心想找梁珩報復，還是很麻煩。

事情最關鍵之處還是在於皇上。他上任前，見過皇上兩次，聽皇上的言語間，是挺欣賞梁珩的。

若是此事有皇上赦免，那就好辦了。

劉致靖突然想到了一個法子。

縣衙後衙。

梁珩在黑暗中摸到兩張椅子，併在一起當作床鋪躺下。

房間裡沒有一線光，一切都隱在黑暗中，像是他的人生般，陷入了暗夜，不知何時才能等到黎明。

梁珩睜著眼，外面靜悄悄的，沒有一點聲響。

不知道她怎麼樣了？

沈蓁蓁一個弱女子，一個人住在後院，若是壞人來了怎麼辦？梁珩越想越擔心，不由坐了起來。

這一夜，梁珩幾乎一夜未眠。

次日，天剛微微亮，沈蓁蓁就起身。

她做好了飯，來到前院，見還有兩個府兵守在門前，只是都靠著柱子睡著了。

沈蓁蓁繞到前院房間後，估計梁珩就在房間後面，便伸手輕輕拍了拍木牆壁。「梁郎，你在裡面嗎？」

梁珩以為沈蓁蓁到了門前，忙幾步走過去，輕聲問道：「蓁兒，妳在這裡嗎？」

沒有回應。

梁珩不禁以為是自己幻聽了。

正失望間，他又聽到沈蓁蓁的聲音，從後面傳來。

沈蓁蓁從隔壁一路拍過來，都沒有聽到梁珩的回應，正拍至一處，就聽到裡面傳來梁珩的聲音。

「蓁兒，是妳嗎？」

「梁郎！」

沈蓁蓁激動地叫了一聲，忽又想起不能引起那些府兵的注意，又放低了聲音。

「梁郎，是我。」

沈蓁蓁感覺有千般話想跟梁珩說，可真正到了這會兒，除了叫他的名字，什麼都說不出來了。

梁珩緊貼著牆壁，想將沈蓁蓁的話聽得更清楚。

「蓁兒，妳還好嗎？」

沈蓁蓁拚命將喉嚨裡的哽咽壓下去，用力點點頭，忽又想起梁珩看不到，忙道：「梁郎，我很好，你別擔心我。」

梁珩聽到這話，心裡的大石總算落了一半。

「蓁兒，昨天劉兄來找我，我已經請他照顧妳了，劉兄若是有什麼安排，妳就聽他的。」

「昨天晚上劉公子他來看過我了，他還安排了人守在後院。」

梁珩從沒像現在這樣感激過一個人。

沈蓁蓁才是他的命啊！他會有什麼後果，梁珩並不害怕，可他怕自己出了事，沈蓁蓁獨自在這裡，舉目無親，無人照拂，出什麼意外。

「蓁兒，若是我出什麼事，我想請妳答應我一件事。」

沈蓁蓁輕輕捶了捶牆壁，忍著哭意。「胡說什麼呢！你不會有事的！劉公子肯定會想到辦法的！」

「若是我出了什麼事，蓁兒，妳可不可以幫我照顧娘？她就只有我一個兒子，我卻沒能好好孝敬她。」

梁珩強忍著悲痛說完，眼淚突然落在地上，揚起幾粒灰塵。

「我也只有你一個丈夫，你娘不也是我娘嗎？」

沈蓁蓁沒有應下來，但是梁珩知道，她一定會替他好好照顧娘的。

兩人沈默了一會兒。

「梁郎，我煮了粥，一會兒劉公子來了，我讓他給你送來。」

「別，蓁兒，劉兄的意思是我和他認識的事先別暴露。妳放心，他們不敢餓死我的。」

沈蓁蓁雖然擔心他們不給梁珩送吃的，但聽梁珩這麼說，心想劉致靖這麼做肯定有他的考量，只好將心疼壓下。

兩人說了會兒話，梁珩聽外面的府兵好像醒了，便叫沈蓁蓁離開。

沈蓁蓁回到後衙，坐在院中，焦急地等待劉致靖的消息。

沒過兩刻，一個聲音突然傳來。

「沈小姐，主子有請。」

沈蓁蓁嚇了一跳，轉過頭，就見一個身穿黑衣的年輕男子，不知何時進了院子，站在距她五步遠的地方。

沈蓁蓁強壓下狂跳的心。「你家主子是誰？」

「劉三公子。」

應該是劉致靖了，沈蓁蓁便按著男子給的地址前去。

到了那地方，是一間茶樓，裡面沒什麼人。也是，一般人不會大清早地跑來茶樓喝茶。

沈蓁蓁在大堂看了一圈，沒看到劉致靖，便上了二樓，果然看到一身天青色衫的劉致靖坐在角落。

劉致靖一抬眼，看到一個身著暖玉黃長裙的姑娘走了上來，正是沈蓁蓁。

他站起身來。「沈姑娘。」

「劉公子。」

沈蓁蓁走過去，兩人坐了下來。

「衙門那裡不好說話，我就約了姑娘來這裡。我已經想到了法子，但是……」

「劉公子請說。」

「我是這樣想的，梁兄是為了救一縣百姓，我們可以將李文伯在任時壓迫百姓的事鬧大，到時梁兄的事就好辦了。」

「可是……我們怎麼鬧大呢？天高皇帝遠的。」沈蓁蓁道。

「這個好辦，告御狀。」劉致靖繼續道：「讓這一縣百姓去告。」

「這麼多百姓，如何能去京城？或者公子的意思是派幾個代表嗎？可是幾個人只怕難以引起重視啊！且如今李文伯都已經走了，只怕百姓也不願大老遠地進京去告狀。」

沈蓁蓁能這麼快領會到要點，劉致靖微微有些吃驚。「當然不會只派幾個人去，我們可以讓江寧的百姓在御狀上簽上名字，我再派人送去京城。」

沈蓁蓁想了一會兒。「只怕鄉里的百姓多半是不識字的，更不會寫自己的名字，只能畫押了。」

劉致靖倒是沒有想到這個。「這樣也行，不過百姓自古都怕吃官司，只怕不願告狀，更何況是御狀，現在要考慮如何才能讓百姓畫押。」

沈蓁蓁皺了皺眉。確實如此，也不是說百姓得過且過，只是百姓圖的不過是吃飽穿暖，生活安穩。

劉致靖卻是一語驚醒了夢中人。

「不如這樣，如今梁兄被抓起來，讓人下鄉去散布梁兄被抓起來的消息，告訴百姓，江寧的好縣令沒了，有人願意替他們進京去告御狀，這樣也許梁縣令還能留下來，他們只要畫押即可。」

「可這樣不就是利用了江寧的百姓嗎？只怕梁郎知道，心裡會不好受。」

劉致靖道：「不會的，我們是在救梁兄，也是在救江寧的百姓；若梁兄真的被罷官，江寧會來一個什麼樣的縣官，很難說。」

沈蓁蓁知道劉致靖說得在理，梁珩為官，確實有一顆赤子之心，梁珩若是能留下來，江寧百姓以後的日子也會好過一些。

「多謝劉公子為救梁郎盡心盡力。」

沈蓁蓁站起身，再次鄭重地朝劉致靖一拜。

「沈姑娘不必多禮，我和梁兄本就是朋友，都是應該的。」

沈蓁蓁笑了笑。「公子不能再稱呼我為姑娘了呢！」

劉致靖聞言一愣。

「我與梁郎已經成親了。」

劉致靖不禁驚訝得微張著嘴，愣了愣，回過神來。「你們成親了？什麼時候成親的，梁兄他竟然沒有請我們！」

沈蓁蓁道：「前不久梁郎出京後，我們在涼州成親的，太匆忙了，他沒能來得及請你們。」

劉致靖愣愣地點頭，心裡不禁想，莫不是兩人自己拜了堂吧？

其實劉致靖不大了解梁珩，更不知道沈蓁蓁是涼州人，不過他知道梁珩和易旭都是泉城人士，兩人卻在涼州成親，梁珩母親也沒有跟過來，怪不得劉致靖這麼想。

劉致靖雖然驚訝，但還是沒忘記道賀。

「等救了梁兄出來，一定要他將這落下的喜酒補上。」

沈蓁蓁滿懷希望地點頭。

劉致靖對江寧縣並不了解，只能讓熟悉本縣的人去鄉下散布消息。這些事，沈蓁蓁出面請了上次幫忙的五個衙役。

衙役們誰都沒有推託，答應下來，當天就下鄉找了里正。

各里正都是村裡德高望重之人，都很明白事理，一聽梁珩因為放糧被抓起來了，連忙將全村人都聚在一起，將消息說了。

江寧縣的百姓對梁珩都很感恩戴德，可如今，幾代人都沒遇過的好官，因為給他們發放救濟糧而被抓起來了！

百姓從來沒這麼憤怒過，比上次扛農具圍縣衙時更為激憤。他們親自與那個年輕的縣令打過交道，梁縣令體恤百姓、愛民如子的模樣，絕不是偽裝的。梁縣令是江寧百姓等了數年才等來的希望，誰敢將這希望生生奪走，他們就要扛起鋤頭和他拚命！

最先扛著鋤頭去縣城的，是吃了梁珩他們發的包子的村子。沿途有村子聽到消息，紛紛加入，到了縣城時，已有浩浩蕩蕩幾千人。

數千百姓扛著農具將衙門圍住的消息，是孫志跑來告訴沈蓁蓁的。

和上次一樣，將衙門前整條街堵得水洩不通，不過這次卻不是來找縣令麻煩，而是來救縣令的。

一些衙役在衙門前勸說著百姓，本來大家只是下鄉散布消息，誰都沒想到百姓們會扛著農具來要求釋放梁珩。

百姓們要求要見那個抓走梁珩的官，讓他當面釋放梁珩。

「鄉親們，回去吧！州牧大人並不在縣衙。」衙役們勸說道，只是聲音都掩在憤怒的狂潮中，沒有人聽見。

劉致靖在衙門留了人，一是保護梁珩和沈蓁蓁，二是有什麼動靜，他也能盡快知道。因此他幾乎是在百姓包圍縣衙沒多久就得知了消息。

劉致靖知道，這是個大好機會。沒想到梁珩剛到江寧沒多久，就已經建立了這麼高的聲望。

劉致靖急忙出了客棧，前往縣衙。他要去找沈蓁蓁商量，畢竟這件事他不好出面，讓沈蓁蓁找個可靠的小吏去做比較妥當。

劉致靖沒有去前衙，而是到了後衙，找了一圈，卻沒有找到沈蓁蓁。

他叫來留守的隨從，知道了沈蓁蓁的去向。

劉致靖離開衙門，到了一間酒樓的二樓。

二樓的窗口正對著衙門，已經有不少看熱鬧的城裡百姓。劉致靖身量很高，站在人後面，也能看到衙門大門。

街上的百姓們，不知何時噤了口。

劉致靖往大門看去，就見一個身穿白橡長裙、體態嬌柔的女子站在大門前，正是沈蓁蓁。

如今梁珩被抓了起來，百姓正是為了梁珩而來，她是縣令夫人，這時候只能由她出面，而且她也需要百姓救梁珩。

沈蓁蓁深吸一口氣，示意孫志打開門。

百姓們正憤罵著，就見衙門大門突然打開，一名姑娘從裡面走了出來。不，應該說是夫人，大半江寧百姓都見過的縣令夫人。前兩日交糧時，沈蓁蓁一直都在，百姓們都記得縣令身旁年輕美麗的夫人。

百姓們看著縣令夫人走出來，不約而同地噤了口。梁縣令被抓的事，可能沒有人比縣令夫人更清楚，而她現在走出來，肯定是有話對大家說。

數千百姓齊看著沈蓁蓁，等著她開口。

沈蓁蓁環視了一眼街道上的百姓。

男女老少，全都著短衫，很多人的肩頭還搭著擦汗的帕子，頭上戴著斗笠，只怕是直接從地裡過來的。

這些百姓大老遠地來，就為了給梁珩討一個公道。

想到這裡，沈蓁蓁鄭重地朝百姓們深深福了個身。

百姓們見縣令夫人給大家行禮，忙驚得大喊「使不得」。

沈蓁蓁動了動嘴，說出來的話卻因哽咽而沙啞得不成聲。她清了清喉嚨，大聲道：「多謝鄉親們來為夫君討公道。」

百姓們忍著沒說話。

「夫君他一心為民，開倉放糧，是因為百姓們沒糧食吃了。古言道，人固有一死，或重於泰山，或輕於鴻毛。夫君他的命跟江寧整個縣的百姓相比，算不得什麼，只要鄉親們能有一口熱飯吃，我想夫君他就是死了，也是願意的。」

這一席話，若是由其他官員的家眷來說，只怕是一片嘲笑，願意為民而死的官，幾輩人都沒見過。

可梁縣令不一樣，梁縣令上任不足一個月，除了開倉放糧，別的事還沒來得及為百姓做，可就這麼一件事，就能讓百姓感謝梁珩一輩子。以至於很多年後，梁珩早就調回了京城，江寧的百姓還時常談起梁珩，首要談起的，就是開倉賑民的義舉。

沈蓁蓁這一番話，可謂說到了百姓心裡，他們幾乎沒遇過真正善待百姓的好官，梁珩一來，百姓心中就有了對比。

「縣令夫人，您就說梁縣令被人抓到哪裡去了，就是被抓去京城，我們也要去將人要回來！」

「對！梁縣令這麼好的官老爺都要被抓，這是不給老百姓活路了，大齊這是怎麼了！」

站在前面的幾個年輕人說道。

沈蓁蓁聽得幾乎熱淚盈眶。梁珩的付出，終是有回報的。

「鄉親們，你們知道上面的官為何抓夫君嗎？就是因為京城的皇上不知道江寧的百姓如今生活是什麼模樣，夫君他開倉賑民，才被認為是胡亂開倉，藐視律法。若是你們真的想救夫君，可願意將江寧縣的情況報予皇上知曉？讓皇上知道，江寧縣的百姓被上任的縣官迫害成什麼樣，夫君他開倉，真正是為了救民！」

「上任狗官害得我們窮得連飯都吃不上，我們當然願意！可是京城這麼遠，我們要如何讓皇上知道？」

「對！早就想告那狗官，可是州上的官從來不理會我們告狀的人！」

「京城太遠，現在又正值夏忙，只要鄉親們在狀紙上按下手印，我自會請人送進京城，讓皇上知道在這太平盛世下，我們江寧的百姓是如何被當官的欺壓剝削！」

百姓們一聽，激動地叫好。他們忍耐太久了，若是能讓皇上知道江寧如今的狀況，能救下梁縣令不說，也許以後的日子都會好起來。

沈蓁蓁當場就讓孫志去拿筆墨紙硯。

等孫志取來筆墨紙硯，又搬了張桌子，沈蓁蓁才想起一件事，她不會寫狀紙，而且這種狀紙，她身為女子不能寫。

在酒樓上的劉致靖見沈蓁蓁躊躇了下，看出她正感為難，正要轉身下樓，就見一個二十來歲、身穿藍色長衫的年輕男子走上了臺階。

看模樣，是個秀才無疑。

劉致靖放下抬起的腳，繼續觀望。

秀才上了石階，先對著沈蓁蓁做了個揖。

「小生見過縣令夫人。小生不才，這狀紙還是會寫的，且江寧的情況，小生知道大概，若是夫人允許，小生願意替江寧的百姓寫狀紙。」

沈蓁蓁正為難，這眉清目秀的年輕秀才一出現，正好解了她的難。

「如此，多謝這位公子了。」

那秀才連稱不敢，走到桌前，俯身磨墨，提筆開始寫。

這位站出來寫狀紙的年輕人，大多數百姓就算沒見過他本人，也都聽過他的名字——杜如晦，江寧四大秀才之一，且年紀輕輕就考上了秀才。

識字、寫字這件事，對老百姓來說是很神聖的，因此眾人都屏著呼吸，專注地看著杜如晦奮筆疾書。

沈蓁蓁略向杜如晦走了兩步，就見狀紙上寫著一行行的字，字裡行間，力透紙背，筆力遒勁。都言「字如其人」，這個年輕秀才的字，與看上去的模樣十分違背，秀才面貌清秀溫和，字體卻十分遒勁剛硬。

沒一會兒，杜如晦便寫好了狀紙。

沈蓁蓁拿起來一看，只見上頭言語懇切，用詞客觀，卻將江寧百姓曾受到的非人壓迫，以及如今的現狀寫得很清楚，條理也清晰。

沈蓁蓁不由暗自點頭，這年輕人，以後說不定是個人物。

等墨乾了，孫志便招呼街上的百姓排隊過來摁手印。

直至一盒硃砂用完，街上還有大半百姓沒有摁。

狀紙上只要是沒字的地方都摁上了手印，也不過數千，沈蓁蓁看著天色不早了，怕路遠的百姓回不了家，直說夠了，鄭重道了謝，請百姓們散了。

沈蓁蓁又謝過杜如晦，杜如晦連稱不敢，告辭後便離去了。

沈蓁蓁拿著狀紙，剛回到後衙，劉致靖便出現了。

沈蓁蓁將狀紙遞給劉致靖。

劉致靖接過去，翻開看了看，不由稱讚了聲，抬起頭道：「這裡只怕不安全了，沈姑……弟妹，趕緊收拾東西跟我走。」

沈蓁蓁吃了一驚。「怎麼會不安全？」

劉致靖揚了揚手裡的狀紙。「這東西會讓很多人徹夜難眠。」也不多解釋，又道：「總之，妳快收拾東西，我送妳去赤縣。」

「那梁郎怎麼辦？」沈蓁蓁立刻慌了起來。如今梁珩被關起來，不就更是身處甕中，任人宰割了嗎？

劉致靖道：「梁兄應該沒事，主要是這狀紙，現在大家都知道在妳手中，妳更危險。」

沈蓁蓁還是不放心。

「弟妹，妳聽我說，妳留下來於事無補，還會讓梁兄擔心；若妳離開縣衙，我也能集中人手，保護梁兄。」

這些她都知道，可是她害怕，赤縣離江寧肯定很遠，萬一她去了，梁珩在這裡出了什麼事，她怎麼能盡快知曉？

劉致靖見她猶豫，便道：「先離開縣衙再說，不去赤縣也行，但是縣衙不能再待了。」

沈蓁蓁聽劉致靖這麼說，點點頭，進屋收拾了幾件衣裳。

沈蓁蓁打開箱子找衣裳時，意外打開了梁珩裝書的箱子，箱子一側放了一個紅繩紮起來的卷軸，上面用一層布包著，可知主人對其極為珍視。

鬼使神差地，沈蓁蓁拿起那卷軸打開，最先見到一滴墨漬，而後兩行字緩緩出現。

琴瑟在御，莫不靜好。

汴城。

何庭堅躺在小妾房裡的軟椅上，半眯著眼睛，愜意地喝著香茶。一個身穿嫩綠薄衫的女子，跪坐在地上，給何庭堅捶捏著腿。

這小妾是汴城的富戶送給何庭堅的，二八芳華，模樣美豔，何庭堅一看就很喜歡，這些天也一直膩在這小妾房裡。

何庭堅享受著柔弱無骨的小手在他腿上輕捏，心下不禁心猿意馬，伸手拉住小妾的手，放在手心揉搓著。

就在這時，門外響起急促的敲門聲。

誰這麼沒眼色？何庭堅不悅地皺皺眉。

小妾站起身開門，就見管家何福站在門口。

何福四十來歲了，透過小妾身上的薄紗，在她鼓鼓囊囊的胸前掃了兩眼，又低下頭，道：「吳姨娘，我有急事求見老爺。」

何庭堅聽到何福的聲音，大步走出來，皺眉道：「什麼事？」

何福只道：「江寧那邊留守的人有急事找您。」

何庭堅一聽，面色一肅。「帶路。」

兩人快步走出吳姨娘的院子，來到正房。

何庭堅聽完消息，一言不發地靠在椅背上，閉目沈思。

這事不管他知不知情，一旦捅到皇上面前，他這個州牧也算是做到頭了。不知情就是瀆職，知情更是完蛋，怕是連腦袋都要不保。

何庭堅再次睜開眼時，眼中已是陰鷙一片。

「去將馬三叫來。」

「是。」那扮作府兵的人很快出了房間。

何庭堅獨自坐在椅子上，面色陰沈，不知在想些什麼。

沈蓁蓁最終還是沒有去赤縣，她怎麼樣都不能丟下梁珩一個人在這裡。

劉致靖將她悄悄安排進自己住的客棧，只要沈蓁蓁不出門，何庭堅就算真的派了人過來，應該也不會找到這裡來。
沈蓁蓁也知曉厲害，且劉致靖這麼不遺餘力地幫助他們，她不能再給他添麻煩，所以沈蓁蓁住進客棧後，一直待在房中，半步都沒出門。
劉致靖當天就讓人將狀紙連同家信送回京城去了。
是夜，後衙後院裡，寂靜無聲。
一陣夜風吹過樹梢，樹枝搖動，沙沙作響。
幾道黑影躍進後院，寂靜中，傳來輕微的幾聲響動，而後黑影分開，進了後院的三間房，片刻後，出來碰了個頭，很快就離開了。
等幾道黑影離開後，一個不起眼的角落裡也鑽出一道人影，離開後院。
客棧裡，劉致靖還穿著白天那身青玉色的長衫，坐在燈下。
地上半跪著一個全身掩在黑暗中的人，低著頭，看不清臉。
「果然來了。」
「梁縣令那裡有沒有動靜？」
「沒有，都很正常。」
劉致靖點點頭。「回去吧！不用守在後院了，去前院保護梁縣令。」
「屬下遵命。」
那人站起身來，卻不走門，而是打開窗戶，縱身一躍，消失在暗夜裡。
劉致靖走到窗邊，臨窗下是一條河，臨河樓上的燭光照在河面上，波光粼粼，他摩挲著腰間的玉珮，面色冷峻。

好一會兒，劉致靖關上窗，上床躺下。

隔壁沒有動靜，想必沈蓁蓁早已歇息了。

次日，劉致靖依然和前幾天一樣，去衙門轉一圈，又上街玩耍大半日才回來。

沈蓁蓁在房中枯坐著，突然，響起了敲門聲，沈蓁蓁心下一驚，並不出聲，只是緊張地看著那兩扇緊閉的房門。

「弟妹，是我。」

沈蓁蓁輕吁一口氣，過去開了門，就見劉致靖站在門外。

這時候顧不得禮節合不合了，沈蓁蓁打開門，劉致靖揚了揚手中的一包東西。「進去說吧！」

沈蓁蓁點點頭，劉致靖一進房，將手裡的那包東西放在桌上，一打開，就見包中放了很多針線之類的東西。

沈蓁蓁頗感驚訝。

「我怕弟妹整日悶在房中無趣，便買了這些，給弟妹打發時間。」劉致靖笑道。

沒想到劉致靖竟是如此心細，只是如今沈蓁蓁擔心梁珩，如何做得了針線？

不過她自然不會拒絕劉致靖的好意，便道了聲謝。「真是多謝劉公子了。」

劉致靖看了看沈蓁蓁，想將昨夜的事告訴她，想了想又把話吞了回去。這事沈蓁蓁知道了也無用，只不過是徒增她的恐慌。

劉致靖不好久留，將東西放下就告辭了。

何庭堅昨夜派來的人沒有找到沈蓁蓁，連夜回去告知了何庭堅。

何庭堅這些年做了什麼事，自己清楚，一旦被查出來，十個腦袋都不夠掉，因此那狀紙絕不能遞到皇上面前去。大齊開國這麼多年，很少發生一縣百姓畫押告御狀的事，一旦發生，朝廷絕對會徹查，而他禁不起查。

梁珩的夫人必須要找到，否則她若是真將狀紙交上去，他的下場絕不會好。

何庭堅派人在江寧縣秘密找了兩天，都不見縣令夫人的身影。他了解過了，梁珩兩夫妻幾乎是隻身赴任，那麼肯定是有人將她藏了起來。

何庭堅一邊派人往去京城的路上查找，一邊派人在江寧縣找。

本來是想先將人找到，怎麼處置再說，沒想到一連兩天都沒找到人，去路上找人的人也沒有傳回消息，何庭堅不由著急起來。

那女人該不會早就離開江寧，從別處去京城了吧？

又一想，應該不會，她夫君還在這裡，她一個女子能去哪裡？

於是看守梁珩的人就多了起來，看看有沒有人試圖來見梁珩，可這兩天，除了劉三公子每天都會來縣衙逛逛，根本就沒有其他人出現。

這下何庭堅坐不住了，再等下去，只怕黃花菜都涼了。

江寧縣開始出現一批人，不知其身分，似乎四下尋找著什麼。

一開始眾人以為是盜賊，可家中財物沒丟失，報官也沒用，縣令大人正在縣衙裡關著呢！而且這些人都會拳腳，一般家丁根本就攔不住他們，聽說連衙役家中都未倖免於難。

好在這些人不拿錢財，也不胡亂傷人，城裡的百姓也就隨之去了。

州牧府中一處偏院。

「你們這群廢物，我養你們何用，連個女人都找不到！」

何庭堅氣得太陽穴青筋暴起，桌子拍得震天響。這三天，他寢不能寐，臉上青鬚遍布，氣色很不好，再不像那個養尊處優的州牧大人。

地上跪著三、五個身穿黑衣的人，皆低頭不言，任何庭堅怒罵。

何庭堅罵了一陣，火氣消了一些，冷靜下來，坐下沈思。如今找不到那女人，京城那邊也沒消息，說明狀紙還沒遞到京城去。

那女子孤身一人能藏得這麼深，一定是有人在幫她，這個人到底是誰？何庭堅轉著桌上的杯子，低頭思索著。

就在這時，又來了一人，正是留在江寧尋人的。

何庭堅不等地上跪著的人開口，急急問道：「怎麼樣，找到人了嗎？」

地上的人抬起頭來，臉色蒼白，是個年輕男子。

「回大人，沒有找到。」

何庭堅聞言，怒氣上湧，不由感到一陣暈眩。

「沒找到人，你回來做甚?!」何庭堅沒有力氣再吼叫了，強壓下心頭的憤怒，低喝道。

「縣衙來了一個年輕男人，說是梁縣令夫人的兄長，要見梁縣令夫妻。」

何庭堅轉過頭。「兄長？」

「是。」

「現在人在何處？」

「他已經知道梁縣令被關起來的事，現在在一家客棧住下了。」

何庭堅拉過椅子坐下，思索半刻，不由露出一絲笑意，真是上天都在幫他。

「馬上將梁珩舅子到江寧的消息散布出去，盯緊他。」

「是。」

沈宴知道妹婿犯事被關起來的消息時，一時膽裂魂飛，他勉強穩了穩心神，又提出要見妹妹。

接待沈宴的正是孫志，孫志將沈宴拉至一旁，勸道：「大舅爺，這事在這兒不好跟您說，我們找個地方細說。」

沈宴見這衙役不直接說妹妹如今身在何處，又說要找個地方細說，頓覺不好，按捺住不安的心，跟著孫志到了一家茶樓。

孫志將梁珩到了江寧後的事一一說了，包括沈蓁蓁不見的事。

沈宴已經從小妹的信中知道了江寧百姓被上任縣令剝削的事，他這次來，就是買好了糧種給他們送來的，本來還打算在江寧住幾天，享受享受做官老爺舅子的清福，沒想到迎接他的竟是妹婿被關，妹妹不知去向的消息。

他一聽妹妹不見了，立刻就坐不住了，就算他只是一介商人，也知道這一縣百姓都摁下手印的狀紙的厲害，便猜想妹妹一定是被人抓走了！

孫志連忙將沈宴拉下來，湊到他耳邊，輕聲道：「我覺得縣令夫人應該是自己躲起來了，大舅爺別慌。」

沈宴忙問道：「怎麼說？」

孫志道：「夫人不見後，我們去後衙找過線索，我發現衣櫃有些凌亂，可能是夫人匆忙收拾行李，隨意找了幾件衣裳帶走，才弄亂了衣櫃。不過這只是我的猜想，並沒有告訴別人。」

沈宴聽了，頓覺有理，可還是不禁擔心，這畢竟只是孫志的猜想。

他聽了孫志的建議，找了家客棧住下。這裡不是涼州，他在這裡什麼都做不了，只能著急地等待妹妹的消息。

梁縣令的舅子來到江寧的事，很快就傳遍了江寧的大街小巷。

劉致靖很快就知道了這個消息。

「弟妹，妳要去見妳的兄長嗎？」

沈蓁蓁聽到兄長來的消息，沒有驚喜，只有憂慮。

如今江寧的情況不明，她和梁珩都很危險，如今她大哥的行蹤暴露，只怕會招來禍事。

「劉公子，我大哥他現下在何處？」
「在富源客棧住下了。」
沈蓁蓁有點為難。
她不說，劉致靖也明白。
「弟妹，妳看這樣行嗎？我派人去給妳兄長報個平安，讓他先離開江寧。」
此舉正合沈蓁蓁心意。
「麻煩劉公子了。」
「弟妹別再叫我公子了，叫我劉大哥吧！」
沈蓁蓁不禁有些赧然，劉致靖這麼幫他們，自己還表現得跟他這麼生疏。
「劉大哥。」她輕輕叫了一聲。
劉致靖笑了笑。「我這就派人去。」說著便出了房門。
這是一個圈套。劉致靖略有懷疑，但就算知道，這趟也必須派人去。

富源客棧。
沈宴聽到一陣敲門聲，過去開了門，就見門外站著一個小二模樣的年輕人，手裡提著一個食盒。
「客官，我給您送飯來了。」
沈宴一聽，不由奇怪，自己沒有叫過飯啊！

那小二不待他說話，逕自擠開他進了房間。

沈宴見這小二如此沒有禮貌，不禁生氣，正欲怒斥，就聽那小二輕輕說了一句。「沈夫人讓我過來的。」

沈宴一聽，連忙將話咽下，轉身將門關上。

再轉過身，就見那小二氣勢驟然一變，不再是那個諂媚的模樣，而是面色肅然，氣勢內斂，整個人像一柄未出鞘的利劍。

「沈夫人如今跟我家公子在一處，很安全，公子不必擔心，沈夫人讓公子馬上離開江寧。」

「你家公子是誰？」沈宴不由問道。

「這個公子無須知道，請公子盡快離開江寧，公子留在這裡很危險。」那男子迅速說道。

沈宴還想再問，卻聽那男子又換了語氣。「客官，看飯菜可合口味？小的這就告退了。」

不待沈宴說話，那男子就提著食盒快速出去了。

沈宴沈吟片刻，還是聽了妹妹的話，收拾行李，去了碼頭。

沈家裝糧的商船一直在碼頭等他，等沈宴到了，本以為可以卸糧了，沒想到大公子卻沒發話。

而這邊，盯著沈宴的人見是一個小二送飯菜來，起初沒有懷疑，但後來見沈宴見了這個小二後，就收拾行李準備離開，便察覺到了異樣。

於是他們兵分兩路，一路人馬跟著沈宴，一路人馬去查那個小二。

跟著沈宴的那路人馬，跟到了碼頭後，見沈宴上了商船，本想跟著上去，卻被攔下說不載客。船上的人起碼有四、五個練家子，他們不能硬闖，只能在碼頭上盯著。

而另一路人馬跟著那個小二走街串巷，在人群中穿梭良久，差點跟丟，跟到了一處客棧，見那小二從客棧後門進去了。

但等他們跟進去，小二已經不見了。

總算有了點線索，跟蹤的人一邊盯著客棧，一邊派人去通知何庭堅。

何庭堅本來大為驚喜，卻因為身邊人說的一句話而愣住了。

「這客棧，不是那個劉公子下榻的嗎？」

「你說什麼？」何庭堅愣愣地反問一句。

「大人，這客棧就是劉公子下榻的客棧。」

何庭堅跌坐在椅子上。這樣就能解釋得通了，為何劉致靖會自薦留下看守梁珩？為何梁珩的夫人會這麼多天都找不到人影？他甚至懷疑，連民亂都是劉致靖一手促成的。

「這個劉三公子……」

何庭堅靠在椅背上，略有些無力地呢喃一聲。

這劉三公子，為何要幫梁珩整自己呢？

劉致靖是狀元，梁珩是探花，兩人有交情也說不定。

劉三公子若只是個小小縣令，他理都不會理；可劉家在京裡是名門望族，不提他那宰相老子，劉家一門公卿就不知凡幾。

半晌，何庭堅驟然睜開眼。

他何庭堅一生什麼沒見過，還能讓那毛頭小子給嚇倒了？既然劉致靖不想讓他好活，他就是死，也要拉個墊背的。

「去把馬三叫來！」

馬三不是官府的人，而是江湖上的三教九流。以前犯了事，被何庭堅保下了，從此就以何庭堅馬首是瞻，專門幫他做一些不好出手的事。

是夜，江寧城掩在夜幕中。

街道上行人漸稀，夏風過境，街道兩面的燈籠在風中搖晃著，燭光閃爍。

寂靜中，只有打更人走過，打梆四聲。

「天乾物燥，小心火燭——天乾物燥，小心火燭——」

沈蓁蓁睡得正熟，房門突然被人急促地敲了幾下。

她一下從夢中驚醒過來。

「誰？」

「弟妹，是我。」房外傳來劉致靖的聲音。「妳快穿衣裳，我們馬上走。」

沈蓁蓁聽著劉致靖略顯急促的聲音，心下一緊，也不多問，立刻起身，抓起床頭的衣裳迅速套上，過去打開門。

她見劉致靖衣裳略微凌亂地站在門外，樓下還傳來刀劍互擊的聲音。

突然，樓口處出現兩個全身掩在黑色夜行衣中的蒙面人，手中握著刀，劉致靖還站在門口，見那兩人上來了，快速交代沈蓁蓁一句。

「待在房裡，關上門，別出來。」

劉致靖很快就將撲上來的兩人逼下樓去，沈蓁蓁不敢隨意露出頭，關上門，緊張地貼在門邊，聽著外面的動靜。

只是劉致靖已經將來人逼到樓下了，只能聽到細微的打鬥聲，沈蓁蓁不由擔心，他看起來跟梁珩差不多，只像一個文弱書生。

一個隨從見劉致靖右臂被砍了一刀，立刻攔在劉致靖身前，擋下黑衣人。「公子，你快走！」

對方出手毫無章法且刁鑽狠毒，像是江湖上的三教九流，且身手不俗，十分難纏。

劉致靖受傷的右臂疼得一陣顫抖，也明白再拖就走不了了。

「你們都給我活著回來！」

沈蓁蓁正聽著外面的動靜，門突然被人一腳踢開。

她生生將驚叫壓了下去。

「弟妹？」

「劉大哥！」

「快，跟我走！」劉致靖尋著沈蓁蓁的聲音，轉過頭，就看見站在門後的沈蓁蓁。

這時候顧不得太多，他用沒受傷的左手拉住沈蓁蓁，往門外奔去。

剛到樓梯口，剛好看到最後一個站著的隨從倒下。

為首的黑衣人一把抽出隨從胸前的刀，抬起頭，看了一眼樓上的兩人，神色凶狠嗜血。

劉致靖沒有猶豫，拉著沈蓁蓁往房間奔去。

等黑衣人奔上樓，樓上所有房間都緊閉著。

房裡的人聽著外面的黑衣人走在木質樓道上發出的嘎吱聲，不禁嚇得瑟瑟發抖。

為首的黑衣人聽到一側房間裡的動靜，停下來，略一偏頭，身後的黑衣人上前將房門一腳踹開，隱約看到房內有一人。

一黑衣人一腳將縮在牆角的人踢到光亮處，卻發現不是他們要找的人。

電光石火間，那人來不及驚叫，就被斬於刀下。

「抓活的！走！」

黑衣人分頭進房間找人。

另一頭，沈蓁蓁站在窗口，低頭看向底下波光粼粼的河水。

形勢逼人，沈蓁蓁聽著房外不停傳來的尖叫聲，一閉眼，縱身往下跳。

河水很深，水面激起一朵浪花，她心一慌，嗆了兩口水。

「弟妹，別怕。」

她不停地撲騰著，水也越嗆越多，感覺到自己越來越乏力，漸漸往下沈。

而這番從二樓跳下水的聲音，也驚動了那些黑衣人。

等那些黑衣人撲到沈蓁蓁房間那扇開著的窗前，河面已經平靜下來，看不清人在哪裡了。

劉致靖是跟在沈蓁蓁後面跳下水的，他顧不得受傷的右臂浸在水中的疼痛，抱著沈蓁蓁游了一段，低頭見她已經昏了過去，忙抱著她上岸，掩在幾棵柳樹後。

「弟妹、弟妹？」劉致靖拍了拍沈蓁蓁的臉。

沒有反應，入手一片冰涼。

他探了探她的鼻息，幾近於無，心下暗叫一聲「糟」，突然想起從前看的一本古書中的急救之法。

這會兒也顧不得別的了！

劉致靖將沈蓁蓁平放在地上，回憶著書上的內容。

上下安被臥之，一人以脚踏其兩肩……一人以手按據胸上，數動之。

劉致靖在沈蓁蓁胸前按了數下，卻沒有起作用，她的臉色越來越白，也探不到氣息了。

劉致靖跌坐在地上，忽又想起後面一段。

他沒有猶豫，將沈蓁蓁緊閉的唇捏開，俯下身湊上去，往沈蓁蓁嘴裡度了幾口氣。

第十九章

劉致靖給沈蓁蓁度了好些氣，沈蓁蓁還是一動不動地躺著，沒有絲毫好轉的跡象。

他放開沈蓁蓁，頹然地往後一坐。

沈蓁蓁若是死了，他要如何向梁珩交代？一時間，劉致靖又悔又自責。

「咳……咳咳咳……」

就在劉致靖失神間，躺在地上的沈蓁蓁突然咳嗽起來。

劉致靖趕忙撲上前去，全然忘了自己公子哥兒的形象，反正這會兒兩人渾身濕透，毫無形象可言。

劉致靖跪坐在地上。「弟妹妳醒了！」

「咳……咳咳……」沈蓁蓁還是不停地咳嗽。

劉致靖連忙將沈蓁蓁扶起來，輕拍著她的背。

沈蓁蓁以為自己死了，沒想到還能再睜開眼。她感覺自己的肚子很脹、很撐，一股噁心感湧上，不由嘔吐起來。

劉致靖伸手幫她拍著背，就連一些嘔吐水濺到他衣裳上也沒發覺。

他這輩子沒受過這種驚嚇，沈蓁蓁沒有死，讓本來已經絕望的劉致靖狂喜不已。

正當沈蓁蓁嘔吐間，遠遠地，劉致靖聽到一陣腳步聲往這邊來。

沈蓁蓁還在不停地吐水，這會兒要是被人發現，他們只怕性命難保。
於是他不顧沈蓁蓁嘴角的污穢，伸手捂住她的嘴。
誰能想到京城最氣派的公子哥，竟然會做這種事？不過有時性命就在一線之間罷了。
沈蓁蓁被他這突然的動作嚇了一跳，湧上的嘔吐感也生生壓了下去。
她抬眼望向劉致靖，就見後者滿臉警戒地看著後方。
沈蓁蓁立刻明白，怕是那些人追上來了。
果然，沒一會兒，就見三、四個黑衣人往這邊追擊而來。
月色下，沈蓁蓁看著那些人手中泛著光的刀，電光石火間，她似乎看到同樣的人，提刀逼向梁珩，不禁心一悸。
劉致靖緊緊地盯著那些人，若是他們被發現，少不了一場惡戰；但對方有四人，就算只有他一人，想逃走都難，更別說還帶著沈蓁蓁。
四人走到柳樹不遠處，停了下來。
「這裡有一股酸腐味，四下找找。」
劉致靖盯著那個向他們走來的黑衣人，心下估算著交戰的勝率。
「老大，是頭死豬！」
向劉致靖他們走過來的黑衣人一聽，轉過身往低呼之人走去，就見岸邊的鵝卵石上，躺著一頭剛死不久的豬仔。
「繼續追！」

劉致靖見四人往前追去，這才放開沈蓁蓁。

「我們快走。」劉致靖說著，往一旁黑漆漆的林子指了指。

沈蓁蓁輕應一聲，跟在劉致靖後面。

劉致靖走幾步，回頭看看沈蓁蓁。沈蓁蓁剛從昏迷中醒過來，有些乏力，但還是咬著牙，勉強跟在劉致靖身後，卻一直跟不上他。

劉致靖又一次停下來等她，等沈蓁蓁走近，便道：「弟妹，我揹妳吧！」那些人追到前面發現沒人，難保不會折回來，剛剛是運氣好，再來一次，只怕就沒那麼好運了。

沈蓁蓁知道如今情勢危急，不能拘於小節，且她確實沒有力氣了。

劉致靖見沈蓁蓁點頭，走到她身前。「得罪了，弟妹。」說完彎腰揹起她，快速往前走。

劉致靖快速在林間穿行，手臂上的傷早已痛得麻木。茂密的樹枝擋住了大部分的月光，稀稀疏疏地照在疾行的兩人身上。

劉致靖低著頭看路，一言不發。

沈蓁蓁也沒有說話，一路只有被驚動的鳥兒飛散的動靜。

劉致靖雖然沈默不言，心裡卻是驚濤駭浪。

不管出於什麼原因，他都輕薄了沈蓁蓁；若沈蓁蓁是姑娘，親了就親了，就算是成了親的婦人，他也不覺得有什麼。

可偏偏沈蓁蓁是梁珩的妻子，就算他是因為救人，梁珩心裡可能也會有疙瘩，不僅是對他，可能還會對沈蓁蓁。現下，小倆口甜甜蜜蜜、恩恩愛愛，若他跟梁珩和沈蓁蓁說出這件事，會不會好事沒做成，還做了惡人？

這事說來也怪他，是他沒有考慮周全，若當時他拉著沈蓁蓁一起跳下河，這些事就不會發生。

劉致靖一直反覆地想，這事要不要告訴沈蓁蓁和梁珩？

兩人走了約有大半個時辰，劉致靖對江寧不熟悉，只能估算著往城裡的方向走，卻走偏了方向。

他們翻過小山頭，遠遠地，看到前面停靠了許多船，似乎到了碼頭。

這會兒回城也不安全，劉致靖想著先隨便上一艘船，度過一夜，明天再做打算。

他將這想法告知沈蓁蓁，沈蓁蓁自然同意。

兩人到了碼頭，正欲上船，沈蓁蓁突然叫住劉致靖。

「劉大哥，那艘船好像是我沈家的商船。」沈蓁蓁指著旁邊不遠處的一艘船。

月色下，隱隱能看到船帆上繡著一個「沈」字。

天下姓沈的商船何其多，但每家的字一定不一樣。沈蓁蓁雖然沒有跟著兄長經商，但是沈家的商徽，沈家的每一個人都認得。

「怎麼會？難道是妳兄長還沒有離開？」

沈蓁蓁點點頭。「想必是。」

劉致靖便揹著她往沈家商船走去。

待走近了些，看得更清楚，沈蓁蓁更加確定這就是沈家的商船。

兩人一上船，很快就有人發現兩人。

「什麼人?!」

沈家商船上的夥計見有人闖上船，迅速將兩人圍起來。這些人都是在外面跑貨的夥計，並不認識沈蓁蓁。

劉致靖見沈蓁蓁潮濕的衣裳緊貼在她身上，便脫下身上同樣潮濕的外衣，披在她身上。

沈蓁蓁感激地看了他一眼。

「我是大小姐，大公子呢？」

夥計們不禁面面相覷。大小姐竟然來了？大小姐失蹤的事，他們都知道，沈宴每天都會派人去城裡打聽大小姐的消息。

沈宴聽到動靜，從船艙裡走了出來。

「怎麼回事？」

「大哥！」

被劉致靖放下來的沈蓁蓁，見大哥出來，驚喜地叫了一聲。

「妹妹！」

沈宴快步奔上前，就見妹妹跟一個陌生男子站在一起，兩人皆是渾身濕透，十分狼狽，那男子手臂似乎還受了傷。

沈宴便知道不對勁，立刻拉住沈蓁蓁。「進艙說。」

三人進了船艙。

「大哥，有金瘡藥嗎？」

沈宴看了看劉致靖，點點頭，到艙門邊叫人送藥過來。

很快地，一個夥計送藥進來，在一旁幫劉致靖上藥，沈蓁蓁則將情況簡單地和沈宴說了一遍。

她並沒有說今晚來的人是誰，事實上，她也不知道是誰。

「大哥，你知道夫君的消息嗎？」

沈宴搖搖頭。「衙門進不去，你們的情況都是一個叫孫志的衙役兄弟告訴我的。」

沈蓁蓁不由深深擔心起來，梁珩被關在房間裡，要想對他不利，簡直是甕中捉鱉一般容易。

一旁的劉致靖聽兩人說到梁珩，也道：「梁兄在衙門確實不安全，沈兄這裡可有人手？能把梁兄救出來最好。」

今晚的人是誰派來的，劉致靖知道，既然對方已經狗急跳牆，連他都想殺了，也絕不會讓他好過。

沈宴連忙點頭，與劉致靖商量了計策後，出去清點人馬。沈家商船常年在漕運河道上來來往往，船上打手是必備的。

如今艙內就只剩下沈蓁蓁和劉致靖。

沈蓁蓁見劉致靖手上綁了綳帶，走上前關心地問：「劉大哥，你的傷要緊嗎？」在路上她就聞到了血腥味，卻不知劉致靖傷得重不重。

剛剛路上情況危急，還沒感覺如何，這會兒到了安全的地方，放鬆下來，艙內又只剩下兩人，劉致靖就不自在起來。

他強壓下想跳開的衝動，慌忙道：「不……不礙事。」

沈蓁蓁沒有察覺到劉致靖的異樣，朝他屈身一禮。「多謝劉大哥的救命之恩！」

劉致靖下意識就想伸手去扶她，伸到一半就像被熱水燙到一般，倏地縮回手。

「都是應該的，弟妹別放在心上。」劉致靖轉開頭，避開沈蓁蓁的目光，有些心虛地道。

他下定了決心，這事他一定要爛在肚子裡，只有他自己知道，他就已經很不自在了，若是告訴兩人，以後他怕是無顏再見夫妻倆了。

興許是這麼多天都平安無事，看守縣衙的府兵沒想到會有人來劫人，因而此時只有兩個府兵守在房外，所以當沈宴帶著四、五個人衝進縣衙，府兵抵抗幾下就被打倒了。

梁珩在裡面聽到動靜，不知來人是誰，正戒備著，就見門一下被人從外面踢開，幾個人衝了進來。

房中沒有燭火，他看不清來人的臉。

沈宴並不會拳腳，跟在後面，見看守的人被打暈過去，才快步跑過來。

「妹婿！」

梁珩聽到沈宴的聲音，有些難以置信。

「大哥？」

「是我！」

這時，一個打手將外面屋簷上掛著的燈籠提了進來，屋內微微亮堂起來。

沈宴看清了往自己走來的梁珩。

梁珩被關了好幾天，頭髮有些凌亂，身上到處都是灰，不僅臉上黑一塊、白一塊的，身上的衣裳也已看不出原色。

「大哥，你怎麼來了？」

「別問這麼多，快跟我走！」沈宴快步走向梁珩，拉著他就想走。

梁珩自是不肯走，這是官場的事，沈宴只是個商人，不能拖他下水。

「大哥，你別管我，你快走吧！」

沈宴見梁珩僵著不肯走，便道：「是妹妹讓我來救你的，她在碼頭等你。」

梁珩不禁一愣，蓁兒為何會讓大哥來救他？

「大哥，發生什麼事了？」

「妹妹沒來得及告訴我，不過她身邊的一個陌生男子好像認識你，說你留在這裡很危險，讓我帶人來救你。」沈宴迅速說道。

梁珩聽沈宴這麼說，心想那個陌生男子一定是劉致靖，便不再猶豫，跟著沈宴出了房間。

一行人很快到了碼頭。

沈蓁蓁站在甲板上，焦灼地等待著。

終於，遠遠地，她看見一行人往這邊過來，可夜色太黑，她看不真切，不禁屏住了呼吸。

待人走得更近，終於能看清對方的身形。

沈蓁蓁一眼就看到了他。

梁珩等人剛走至船邊，就聽見那道熟悉的聲音。

「梁郎！」

梁珩抬眼一看，就見甲板上站著那個讓他魂牽夢縈的人。

沈蓁蓁下了甲板，朝梁珩奔了過去。

梁珩迎上前，張開手接住了她，卻被一股衝力衝得往後一踉蹌，差點跌倒。

梁珩被關了好幾天，吃不好，睡不好，加上他本來就瘦，這會兒更加顯得形銷骨立，瘦得兩頰的顴骨都凸了起來。

沈蓁蓁抱著他，感覺更甚。梁珩腰上像是沒有一點肉，一抱就能摸到他的肋骨。

正值盛夏，梁珩被關了五天，沒水洗臉，更別提洗澡了，身上的氣味十分奇怪。沈蓁蓁緊緊地抱著他，雖然熏得慌，卻想將這份安穩一直延續下去。

梁珩知道自己身上的氣味不好聞，因此抱了一會兒後，便放開了沈蓁蓁。

「蓁兒，等等讓我去換身衣裳，別熏著妳了。」

沈蓁蓁心疼地看著梁珩消瘦的臉，也不多言，只是緊緊地拉住他的手。

幾人上了船。

劉致靖站在甲板上，見梁珩夫妻倆牽著手上來，不時側臉看看對方，就算看不清兩人臉上的神色，也能想像那是何等恩愛，不能分離。

劉致靖更加堅定不能說出那件事的決心。

梁珩也看到了站在甲板上的劉致靖。

「劉兄！」

劉致靖看著梁珩，笑了笑。「梁兄此番受苦了。」

梁珩搖搖頭，看向身旁的妻子，朝劉致靖鄭重地拱手。「此番多謝劉兄照顧蓁蓁。」

劉致靖慌忙往旁邊一閃，頭微微一偏，不敢正視梁珩。「梁兄言重了，都是兄弟，這是應該的。」

劉致靖突然想起一個典故來。

《新五代史．雜轉序》中曾記錄，王凝之妻被丈夫以外的男人拉了下手，為表貞潔，回家就用斧頭將手剁了。

劉致靖不由看了一旁的沈蓁蓁一眼。他可不是只拉了手那樣簡單，他不僅按壓了沈蓁蓁的胸，還親了她。

「劉兄？劉兄？」

「啊？」劉致靖一下驚醒過來。

梁珩抬了抬手示意劉致靖。「劉兄可有什麼要緊事要說的？沒有的話，我先去沐浴更衣，我身上實在髒得不成體統。」

劉致靖的頭搖得像撥浪鼓一般。「沒、沒有！」

梁珩覺得今天的劉致靖有些奇怪，但也沒多想，點了點頭。「好，那我先去洗漱，我會盡快整理好的。」

劉致靖點點頭，看著夫妻倆離去。

沈宴要去給梁珩找衣裳，便跟劉致靖打了聲招呼，也進船艙去了。

劉致靖一人呆立在甲板上，任夜風將他混亂的心緒吹得更加理不清。

船艙內，沈宴吩咐兩個夥計給梁珩打水，又找了自己的乾淨衣裳，交給沈蓁蓁。

沈蓁蓁拿著衣裳到了房內，聽著裡面的水聲，敲了敲門。

「梁郎，是我。」

「蓁兒，進來吧！」

沈蓁蓁推門走了進去，昏暗的燭光下，坐在浴桶中的梁珩上身赤裸，潮濕的黑髮正貼在他雪白的肩頭上。

「蓁兒，把衣裳放在那張椅子上就行了。」梁珩指了指一旁的椅子。

沈蓁蓁將衣裳放了上去。

梁珩正往身上擦著皂角，聽身後半晌沒有動靜，還以為沈蓁蓁出去了。

突然，他感覺到一雙手從後面摟住自己的脖子，沈蓁蓁的臉貼在自己的脖頸上。

「蓁兒，我還沒洗乾淨呢！」

「我不嫌棄。」沈蓁蓁閉上眼，輕聲說道。

梁珩感覺沈蓁蓁這話像是湊到他耳邊吹著氣說的一般，讓他的心癢癢的。

他伸手握住她圈在他脖頸上的手，轉過頭道：「蓁兒，妳受苦了。」

沈蓁蓁搖搖頭，復又笑起來。「我是受苦了，你以後可要好好待我。」

梁珩轉過上半身，引得水一陣嘩啦啦地響。

兩人四目相對，他將額頭抵在沈蓁蓁的額上，像是滿足，又像是慶幸。

「蓁兒……」

沈蓁蓁親了親梁珩乾裂的嘴唇。

「快洗吧！劉大哥怕是有事要跟你說。」

梁珩點點頭，任由沈蓁蓁幫他擦背。

匆匆洗完後，梁珩站起身來，沈蓁蓁便拿起旁邊的一張乾帕，親自幫他擦身子。

兩人雖已是夫妻，可這樣在燈下裸裎相見，卻是不曾有過。

沈蓁蓁輕輕擦過梁珩纖細的腰腹，不由心疼得直顫。

「等這事了了，得好好補一補。」

梁珩聽而不言。希望的種子最後會結出什麼樣的果實，他不知道，也不敢說。

兩人到了船艙，劉致靖和沈宴已在那裡等著。

劉致靖將今夜發生的事大致說了，只是隱去了沈蓁蓁昏迷被他救起的那一段。

梁珩將沈蓁蓁的手緊緊握在手心裡。她竟然經歷了這麼凶險的一夜，而他卻不在她身邊，這一切甚至都是因他而起。

一時間，梁珩既心疼又自責。

沈蓁蓁將另一隻手輕輕覆在梁珩的手背上。

劉致靖將接下來的打算也說了。

何庭堅好歹是五品大員，就算劉家再顯赫，這件事劉致靖也不能親自出手，否則就是給別人送去把柄，因此這事只能由朝廷派人處理。

劉致靖將局勢分析了一遍，他猜皇上應該會派一個可靠的官過來，這樣的話，梁珩應該會沒事；就算那人不可靠，劉致靖也已經寫了家書回去，讓他老子為梁珩說兩句話，所以這事認真追究下來，梁珩說不定能功過相抵。

商量了一陣，如今的情勢就只能等朝廷派官員下來。

另一頭，汴城州牧府。

何庭堅很快就知道行動失敗的事。禍不單行，天剛微微亮，一夜未眠的他又收到皇上拿到狀紙後大為震怒，派了御史中丞徐恪下江淮來徹查的消息。

何庭堅一下就癱了。

這徐恪是何許人也？他也是出身官宦人家，為先皇時期，京城四大家族之一的徐家。雖然徐家如今已經有些沒落，但瘦死的駱駝比馬大，徐家一門還是有不少公卿。

而徐恪，就是徐家這一輩中最赫赫有名的人。

徐恪雖說出身官宦之家，但是半點官宦子弟之氣也無，為人十分剛正不阿，考了科舉，中了二甲傳臚，進了翰林院做編撰，沒多久就覺得翰林院的翰林們空有高傲之氣，實則十分虛偽，怒欲辭官，卻被家裡攔下，最後調去做了一個小小的納言。

這納言雖然品階不高，實則是跟在皇上身邊，彌補皇上言語中的過失之職。

徐恪那時當著先皇的面直言不諱，絲毫不知顧忌，言明先皇若言語有失，他必將力諫。這麼不識時務的小官，卻深得先皇賞識，一步步從納言做到如今的御史中丞。

御史中丞的品階依然不高，卻是徐恪自己的選擇。

朝中上下官員都知道，一旦栽在徐恪手裡，那真的就是栽了。

如今，徐恪竟被派來江淮，首先要查的，就是他何庭堅。

何庭堅連夜將家眷送走。

這些年搜刮的金銀財寶，大半夜都沒搬完，剩下的便讓人扔進後院一處池沼中。

而何庭堅名下的宅子足有十餘處，有些他說不清來歷的，便連夜讓人到檔案房中將他的名字改成一個遠房外甥的名字。若是這次大難不死，以後再改回來就是了。

徐恪等人來得很快，次日清早就快抵達汴城。

何庭堅為官多年，早年也見識過大風大浪，因此徐恪到達的消息，他很快就收到了。

就算這次逃不過去，其他的事都已安排妥當，何庭堅這麼一想，心緒好歹穩了下來。

徐恪剛到江淮一帶，就直衝汴城而來，不，應該說，就衝他而來。

何庭堅換好官服，戴上那頂戴了多年的烏紗帽，坐在書房的紫檀椅上，睜著眼，眸中卻無任何神采。

突然，外面傳來吵鬧聲，何庭堅不悅地皺起眉。

這也許是他最後的寧靜了，竟然還有人敢打擾他？

「我要見老爺！」

何庭堅聽出聲音的主人，正是他寵了幾個月的嬌妾。

他閉上眼，沒有理會外頭的動靜。

「吳姨娘，老爺累了，正在休息，您回去吧！」

吳姨娘一把推開門口的老管家，將門推開，就見何庭堅靠在椅背上，雙眼緊閉，沒有看她。

吳姨娘到底心虛，輕聲哭訴道：「老爺，您連夜將夫人他們送走，為何獨留下妾身？」

何庭堅沒有睜眼。「我素日最寵愛妳，妳留下陪陪我，不願意嗎？」

何庭堅聲音不大，甚至有些淡淡的疲憊，吳姨娘還是從裡面聽出了漠視。

她雖年輕貌美、明豔動人，終究只是他的妾，會疼、會寵，就是不會把她當成人。

「妾，知道了。」吳姨娘輕輕說了句，退了出去。

何庭堅還是沒有看她一眼，任吳姨娘走了。

很快地，徐恪一行人已下船的消息傳到了州牧府。

何庭堅聽到消息，站起身來，欲去碼頭迎接徐恪，誰知剛出府門，迎面就遇上徐恪幾十人。

除了徐恪和幾個御史，其餘的全是禁衛左軍。

何庭堅見這等陣仗，心裡不由直打鼓，硬著頭皮迎了上去。

「下官何庭堅見過中丞大人。」

徐恪年過不惑，五官方正，目光淩厲，面上膚色白淨，下巴留了一小撮鬍子，周身透著一股剛正之氣。他身穿赤色官服，腰間掛著金製魚符，端的是人高馬大。

徐恪看了何庭堅一眼，道：「本官為何而來，想必何州牧清楚，還麻煩何州牧配合我們徹查。」

何庭堅連連點頭。「是、是。」

徐恪不再多說，帶著御史往裡面走，幾個禁衛左軍跟在幾人後面，其餘的便分散開來，將州牧府圍住。

何庭堅本想要設宴為徐恪接風洗塵，想了想，又將話頭吞了下去。

徐恪幾人直接提出要去庫房對帳。

何庭堅不由心下一抖。帳面雖已經粉飾過了，可就怕這些人看出來，但他不敢阻攔，本想親自帶著幾人去，卻被拒絕了，何庭堅只好派主簿帶著幾人過去。

帳本多少年沒好好登記過了，帳目混亂，根本就查不了。上面改動的痕跡明顯，而大齊的律法明文規定，官府帳目一旦記錄，不得改動。

何庭堅很快就發現自己出不了州牧府了。

何庭堅只處理了州牧府的贓物，那些別苑的卻是沒來得及處理，他找人趕去別苑，誰知剛到門口就被攔下了。

何庭堅知道自己完了。

很快地，他被脫去官服，摘下烏紗帽，下了獄。

何庭堅坐在陰暗的監牢裡，目光呆滯，頭髮散亂。這監牢他不知來過多少次，很多人被他抓進來，也有很多人被他放出去。

何庭堅想起自己的前半生，那時他還是個窮書生，立志要高中。歷經千辛萬苦，終於考中了進士，等那個縣官的缺，等得心力交瘁。

到了任上，他曾經發誓要造福百姓，後來，他怎麼就變了呢？

何庭堅想不起來了，也許太久遠了，也或許是他選擇遺忘，這個原因，禁不起深究。

何庭堅被押送進京前，老管家來看他。

被何庭堅送走的家眷還是被通緝了，而吳姨娘跟著二管家收拾好包袱，私奔了。

何庭堅閉上已經渾濁的眼。

一失足成千古恨，再回首已是罪臣身。

徐恪到了江寧。

彼時，梁珩剛剛回到縣衙。

梁珩並不知道朝廷會如何處置自己，但是在定罪前，他還是這一縣的縣令。

他想趁著自己還是江寧的縣令，將曾經許諾過的糧種盡快發下去，否則會耽誤了夏耕。

衙役們很快將領取糧種的消息傳到了各鎮，各鎮的里正通知到村裡，讓村裡派幾個人，跟著他們去縣城領糧種。

本來老百姓們見梁縣令被抓起來了，對發種子的事已經不抱希望，許多人家都將陳年舊穀泡上，準備用來做種子，誰知如今卻等到了好消息。

百姓又一次湧進了江寧縣城，這一次前後只有數百人。

還沒到縣衙，百姓們遠遠地就看到縣衙大門處，堆了小山一般高的麻布口袋，裡面裝得鼓鼓囊囊的。

而那個年輕的縣令就坐在一張桌子後，桌上堆著四、五本書冊。

梁珩見有百姓來了，便站起身來招呼。

「你們是一個村的嗎？」

「是的。」

「里正來了嗎？」

一個六十來歲的老人走上前來，對著梁珩躬身一禮。

「縣官大人，我就是蓮花村的里正，我姓曹。」

梁珩又問清了隸屬鎮，張安和便拿起桌上一本書冊，翻到了蓮花村那頁，遞給梁珩。

梁珩看了看，道：「曹里正，蓮花村一共有三十五戶人家、田一百五十畝，一畝半斤種子，一共是七十五斤種子。」
里正自然清楚自己村的耕田數目，這記錄並沒有錯，便點頭稱是。
後面幾個衙役打開一袋麻布袋，裡面裝了滿滿的稻穀。
秤好七十五斤，衙役便將稻穀拖到曹里正身前。
「快回去將糧種分下去吧！這些都是今年上半年的新糧。」梁珩道。
曹里正做了十餘年的里正，深知這樣為百姓著想的縣官有多難得。
他不停地道謝，後面的百姓也跟著感謝梁珩。
梁珩擺擺手。沈蓁蓁已經將百姓來江寧縣城救他的事告訴他了，他深受感動，雖然他認為這是自己為官者應當做的，並不圖百姓回報他什麼，但一縣百姓強壓下對當權者的恐懼來救他，這是多大的情分。
一開始是離得最近的百姓趕來，到後來，百姓越來越多，將縣衙前的街道都堵住了，梁珩等人也忙得團團轉。
縣衙對面的樓上，有幾人站在窗前，像是普通百姓，並不起眼。
「那人就是梁珩？」
「是的。」
徐恪看著那個看上去不過二十出頭的年輕人。當時梁珩等三鼎甲在京城裡遊街，可謂出盡風頭，不過徐恪自然不會在意這些。當日杏花宴，徐恪也沒有出席，只在簪花禮上遠遠地看了一眼，也沒有在意。

雖然徐恪知道梁珩只是個年輕人，可如今見到本人，還是不由感嘆。

「年輕人就是容易衝動行事啊！」徐恪感慨了一句。

「先生，您年輕時不也是如此嗎？」徐恪背後的中年人輕笑道。

徐恪回望一眼。「我也是這樣嗎？」

「您時常力諫得先帝無話可說，還說頭可撞牆濺血立死，話不可知錯而不言。」

「老了，都老了。」徐恪笑了笑，言語間不無落寞。

背後之人不再言語，徐恪似乎也陷入了沈思。

夜幕低垂，梁珩等人才發完最後一個村子的糧種。

糧種還剩了些沒有發完，幾個衙役便抬著麻布袋進衙門，梁珩也收拾了下，準備進門，就見幾人往大門走來。

梁珩以為是遲來的百姓，連忙停下腳步，叫停了搬東西的衙役。

「你們可是前來領糧種的鄉親？是哪個村的？」梁珩問道。

為首之人搖搖頭。「我是來找梁縣令的。」

梁珩聞言，不禁奇怪。「我就是，你們找我有何事？」

為首之人道：「我名徐恪。」

梁珩自是聽過徐恪的大名，知道是中丞大人來了，他心下一凜，還好今天的糧種已經發下去了。

「下官梁珩，見過中丞大人。」梁珩躬身一禮。

徐恪輕應了聲，看了梁珩一眼，抬步往衙門裡面走去。

梁珩見狀，立刻跟在後面。

幾人進了縣衙大門，徐恪卻不往大堂走，而是轉身看向梁珩，道：「可否拜訪梁縣令的後衙？」

梁珩愣了愣，一時沒反應過來。後衙現在算是他的家，中丞大人要去拜訪他家？中丞大人不是來問他的罪嗎？

徐恪見梁珩愣住沒說話，笑了笑，道：「怎麼，梁縣令不歡迎本官嗎？」

梁珩回過神來，雖不解，還是往後衙方向一伸手。「下官不敢，大人請。」

徐恪往前走去，他身後的兩人卻不走了，停在原地。

梁珩本想等那兩人走了，自己再跟上，誰知其中一個身著藍色長衫、身材清瘦的中年男人卻對他道：「我等在此等候，梁大人請。」

梁珩點點頭，跟上走在前面的徐恪。

徐恪一邊走，一邊打量縣衙。

「看來江寧縣的財政很寬鬆，看這縣衙修得處處精緻。」

梁珩不好接話，便沈默著。

徐恪只說了這一句，便不再多言。

很快地，兩人就到了後衙前院。

「大人請稍坐，我去為大人沏茶。」梁珩請徐恪坐下。

「我聽聞梁縣令已經成親了？」

梁珩點頭稱是。

徐恪點點頭。「去吧！」

梁珩走出了大廳。

徐恪四下看了看，大廳很是空曠，除了桌椅，再無它物。

梁珩到了後院，沈蓁蓁正在廚房忙活著。

見梁珩進來，沈蓁蓁只當是衙門的事忙完了，便道：「梁郎，飯要好了，淨淨手，把菜端出去吧！」

梁珩見沈蓁蓁正在炒最後一道菜，便蹲在另一個燒水的灶孔前，準備生火。

「來了個客人，蓁兒妳先吃吧！我燒些水沏茶。」

沈蓁蓁不禁疑惑。「誰來了？正好飯好了，你請客人來吃飯吧！」

梁珩一怔，中丞大人會來用飯嗎？

「不用了，他應該不會來吃。」

沈蓁蓁停下動作。今天梁珩是怎麼了？客人來家裡，哪有不請人吃飯的道理？

「梁郎？」

梁珩聽沈蓁蓁疑惑地叫了他一聲，不想隱瞞，便道：「是御史中丞大人來了，我猜他應該是為我的事而來的。」

沈蓁蓁手裡的鍋鏟「啪」一下掉進了鍋裡，發出碰撞聲。

「他……會不會把你帶走？」

梁珩見沈蓁蓁嚇到了，忙站起身來。「沒事，我想最多就是削了我的官，那樣正好，到時我們回涼城去，爹娘都在那裡，從此以後，一家人就團圓了。」

沈蓁蓁轉過頭，看向一臉笑意的梁珩。

怎麼可能會這麼輕鬆呢？梁珩為了做官，努力了這麼多年，這麼說，不過是為了寬慰她。

沈蓁蓁並不在乎梁珩能不能做大官，她只希望一家人都平平安安的。

她點點頭，低下頭將鍋裡的菜舀到盤子裡。

「那中丞大人為何不直接將你帶走？」

梁珩搖搖頭。「他一到衙門就說要拜訪後衙，我也不知為何。」

「如果是來追究你的責任，何不一開始就將你帶走？來拜訪不就是來做客的意思嗎？」

沈蓁蓁想了想，說道。

梁珩一愣。他沒想過這個，畢竟國有國法，不管是出於什麼目的，他的確已經觸犯了國法。

「你就去請吧！心意到了，客人來不來又是另一回事。」

梁珩點點頭，出了廚房。

徐恪正襟危坐在廳內，就見梁珩快步走了進來。

「大人可用過飯了？內子已做好晚飯，若是大人還未用飯，粗茶淡飯的，還請大人莫嫌棄。」

徐恪認真地看了梁珩一眼。

只見梁珩臉上滿是懇切，徐恪猶豫了一瞬，站起身來。

「那就走吧！」

徐恪這麼爽快，倒是讓梁珩一愣。

徐恪見梁珩發愣，繃起臉道：「怎麼，難道梁縣令竟只是客氣邀請一句嗎？」

梁珩回過神來。「不敢，大人請。」說著讓到了一邊。

徐恪走在前面，穿過過堂，到了後院，就見後院收拾得十分乾淨，一旁還支著一根竹竿，上面掛著幾件衣裳。

一間偏房屋頂上正冒著煙，看來是廚房無疑。

徐恪從來沒有在別人家裡用過飯，在朝為官，讓他不能隨意接受別人的宴請，而聽梁珩說出請他吃飯的那刻，他一下就想到了接風宴。這些年，他見過太多了，尤其現在他還掌握著梁珩的官途，梁珩請他吃飯的舉動就更讓人疑心。

可徐恪莫名就答應下來。

梁珩拉過院裡的一張凳子，請徐恪坐下，又端水來請他淨手，接著告罪，進了廚房。

沈蓁蓁本來只做了兩道菜和一個湯，後來想了想，又拿了幾顆蛋。

梁珩進來時，沈蓁蓁正往碗裡盛蛋。

沈蓁蓁已經聽到院子裡的動靜，見梁珩進來，便道：「把桌子搬出去，再來端菜吧！」

梁珩點點頭，將桌子搬了出去，拿布擦了擦。

徐恪在院中聽到沈蓁蓁的話，站起身來，往廚房走去，低頭忙活的梁珩並未注意到他。

沈蓁蓁正在洗鍋子，餘光見廚房門口有人進來，以為是梁珩，便道：「先把菜端出去吧！」

徐恪進了廚房，廚房有些小，他一進來，就感覺有些擁擠了。

裡面有一口土灶，灶門前放著一堆劈得整齊的柴火，除了鍋碗瓢盆，沒有多餘的東西。

一個看著很年輕的女子正在洗鍋子，腰間圍了一條青色的圍裙。

這應該就是梁珩的妻子了，看著倒是十分溫婉。

徐恪聽沈蓁蓁這麼說，便走過去，雙手端起灶沿上的菜。

梁珩擦好桌子，走進廚房端菜，就見中丞大人端著兩盤菜，準備出去。

「大人，您坐著就是。」

梁珩趕忙過來，準備將菜接過，卻被徐恪閃開了。

「來別人家吃飯，哪有坐著等吃的道理？」徐恪笑道。

沈蓁蓁這會兒抬起頭，就見廚房裡多了一個和梁珩差不多身量的男人，穿著一身淡青色長袍，背影看上去，比梁珩要魁梧一些。

徐恪沒等梁珩再說話，端著菜就往外走。

梁珩不好攔他，只能任他去了。

徐恪剛將菜放在桌上，梁珩就端著那盤蛋和一鍋白菜湯出來了。

「大人，您坐著就是。」

徐恪終於坐下，梁珩又去廚房端飯。

他將碗和飯都端了出來，準備給徐恪盛飯。

徐恪見梁珩的動作，倒是一愣，只有兩、三道菜就算了，酒好歹得有一杯吧？

徐恪便問道：「梁縣令，沒有酒嗎？」

「大人，下官家中無人飲酒，沒有酒呢！若是大人要喝，下官這就去打酒。」梁珩為難道。

徐恪擺擺手，看著桌上的菜，除了那盤雞蛋勉強算是葷菜，其餘的全是素菜，湯裡更是不見一點油星子。

徐恪不禁為梁珩夫妻的節儉感慨，就連他在京城吃飯時，頓頓都少不了肉，梁珩夫妻竟連油都捨不得多放一點。

徐恪並不知道，其實是因為沈蓁蓁喜歡清淡，導致以後梁珩夫妻倆去徐家做客時，常常滿桌都是山珍海味，這是徐恪想著兩夫妻平時吃得不好，特意吩咐下去的。

徐恪擺擺手。「算了，用不著這麼麻煩。」他其實並不怎麼飲酒，只是認為連待客酒都沒拿出來，有些奇怪，這才一問。

徐恪端起飯碗，就見梁珩站在一旁。

「梁縣令坐啊！看著我吃嗎？」

梁珩依言坐下，看著徐恪拿起筷子，伸向那盤蛋。

梁珩不由擔心起來，這蛋會不會又鹹得難以入口？

見徐恪面不改色地吃下去了，梁珩這才放下心來。

沈蓁蓁是婦人，自然不能陪客，因此吃飯時全程都沒有露過面。此刻她正坐在灶門前，聽著院中的動靜。

中丞大人竟真的過來吃飯，看來梁珩這次應該沒事了。

沈蓁蓁炒菜的手藝不怎麼樣，徐恪卻連吃了三碗。

飯畢，徐恪站起身，他的幕僚還等在前院，也都還沒吃飯。

「梁縣令，多謝款待，本官這就走了。」

梁珩又送他出去。

良久，梁珩回來了，面色有些複雜。

「中丞大人說了什麼？」沈蓁蓁焦急地問道。

梁珩將兩人出去時發生的事，跟沈蓁蓁說了一遍。

當時兩人穿過過堂，徐恪突然停下來，喝問了梁珩一句。

「梁珩，你可知罪？」

梁珩愣了愣。徐恪一直沒有說起這件事，他還在奇怪他怎麼不說，沒想到這就來了。

梁珩神情一凜。「下官知錯。」

「錯在哪裡？」
「不該私自開糧倉。」
「你可知私自開糧倉，弄不好，連命都會沒了。」
「下官知道。」
徐恪看了看梁珩，後者低垂著眼，背脊卻挺得筆直。
本來徐恪還打算問梁珩是否後悔？這會兒卻將話吞了回去。他知道，梁珩一定不後悔。
「以後遇事多三思，事情有多種法子可解決，可你偏偏選了最壞的一種。」
梁珩聽了一愣，徐恪不待梁珩說話，就抬腿往前走。
兩人到了前衙，幾個幕僚正坐在石凳上等候，見徐恪出來，連忙站起身來。
幾人往外走去，迎面碰上匆匆趕來的劉致靖。
劉致靖見幾人出來，像是沒發生什麼事，不由放下心來。
「小姪見過徐叔叔。」
徐恪看了看劉致靖。「你不是在赤縣任職嗎？怎麼跑來這裡了？」
劉致靖直起腰來，笑了笑，言語間卻不敢說笑，認真道：「小姪過來給叔叔當助手了。」
徐恪自是知道狀紙是劉致靖遞進京去的，他一來，劉致靖就緊張兮兮地跑來了，只怕與梁珩交情不淺。
徐恪不再多說，帶著人離去。

梁珩請劉致靖進去坐坐，劉致靖見梁珩沒事，便推說出來太久，赤縣還有事等著他，匆忙告辭了。

劉致靖連夜趕回赤縣，剛到縣衙，小廝劉言就匆匆跑來。

「主子，您可回來了，有個公子前兩天就來找您了，您不在，一天來問了好幾回。」

「是誰啊？」

「小的不認識，但是小的看那公子，跟章中書大人家的嫡小姐長得好像……」劉言一直跟著劉致靖，因此見過章伊人兩次。

劉致靖不由疑惑，到底是誰來找他？

很快地，那公子又來了，劉致靖一見到人，頓時大吃一驚。

什麼長得像章伊人，就是章伊人啊！

第二十章

「章小姐，妳怎麼來了？」劉致靖面上的驚訝之色溢於言表。

在他面前站著一個身穿青色長衫、身量十分清瘦高眺的人，從後面看，像是一個文弱書生，可從正面看，就知道是個姑娘。

章伊人愣愣地看著眼前的劉致靖，她本以為今天也會失望而歸，沒承想他竟然回來了。她歷經千辛萬苦，才終於見到劉致靖，如今只覺得喉嚨哽咽。

劉致靖見章伊人半晌沒說話，不由奇怪地問道：「不知章小姐怎麼會來江淮？找我做什麼？」

雖說章伊人是京城裡有名的大才女，但劉致靖倒是很少見過她。京中的貴女都是養在深閨裡，除了宮裡舉辦的宴會，很少能在其他地方見到她們，更別提劉致靖那能讓貴女們退避三舍的紈袴名聲，因此劉致靖見過章伊人的次數不超過五次，且從來沒有說過話。

不，那次……

劉致靖突然想起，有一次宮裡舉辦早荷宴，他和齊湑進宮時，正好碰到章伊人等一眾貴女，齊湑當時還惹怒了章伊人，被章伊人當眾為難得下不了臺，當時他好像就有跟這位京城第一才女說過話。

劉致靖正沈思著，對面的章伊人也情意切切地看著他。

劉致靖杏仁眼略挑，劍眉入鬢，眉眼十分俊逸；高鼻梁，嘴唇稍薄，正緊抿著；頭髮全束於腦後，露出整個飽滿的額頭，面如暖玉，稜角分明。

除去他紈袴的名聲，其實是一個難得的美男子。

章伊人只覺得萬般相思皆化成了一灘柔水。

劉致靖回過神來，就見望著他的那雙雙瞳翦水裡似乎滿含柔情。

劉致靖是在女子堆裡來回鑽的人，怎麼會看不出章伊人似乎對他有意？

他不由心下一震，章伊人如何會對他有意？

「章小姐，妳和誰一起來的？」劉致靖問道。

章伊人回過神來，心虛地低下頭，輕聲道：「我自己來的。」

「中書大人他們知道嗎？」劉致靖一聽章伊人是自己來的，不禁急了。

看樣子章伊人是特地來找他的。章伊人這種養在深閨裡的貴女，連家中府宅的大門都很少跨出去，更別提千里迢迢來江淮，萬一出了什麼事，就算這事他不知情，恐怕章家的人也會把責任算在他頭上。

章伊人聽劉致靖這麼問，猛地抬起頭來。

她是聰明人，不然也不會被譽為京城第一才女，聽劉致靖這麼說，立刻明白他的意思。

劉致靖面上有擔憂，卻不是擔心她的，章伊人心裡瞬間湧出萬般委屈，卻強咬住下唇，將委屈咽了回去。

「我派人送妳回去。」劉致靖道。章伊人只怕離京已久，不知這會兒京城亂成什麼樣子了？

章伊人一聽，不免有些著急，她有話一定要當面問他。聽說外放的官員不到時間是不可以回去的，劉致靖要在赤縣待三年，等他回去，只怕一切都已遲了。

「劉公子，我……」可話到了嘴邊，女兒家的嬌羞和從小到大受的教育，讓她說不出違背禮節的話來。

劉致靖見章伊人欲言又止的模樣，突然有些不大想聽她說完。

「章小姐，我馬上讓人送……」

「你願意娶我嗎？」章伊人心裡那句想了千萬次的話脫口而出，打斷了劉致靖的話。

劉致靖睜大雙眼，像他這種紈袴公子，名滿一時的大才女怎麼會看得上？

章伊人將話說出口後，那些束縛太久的教條和矜持好像一下就不見了，她感覺心下一鬆，殷切地望著劉致靖。

劉致靖著實嚇了一跳，良久沒有回過神來。

「章小姐，妳在說什麼胡話？」

章伊人眼中期盼的光芒倏地消失。

可劉致靖沒有正面回答她，章伊人又追問道：「劉公子，你願意娶我嗎？」

劉致靖可不像齊淯那樣，只要是女人，就會十分溫柔。

劉致靖直接搖頭道：「章小姐別鬧了，京中那麼多好人家，我不適合章小姐。」

章伊人見劉致靖沒有絲毫猶豫就拒絕了，她一向高傲，就算是此時，也沒有再多問一句，轉身就走。

她千辛萬苦來到這裡，不過就是想問他這一句。

她琴棋書畫樣樣精通，詩詞歌賦也極有造詣，讓父母如願地看到她成為名滿一時的第一才女。家中長輩為她安排了親事，可她卻不願意。

她從未想過，她會有為了心中所願，第一次違背父母之意，千里迢迢地來找一個男人要答案的一天。

劉致靖見章伊人轉身欲走，連忙上前幾步攔住她。

章伊人看向他，突然笑了笑，道：「劉公子放心，就算我出什麼事，也絕不會牽扯到公子的。」

劉致靖薄唇，也薄情，佳人為他心碎如斯，劉致靖卻沒有絲毫心疼。

被章伊人說破，劉致靖微微有些尷尬。

「章小姐，妳我兩人就算沒有交情，家中長輩卻是有的，我怎麼能看著章小姐獨自冒險回京？」

章伊人果然站著不動了，卻也不說話。她不知自己是怎麼了，素日的驕傲都被壓了下去，她走，他會為難，她不忍心讓他為難。

劉致靖走出大廳，劉言就在外面不遠處，吩咐他去找人來。

劉致靖回過頭來，就見章伊人還是站著不動，低著頭。

劉致靖感到有些不自在。有生之年，還是第一次被一名女子問願不願意娶她。

很快地，劉言就帶著兩個人來了。

劉致靖一看，都是兩個漢子，心想章伊人回去，都是男人跟著，到底不方便，便道：「去找個丫鬟來。」

不一會兒，丫鬟也找來了，劉致靖交代三人送章伊人回京。

章伊人看向那個為她備下的丫鬟，她明明已經說服自己死心，為何劉致靖卻偏偏又招惹她？

劉致靖送章伊人出去，那丫鬟扶著章伊人坐上一輛馬車，劉致靖上了後面一輛。

馬車很快就駛到碼頭，劉致靖派人去聯絡船的事宜，自己則站在離章伊人十步遠的地方。

章伊人忍不住看向他，只見劉致靖面對著寬闊的汴河，不知心中在想些什麼。

河風拂起他的衣袂和髮梢，像是要乘風而去一般，章伊人不禁想伸出手拉住他。

她以為來了赤縣，自己就會離他近一些，沒想到還是一如既往地遠。

很快地，章伊人上了一艘將行的船。

劉致靖並沒有跟著上船送她，只在章伊人上船前，說了幾句「注意安全」的客氣話。

船起錨了。

章伊人站在船頭，看著岸上漸漸遠去的劉致靖，眼淚再也忍不住，滾滾落了下來。

她知道，也許再見時，她已嫁作人婦了。

劉致靖站在岸上，看著船頭上淚水滾滾落下的人兒，似乎聽到那些淚珠滴入河水裡的聲音，敲擊在他心上。

載著章伊人的船到底遠去，很快就看不見船上的人影。

劉致靖回了縣衙，許久沒回來，還有好多事等著他處理。

月華如水，河面上波光粼粼，偶有夏蟬在夜色中暢鳴。

劉致靖揹著一個女子，拚命地跑著，卻感覺自己好像被什麼絆住，怎麼也跑不動。

他停了下來，將背上的女子放到地上，女子已經昏迷不醒。

劉致靖沒有多想，俯身往女子口中度了幾口氣。

地上的女子突然睜開眼，兩人嘴唇相接，四目相對，劉致靖在她眼中看到了震驚和憤怒。

他慌忙抬起頭來。「弟妹，妳聽我解釋……」

劉致靖猛地睜開眼，他是被一巴掌打醒的。

他回想起夢中沈蓁蓁的厭惡和憤怒，不由心下一悸。那眼神太真實了，彷彿她寧願去死，都不願他這麼救她。

劉致靖坐起身來，伸手敲了敲額頭。外面清亮的月光在窗紙染上一層朦朧的光，房內卻一片漆黑。

那件事已經過去了半個月，他都以為自己已經忘記了，怎麼還會夢到那晚？

他長吁了口氣，又躺了回去。

這件事，他完全沒有做錯，若當時他不這樣做，沈蓁蓁說不定已經死了，劉致靖這麼安慰自己。

幾刻後，他猛地一踢被子，又坐了起來。

他不知道自己這是怎麼了？他自認自己不是什麼正人君子，但是「朋友妻，不可欺」是他的底線。這件事從頭到尾只有他自己知道，卻好像在他心中長出一個瘤般，沒事時不會有什麼感覺，偶爾碰到就會難受一陣。

還好現在他回了赤縣，不會經常看到梁珩夫妻倆。

也許過一陣子就會好吧！劉致靖心想。

徐恪出了汴州後，並沒有立刻回京，而是在江淮一帶一個個地查過去。

一時間，不知有多少官員落馬，而朝中眾人，幾家歡樂幾家愁。

歡喜的是，這批官員落馬，官位就空了出來，朝裡有的是等待空缺的人；而官員之間的關係都是錯綜複雜的，這些官員難免和京中的官員有些牽扯。

於是，京中也有無數官員被扯了進來，罪輕的貶官，罪重的則砍頭或流放。

而這一切的罪魁禍首李文伯，就算他爹是先皇時期的元老，也保不住他，甚至沒有等到秋後，就問斬了。

中書侍郎李煥死了兒子，不敢恨皇上，卻將遠在江寧的梁珩恨上了。

雖說梁珩救了一縣百姓於水火，但凡事畢竟要有規矩、講章程，更別說事關官糧。先不說梁珩是否真救了一縣百姓，他捅了樓子是事實。

位高權重如他們，竟然差點被一個小小縣令拉下馬，這口惡氣不出不快。不少人暗中摩拳擦掌，準備大肆彈劾梁珩一番，就算弄不死，也要叫他官位難保，再難翻身惹事。

於是，彈劾梁珩的奏摺如雪片一樣，在齊策的桌上疊得高高的，眾官員伸長脖子等著齊策的批覆，卻是毫無動靜。

官員不死心，在朝堂上當殿彈劾，誰知話才剛起頭，就被皇上壓下了。

眾人便知道，皇上是鐵了心要保住那個不知天高地厚的小小探花縣令了。

而這一切，身在江寧的梁珩是不知道的。

秧苗已經移到田裡種下了，一行行綠油油的，一日比一日茁壯，看得人心歡喜。

最近梁珩經常下鄉，他對於農事不大懂，全靠村裡經驗豐富的老農們指點。

也多虧他整天都在田間奔波，曬黑不少，身體也壯實不少。

這天清早，梁珩穿好衣裳，套上沈蓁蓁特地為他做的薄靴。

兩人一邊吃飯，一邊說話。

最近梁珩時常在外面跑，一直留沈蓁蓁獨自在家。

說起這個，梁珩不禁有些心疼。「若是我們能快點有個孩子就好了，還能有孩子陪著妳。」

沈蓁蓁聽了，臉色不禁一變。

她前世成親五年，都不曾有喜，這輩子她和梁珩成親也有幾個月了，可她肚子卻絲毫不見動靜。

莫不是，她真的不能生吧？

梁珩正低頭吃飯，沒注意到沈蓁蓁臉色的變化，又說起另一件事。

「江寧的百姓這兩年虧得太厲害，如今一時半刻緩不過氣來，妳看，就連縣城裡的集市都有些蕭條，更別提鄉下了，有人賣都沒人買，銀子都用來交稅、買糧食了。」

沈蓁蓁一臉愣怔，沒接話。

梁珩見沈蓁蓁沒說話，也沒多注意，這事她聽聽就好，反正一時半刻也沒別的法子可想。

梁珩吃過飯，和沈蓁蓁打過招呼，就出門去了。

沈蓁蓁送梁珩出了院門，看他上了馬車遠去，卻還愣在原地。

這輩子上天太眷顧她了，讓她都忘了自己曾活過一世。有時候，她甚至會懷疑，前世莫非只是一場夢吧？

她靠在門上，不禁按了按肚子。

平平扁扁，沒有半點起伏。

幾天後，家中的繡線用完了，沈蓁蓁便上街去買繡線。

她走進一家繡樓，一排排精美的繡品映入眼簾。

江寧的刺繡十分精美，繡法多樣，絲線也很特殊，能一分為二，二分為四，甚至如果有需要，還能分成八份、十六份，且十分堅韌，繡出來的繡品，細細密密，一絲針腳都摸不到。

沈蓁蓁自小就學習女紅，但她自認繡不出如此精美的繡品，因此對這些繡品簡直愛不釋手。

沈蓁蓁挑了幾幅，也選好了繡線，正欲付錢，就想起前幾天梁珩說的話。

江寧這兩年虧得太厲害……集市蕭條……

沈蓁蓁心裡突然有了個主意。

夜晚，兩人躺在床上，沈蓁蓁靠在梁珩懷裡，輕聲道：「梁郎，我今日上街買繡線，看到江寧的繡品十分精美，我都繡不出來。」

梁珩有些累，還是強打著精神，聽沈蓁蓁說話。

「繡樓裡的都是技藝精湛的繡娘繡的吧！」他摸了摸沈蓁蓁柔順的頭髮。

「江寧的繡品甚至可比那些蘇繡、蜀繡，但我以前卻從來沒有見過。」

梁珩應了一聲，等沈蓁蓁繼續說。

「梁郎，我想，趁著現在農忙過了，何不辦幾間繡坊，讓鄉親家的閨女們來學刺繡，也好給百姓們改善生計？」

梁珩倏地睜開眼，這想法不錯，他最近也在發愁，如何讓百姓的生活寬裕起來。

「但這刺繡沒個幾年工夫，怕是學不會吧？」他問道。

沈蓁蓁道：「不管家中窮還是富，女子從小就會學繡花，只是興許不會那些複雜的繡法，但只要有底子，請專門的繡娘去教她們，肯定能成的。」

梁珩並不懂女紅的事，聽沈蓁蓁這麼說，也覺得很有道理。

「但繡品如何賣出去？」

「讓我大哥來收，我們沈家在很多地方都有店，只要繡品夠精緻，不愁銷路。」

梁珩想了想，這事可以嘗試看看。

「梁郎，你要是擔心，就先選一、兩個鎮試試，要是效果好，再推及江寧縣。」

梁珩低頭看向沈蓁蓁的眸子，忍不住俯下臉親了親她。

「蓁兒真是太聰慧了。」

次日，梁珩便找了張安和商量此事。

張安和也十分贊同，農家的姑娘在家也沒有別的事，學習刺繡挺好的，就算繡品賣不出去，學了技藝，對她們以後嫁人也有幫助。

兩人商量了下，選了離縣城最近的雄安鎮做試驗，至於地點，一時不好找，想到縣衙寬敞，現在也只是初試，便將地點設在縣衙後院。

沈蓁蓁對江寧還不怎麼熟悉，於是張安和的夫人陳氏便帶著她去幾家繡樓挑人。

陳氏是個三十歲上下的婦人，生了兩個孩子，身材略有些發福，卻十分健談，沈蓁蓁和她相處起來很愉快。

陳氏早就聽丈夫提過這個縣令夫人，卻沒想到她如此年輕，為人也好，十分親和，沒什麼架子。

兩人雖年齡相差很大，卻能說得上話。

很快地，繡娘找好了，梁珩便讓孫志他們通知雄安鎮的各里正。

這種好事，百姓們自然不會有異議，何況還是梁縣令組織的。

次日，縣衙便來了五、六十個姑娘，至於繡娘，一共請了三個，專門教這些姑娘們針法。

這些姑娘們大多是極聰慧的，又有些底子，學了幾天就上手了。慢慢地，也能繡一些簡單的花樣了。

這半個月，梁珩依然早出晚歸。

這些天一直豔陽高照，衙門眾人擔心會有乾旱，天剛亮就要出城，下鄉去察看百姓以前挖的田溝是否還能用，若不能用，要動員百姓盡快挖溝，從山上引山泉水灌溉田地。

沈蓁蓁也沒閒著，一直在忙繡品的事。

之前雖然繡好了兩批繡品，但水準都很一般，若江寧的繡品要打出名氣，這些繡品顯然還不行。

這些天，沈蓁蓁也跟著繡娘學習江寧刺繡。

很快地，第三批繡品慢慢繡出來了，沈蓁蓁也早在半個月前就寫信和她大哥商量此事。

如今世面上常見的繡品皆是蘇繡、蜀繡、湘繡、粵繡這四大名繡，至於別的繡品，市場皆不大好，沈宴是生意人，第一時間便考慮這繡品會不會有市場。

沈家從來沒做過繡品生意，但因為是妹妹親自寫信要求，沈宴還是答應下來，就算到時候繡品賣不好，虧些錢就是了，只要妹妹他們能好好的。

很快地，沈宴就到了江寧。

他坐馬車到了縣衙門口，當值的兩個衙役不認識沈宴，一聽沈宴是縣令夫人的兄長，馬上殷勤地帶著他去了後衙。

路上，沈宴問起梁珩，兩衙役說縣令下鄉去了。

到了過堂處，兩衙役立刻停下腳步，如今後衙都是姑娘，他們進去不適合。

沈宴見兩人只送他到這裡，只當兩人還有事，便謝過兩人，穿過過堂。

他剛推開院門，就見裡面坐著許多年輕姑娘，每個姑娘面前都放了繡架，正低頭繡著花。

陽光下，明燦燦的，姑娘們聽到響動，都抬起頭，看了過來。

沈宴見幾十個姑娘齊齊看過來，不禁老臉一紅。在這紅肥綠瘦的姑娘堆裡，他一下找不到妹妹，頂不住那麼多雙眼神的注視，立刻轉身關上院門。

沈蓁蓁也在其中，看到兄長突然出現在院門口，不禁驚訝，還沒回過神，就見兄長又從外面將門關上。

沈蓁蓁向身邊的繡娘交代了兩句，便急急出了院門，就見兄長站在院門外不遠處的廊下。

「大哥。」

沈宴轉過身來，見妹妹出來了，長吁一口氣，道：「那兩個衙役兄弟竟然不告訴我，妳們在裡面繡花。」

沈蓁蓁笑了笑。「或許是他們忘了，衙門裡也沒個丫鬟，有事都是直接進後衙去的。」

沈宴不禁皺了皺眉。「你們也該買兩個丫鬟了。」

「如今就我和梁郎兩個人，小日子不知道多美呢！我可不想再多個人出來。」沈蓁蓁笑道，又招呼沈宴進去。

沈宴不禁有些尷尬。「那麼多姑娘在，我進去不妥吧？」

「她們在前院，我們去後院說話。」

沈宴只好點點頭，總不能一直在這裡說話。

沈宴低著頭，跟著沈蓁蓁進院。

姑娘們看著縣令夫人又帶著剛剛差點闖進來的男子回來了，不禁都好奇地看著兩人。剛剛匆匆一瞥，沒看清沈宴的長相，這會兒看清是個模樣極周正的男子後，大多數姑娘都羞怯地低下了頭。

沈蓁蓁交代兩句，帶著沈宴來到後衙。

她進廚房給沈宴倒了一碗水，放在桌上。

「爹娘他們都好嗎？」

沈宴坐下喝了口水，點點頭。「都好，娘還讓我給妳帶了幾疋布，回頭我就讓人送過來。」

提到遠方的家人，氣氛一下有些沈重。如今沈蓁蓁不同以往，已經嫁作人婦，有生之年，與家人的相聚只會越來越少。

沈宴見妹妹有些難過，連忙轉移話題。「妹妹，前院裡的那些姑娘就是在繡妳說的那個江寧繡品吧？繡得怎麼樣了？」

「很多姑娘學得很快，如今繡出來的十分有模有樣，大哥也知道我自小學女紅，有些姑娘繡的，連我都比不過，我覺得這一批可以拿去試著賣了。」

沈宴點點頭，他不知道該如何辨別繡品好壞，既然妹妹都說好，那一定是好的。

「行，我先拿一批出去試賣看看。」

說著，沈宴又問起了梁珩。

「妹夫去鄉下做什麼？」

沈蓁蓁道：「上次虧得大哥送糧種來，如今聽梁郎說，田裡的秧苗都長得很高了，可最近江寧一直是豔陽天，沒下過一滴雨，梁郎擔心會有乾旱，便下鄉去檢查田溝，還有灌溉的器具，也要提前準備好。」

沈宴點點頭。「那些糧種是我在蘇州買的，蘇州那邊的水稻最多產，我想蘇州離這邊不遠，那邊能種，這邊應該也是可行的。」

沈蓁蓁點點頭。如今糧種都種下去了，只能祈求有好收成了。

兩兄妹聊了一會兒，沈蓁蓁便去前院拿了幾幅繡好的繡品給沈宴看。

沈宴拿起其中一幅，繡的是一張枕帕。只見枕帕上繡著兩隻交頸的鴛鴦和一些牡丹花，色彩鮮豔喜慶，特別是那雙眼睛，彷彿是真的嵌上去一般。

「大哥摸摸看。」

沈宴雖不明白，還是伸手摸了摸。

「大哥可感覺到什麼？」

沈宴搖搖頭。

「大哥再摸摸自己衣襟上的繡紋。」

沈宴依言摸了摸衣襟，觸手凹凸不平。

他明白了，這些刺繡繡上去竟然摸不出來，像是畫上去的一般，細膩如斯。

「江寧獨有的絲線，用手很難摸出痕跡，只是頗有些費時，大哥看的這幅是繡娘繡了半個月才繡好的。」

沈蓁蓁說著又拿起其他兩幅。「這是那些姑娘繡的，雖然比不上繡娘，但依我看，這繡品也很精緻了。」

沈蓁蓁這麼一說，沈宴就想到其中的商業價值。要明白天下四大名繡，還沒有一家可以做到細膩如斯的程度。

沈宴放下手裡的刺繡，對沈蓁蓁道：「妹妹，我看這繡品會熱賣。」

沈蓁蓁見沈宴認可，不由心下一鬆，笑了起來。

沈宴又想起一件事來。「對了，如意讓我給妳帶話，因為離京太久，菱兒妹妹想哥哥了，正好這段時間沈家商船會上京城，這兩天她們就會坐船進京。」

沈蓁蓁點點頭。菱兒只有黃梵一個親哥哥，菱兒又還小，離開哥哥太久，容易思念成疾。

晚上，梁珩回來時，沈宴已經回客棧了。

沈蓁蓁將白天沈宴來的事說了，梁珩聽大舅子也認可了，便放下心。

次日，因為沈宴來了，鄉下的事情也處理得差不多了，梁珩便留在縣衙。

昨天沈蓁蓁已經交代沈宴過來吃早飯，所以沈宴大清早就過來了，還帶來家人為沈蓁蓁夫妻倆準備的東西。

沈蓁蓁看著那幾疋名貴的布，笑道：「等以後江寧刺繡的名聲打出去了，就得用好布了。」

沈宴笑道：「布的事就交給我。」

沈蓁蓁點點頭。

梁珩道：「這事又要麻煩大哥了。」

沈宴繃起臉道：「知道是大哥，還客氣什麼？」

梁珩不由心生感動。他是獨子，沈宴雖說是大哥，但是天下難有沈宴這樣一心為妹妹的大哥了，而他愛屋及烏，對他也是真心實意地好。

梁珩好不容易待在家，便幫忙沈蓁蓁做一些家務；沈宴也沒閒著，幫忙清洗水缸，又打滿了一缸水。

忙碌過後，兩人坐在一起說話。

梁珩跟沈宴說了些江寧縣的現狀，沈宴也將聽來的京城消息跟梁珩說了。

聽聞有那麼多人落馬，梁珩不禁驚訝。

沒想到江寧縣的事，竟然能牽扯到那麼多人，還真如皇上說的那句，只要打開一個小洞，就能捅開一片天地。

沈宴在江寧待了幾天後，帶著一百多幅刺繡，匆匆忙忙地走了。

此時田間的稻穀也抽了穗。

天氣一直豔陽高照，熱得厲害，幸好梁珩他們提前督促鄉親們做好準備，一股股山間的泉水，滋養著田間的希望。

半個月後，田間的稻穀顆粒漸漸鼓起來了，能看出一串串飽滿壯碩的稻穀雛形。

沈宴也回來了，果然不出沈蓁蓁她們所料，繡品很快就被搶購一空。

於是，第一批繡女們分到銀子的消息傳開了，分到的還不少，足夠一家人用幾個月。這一下，全縣都轟動了，可梁珩考慮到地方不夠，只多推廣了兩個鎮。

不久，就有其他鎮的里正進城來找梁珩商量，讓他們鎮的姑娘也來學繡花。

梁珩不禁為難，主要是現在一下找不到地方，讓那麼多姑娘一起繡。

這時沈宴便站出來，他願意給這些姑娘蓋一間大繡坊，只是江寧的百姓得答應他，以後繡品只賣給他一個人。

沈宴這是以一個商人的身分說的，這樣其實對江寧的百姓並沒有什麼壞處。沈宴是梁珩的大舅子，不可能會占百姓便宜，就看江寧的百姓怎麼想。

梁珩也考慮到沈宴和他的關係這一層，為了不讓百姓對沈宴的目的有其他想法，便將糧種也是沈宴出錢出力的事說了。

里正們一聽，才知道原來這位還是江寧縣的恩人，當場就同意了。

因為來的里正並不齊，梁珩命人去通知其他各鎮的里正，詢問他們是否同意沈宴的要求。

其實沈宴這個要求，無疑是有前瞻性的。一、兩年之後，江寧的刺繡躋身名繡之中，四大名繡變成了五大名繡，數不清的商人到了江寧，想要分一杯羹，才發現這裡的百姓只認準一家「沈姓商行」，其餘的商行一概不賣，無論價錢出到多高。

無奈之下，這些商行只好去找沈宴商量，能不能將他手上的貨分一些給他們。不過這都是後話了。

沈宴見江寧的百姓都同意了，當天就組織人手，準備起來。

由於城裡已經沒有空地，便在城外圈了一片空地；至於建房子的木頭，城裡有木材商，但木材商那點木頭是遠遠不夠的。

好在幾乎家家戶戶都會儲存乾木頭，沈宴便託梁珩派人到附近幾個鎮傳話，有杉木並且願意賣的就拖到縣城來。

一時間，拖木頭的牛車源源不斷地往江寧縣城來。

沈宴這邊忙得熱火朝天，沈蓁蓁她們也是不得閒。

新來的兩個鎮的姑娘都要從頭學起，於是沈蓁蓁又多請了幾個繡娘來教她們。繡架不夠，還得請人連夜趕製，好在這些姑娘們還在學習基礎，暫時用不上。

一時間，事情多了起來，陳氏也來幫忙了。

待繡坊的設計圖畫出來後，江寧縣內大半的匠人都來縣城幫忙修建，還有一些百姓自願來幫忙，當然有一個、算一個，沈宴都給了工錢。

眾人齊心協力，終於在半個月後，一座嶄新的繡房立起框架來了。

繡房中央有一塊四方的空地當作採光，蓋上瓦，槌平地面，繡坊前期算是完工了。

很快地，全縣的姑娘們都自帶板凳來到縣城，坐在繡坊裡，開始學習刺繡。

繡坊的事，男人自然不好管，於是便落在了沈蓁蓁頭上。

因為天氣很熱，姑娘們從家裡帶來的茶水很快就喝完了，沈蓁蓁便雇了個人，在繡坊裡專門負責燒開水。

有些住得比較遠的姑娘，天沒亮就來縣城，回到家時，天都黑透了，好在都是一個村的約著一起來；但每天這麼來回跑也不是辦法，沈蓁蓁便想著等這些姑娘學會了，便在家裡繡，繡好了再送到縣城來。

或許是最近太累了，沈蓁蓁總感覺很疲倦，有時坐在繡坊裡，還在繡著花，就忍不住打盹了。

陳氏就坐在她身旁，看她困頓的樣子，便勸她回家休息，有她看著繡坊。

沈蓁蓁著實感覺沒什麼力氣，便與陳氏道謝，回家躺下休息。

梁珩回來時，家裡毫無聲息，他以為沈蓁蓁去繡坊還沒回來，進房準備換衣衫，才看到沈蓁蓁躺在床上。

因為太忙，沈蓁蓁已經有一段時間沒午睡了，梁珩走過去，就見沈蓁蓁睡得正熟，摸了摸她的額頭，見沒發燙，便放下心來。

他換好衣裳，又輕輕出了房。

沈蓁蓁醒來時，已是日落西山。

她睡得頭有些昏沈，坐起身來，醒了會兒神，才穿上衣服出房。

她聽見廚房有動靜聲傳來，不由疑惑。

是誰在做飯？

沈蓁蓁走到廚房門口，看到了一個熟悉的身影，雙手袖子挽到小臂，握著鍋鏟，正低頭翻炒著鍋裡的菜，而灶沿上已經放了一盤炒好的菜。

沈蓁蓁愣在門口，雖然成親這麼久，但是梁珩從未給她做過飯。都說「君子遠庖廚」，何況梁珩已經是一縣縣令，做飯的事傳出去不好聽，所以有時梁珩有空，想幫她做飯，她都不讓他做，只讓他幫忙生生火、洗洗菜。

梁珩正準備加鹽，抬起頭來，就見沈蓁蓁倚在門口望著他。

梁珩看著她笑了笑。「起來了?快洗漱，飯很快就好了。」

梁珩最近曬黑不少，臉上和脖子上甚至還有不少地方曬脫了皮，可今天沈蓁蓁看著握著鍋鏟的梁珩對她笑，感覺像是初次見到他一般，心不受控制地怦怦亂跳。

這是她的男人啊！願意為她洗手做羹湯的男人。

沈蓁蓁快步朝梁珩走過去，梁珩本來是面對著灶臺，見沈蓁蓁伸手抱他，連忙轉過身來，給她騰出位置。

沈蓁蓁看著梁珩將雙手抬起來的動作，忍不住笑了笑，將伸出去的手縮回來，從懷裡掏出手帕，替他擦拭額頭上的汗。

梁珩見沈蓁蓁並不抱他，自己手上又沾了油，便笑道：「蓁兒，妳抱抱我吧！」

沈蓁蓁望著梁珩臉上脫皮的地方，微微嘟著嘴撒嬌，看上去頗有些可笑。

沈蓁蓁沒有猶豫，伸手抱住梁珩。兩人已經很久沒這麼溫存過了，先是梁珩忙，待梁珩忙得差不多了，換她開始忙。

梁珩抱著沈蓁蓁，兩人緊緊地貼在一起。

「最近累壞了吧?看妳睡了這麼久。」

沈蓁蓁應了聲。「是有些累，過了這段時間就好了。」

鍋裡的菜要糊了，梁珩反手翻了幾下，沈蓁蓁見他不方便，便放開了手，改為圈在他腰上。

「梁郎……」

聽著背後軟糯的聲音，梁珩感覺自己的心都要化了。

雖然兩人已經成親好幾個月，但是他對沈蓁蓁的感情沒有絲毫減少，反而與日俱增。她將一生都託付給他了，叫他怎能不好好珍惜她？

沈蓁蓁也不知道自己是怎麼了，最近情緒總容易波動，梁珩早上一走，她就開始思念他，有時甚至思念得想哭；但梁珩很忙，她不想讓他分心，便忍著沒有告訴他。

梁珩也感覺最近沈蓁蓁似乎格外黏著他，只當是這些天他一直很忙，很少陪她的緣故。

沈蓁蓁將頭貼在梁珩背上，直到梁珩將鍋裡的菜舀起來，沈蓁蓁才放開手。

她坐在桌上，梁珩將飯盛好遞給她，又幫她挾了幾片肉。

「梁郎，你什麼時候學會做飯的？」

梁珩笑了笑。「以前我娘出去幹活時，都是我自己做飯的。」

沈蓁蓁點點頭，吃了一片肉，突然感覺有些氣悶，又喝了口蛋花湯。

梁珩見沈蓁蓁離開桌子，衝進茅廁，聽到裡面的嘔吐聲，連忙跟過去。

進去後，見沈蓁蓁嘔吐不止，連忙上前幫她拍著背。「怎麼了？」

沈蓁蓁吐了幾下，抬起頭，接過梁珩遞來的手帕，擦了擦嘴，搖搖頭。

「沒事，這兩天都這樣，可能是最近累到了。」

梁珩一聽這情況都有兩天了，不由更加擔心，以前沈蓁蓁可沒有這樣過。

「我一會兒陪妳去看大夫。」

沈蓁蓁搖搖頭。「可能是最近天氣熱，有些不舒服，一會兒就好了。」

梁珩還是不依，非要沈蓁蓁去看大夫。

沈蓁蓁前世看過太多大夫，對這事極為恐懼，怎樣都不同意。

梁珩只好先依著她，想著明天自己去請個大夫回來。

沈蓁蓁漱了口，又坐回桌上。吐了一次，不舒服的感覺消去很多，勉強吃了點飯。

飯後，兩人依偎著坐在院中，說了很久的話。梁珩見沈蓁蓁吐了一次後就沒什麼異常，也稍稍放下心來。

次日，梁珩本想去請大夫，沒想到孫志突然來找他，說馬頭鎮有家鄉親的耕牛死了，過來官府報備。

梁珩只好先過去處理，這一忙就忙了一整天。

沈蓁蓁還是去了繡坊，陳氏一早就過來了，見到她來，連忙招呼她。

陳氏家中不像沈蓁蓁他們只有兩個人，張安和還有兩個小妾，心眼多得很，以前陳氏只能待在家裡，那兩小妾整天瞎折騰，讓陳氏沒少受氣。如今陳氏每天都過來，一來就是一整天，眼不見，心不煩，心情舒暢了，也就想通了，以前那些對張安和的怨氣也沒了，如今孩子也大了，隨他去吧！

沈蓁蓁看了一圈就坐下，和陳氏聊著天。

陳氏見沈蓁蓁聊沒幾句又困倦起來，心想現在明明還是早上，縣令夫人年紀輕輕，精神就這般不好，莫不是生病了吧？

陳氏關心地問了一句。

沈蓁蓁勉強笑了笑。「可能是最近天氣熱吧，總犯睏。」

陳氏一下就想到一事上去，梁縣令與夫人如此要好，兩人又年輕，莫不是有了吧？

陳氏試探地問了一句。「夫人最近可常犯噁心？」

「可不就是？昨天吃飯的時候還吐了，害得我夫君好生擔心，說要請大夫。」

陳氏想著約莫是八九不離十了，便道：「夫人莫不是有喜了吧？」

沈蓁蓁本來正閉著眼養神，聽到這句話，驟然睜開眼睛。

半晌，陳氏見沈蓁蓁沒反應，抬起頭來，就見沈蓁蓁愣神，面色大驚，滿臉難以置信。

雖然沈蓁蓁沒有生過孩子，卻知道懷孕時的徵兆，只是她一直懷疑自己能不能生，不敢往這邊想。

如今陳氏這句話，可以說是一語驚醒夢中人。

「夫人，請個大夫來瞧瞧吧！我看是八九不離十了。」陳氏笑道。

沈蓁蓁忍不住摸了摸小腹，這裡面有一個小生命嗎？

沈蓁蓁有些害怕，怕會空歡喜一場，也害怕自己的擔憂成真。

陳氏見沈蓁蓁半晌不說話，只道是年輕人沒有經驗，第一次有喜慌了。

陳氏站起身來。「夫人，這裡四面通風呢！別吹著了，我先陪您回去，請個大夫來瞧瞧。」

陳氏已經生過兩個孩子，自然極有經驗，沈蓁蓁便點點頭，緩緩站起身，任由陳氏在一旁扶著她，往外走去。
沈蓁蓁一路沈默，既有驚喜，也有擔心。
陳氏見沈蓁蓁反應如此大，也擔心萬一不是，沈蓁蓁會大受打擊，便安慰道：「夫人，您和縣令大人還年輕呢！就算不是，以後日子還長著，別擔心。」
沈蓁蓁沒聽進去，悶聲應了聲。
兩人回到家，陳氏扶著沈蓁蓁坐下，打發隨身丫鬟去請大夫，自己則進了廚房，給沈蓁蓁倒了一碗涼開水，沈蓁蓁卻沒心思喝。
陳氏見沈蓁蓁情緒有些反常，便想說話轉移她的注意力，沈蓁蓁卻心不在焉，有一搭、沒一搭地應著。
很快地，大夫到了縣衙，丫鬟進來通傳了聲，領著大夫進屋。
那老大夫先給沈蓁蓁行了個禮，沈蓁蓁慌忙站起身來，扶住老大夫。
老大夫問了下情況，心裡也猜測這是有喜了，但沒把過脈，不敢亂說。
沈蓁蓁緊張地看著凝神把脈的大夫，只見大夫側著臉，認真地評估脈象。
「恭喜夫人，夫人這是有喜了，已經一月有餘！」
沈蓁蓁看著大夫嘴角一動一動，這兩句話像是重錘般砸在她心上，讓她喜悅得一陣暈眩。
一旁的陳氏一聽果然是有喜，連聲道賀。「真是恭喜夫人了！」
沈蓁蓁低下頭，看著自己的肚子，她真的有喜了嗎？

大夫見沈蓁蓁反應有些反常，也能理解。有人盼子盼了太久，突然有孕，會驚喜得一下回不過神來。

「夫人別擔心，脈象十分正常，夫人好生將養著就是。平日裡不能動怒，保持心情愉悅，不能勞累……」

沈蓁蓁認真地聽著，不停點頭。

大夫開完藥，不肯收銀子，自行離去了。

沈蓁蓁摸著扁平的肚子，感覺像是作夢一般。

陳氏見沈蓁蓁還回不過神來，便又跟她說了一番孕子的經驗。

陳氏陪著沈蓁蓁坐了一下午，沈蓁蓁看著太陽一點點地下山，不禁越來越急躁，她忍不住想快點告訴梁珩這個消息。

終於，院門一響，那道熟悉的身影出現在院門處。

梁珩打開門，就見沈蓁蓁和張縣丞的夫人坐在院裡，目光熱切地看著他。

沈蓁蓁自不必說，陳氏卻是因為縣令夫人的情緒著實有些異常，比她當年懷孕時激動多了，不禁有些擔心。這會兒見梁縣令終於回來了，忍不住舒了口氣。

陳氏知道這會兒自己不該再留了，見梁珩一回來，馬上就告辭了。

沈蓁蓁感激地看了陳氏一眼，又道了謝。

等陳氏一走，沈蓁蓁就走近梁珩，抱住他的腰。

梁珩低頭見沈蓁蓁哭了，連忙伸手幫她擦淚。「蓁兒，怎麼了？」

沈蓁蓁拉下他的手，放在自己的小腹上。
「梁郎，我們有孩子了。」
梁珩的手明顯僵了下，隨即驚喜道：「我要做爹了？」
沈蓁蓁淚眼矇矓地點點頭。
梁珩驚喜得手都不知放哪裡好，只能緊緊將沈蓁蓁摟入懷裡。
「蓁兒，我們有孩子了，我要做爹了！」這是他和蓁兒的孩子，梁珩想到自己和心愛的人有了孩子，也忍不住開心得熱淚盈眶。
沈蓁蓁也忍不住掉淚，明明只成親幾個月，可她卻像是盼了很多年一樣，忍不住喜極而泣。
梁珩聽到沈蓁蓁的抽泣聲，忙放開她，輕輕替她擦眼淚。「蓁兒，這是多好的事啊！別哭。」
沈蓁蓁使勁點點頭，可眼淚還是不停地掉下來。
梁珩摟著沈蓁蓁，輕輕拍著她的後背。
被梁珩的氣息包圍著，沈蓁蓁的心情漸漸平復下來。
當然不會和前世一樣啊！因為這輩子有他。沈蓁蓁緊緊抱著梁珩，這個任何時候都能讓她安心的男人，也是屬於她的男人。
沈蓁蓁一下午都沈浸在驚喜、期盼與煎熬的情緒裡，連飯都忘了做。
待兩人情緒稍稍平復下來，才感覺到腹中飢餓。

梁珩不讓沈蓁蓁動手做飯，自己生了火，想著來不及煮飯，便揉了麵。想到早上沈蓁蓁嘔吐了一次，便少放了些油。

看著沈蓁蓁把麵吃下去，梁珩總算放下心來。

飯後，兩人在後衙散步。

「蓁兒，妳看，要不要去將娘接過來照顧妳呢？畢竟我們沒什麼經驗，有娘照顧妳，我也能放心。」

沈蓁蓁點點頭。當時趙氏是因為不想來打擾夫妻倆，才選擇留在涼州，如今她有了身孕，想必老人家會很歡喜。

「繡坊那邊的事，就託付給陳夫人吧！妳就安心在家養胎。」

沈蓁蓁應了聲。

「對了，我們買個丫鬟吧！也好照顧妳。」

「不要。」

「怎麼了？我時常要出去，有個人在家照顧妳，我也能安心。」

沈蓁蓁道：「如今不知人底細，不好隨便買。梁郎你放心，我會好生注意的，且過不了多久娘就來了。」

梁珩聽她這麼說，覺得有道理，雖不放心，但一時也沒有別的辦法。

兩人走了一刻鐘左右，梁珩又拉著沈蓁蓁回屋。

聽說懷孕前三個月最須注意，但兩人昨晚還同房，想到這裡，梁珩不禁嚇出一身冷汗，還好孩子沒事。

是夜，兩人躺在床上。

梁珩輕輕撫著沈蓁蓁還扁平的肚子，初為人父的他，只覺心裡的喜悅滿得要溢出來。

夜已經很深，夫妻倆都沒有睡意，便有一搭、沒一搭地聊著。

說著說著，梁珩便說到了易旭。

易旭並沒有選擇外放，而是進了翰林院。

沈蓁蓁應了一聲。每個人都有自己的選擇，易旭進翰林院未必就不好，甚至就前程而言，比外放不知好多少。

梁珩在京裡時，臨行前，易旭來找過他，跟他解釋自己為何不選擇外放。

「易兄家裡情況有些複雜，易兄前二十年過得不盡人意，如今總算有機會出人頭地，便選擇進翰林院，我不意外，也能理解他。」

沈蓁蓁聽著易旭的成長經過，不禁感慨。

易旭看著多開朗的人，竟然有這樣的家庭，如此也就解釋得通，為何易旭會對梁珩這麼好，因為梁珩給了他溫暖。

兩人相擁著，不知何時才睡去。

次日，梁珩醒來時，已是日上三竿。

梁珩是個作息十分規律的人，從沒這麼晚醒過，也許是因為昨天狂喜後，心裡太踏實了。

他見沈蓁蓁睡得正熟，輕輕起身，為她做了早點。

沈蓁蓁直睡到早飯時分才醒來，但還是覺得很困倦。

她摸向身旁，被子早就冷了，就算知道梁珩可能下鄉去了，還是不由感到一陣恐慌。

「梁郎！」

在外面的梁珩聽到沈蓁蓁叫他，連忙進來，就見沈蓁蓁一臉驚恐地坐在床上。

梁珩連忙走至床邊。

沈蓁蓁聽到動靜，剛抬起頭來，就被摟進一個熟悉的懷抱裡。

「我在呢！餓不餓？我給妳煮了粥。」

沈蓁蓁只是緊緊地抱著梁珩，在他懷裡，急跳的心慢慢安穩下來。

她總算明白以前聽婦人說的，女人懷孕時，性格會變得有些古怪。

如今她有愛她如命、疼她入骨的丈夫，還有了孩子，這一切太過美好，總讓她忍不住莫名害怕。

梁珩感覺到沈蓁蓁似乎有些不安，輕聲細語地哄著她。

沈蓁蓁的頭埋在梁珩的懷裡，心慢慢落回了實處。

梁珩見沈蓁蓁的情緒穩定下來，便將她的衣裳拿過來。

沈蓁蓁穿好衣裳，坐在床沿正欲穿鞋，梁珩便自然地彎腰撿起地上的鞋，替她穿上。

——未完，待續，請看文創風679《梁緣成蓁》3（完結篇）

2018年10月出版

梁緣成蓁

文創風 677～679

上輩子所嫁非人賠了命，沈蓁蓁記取教訓，
這輩子對愛情敬謝不敏，就算那書生梁珩時不時撩撥她的心，
她也必須掐熄心中的星火，不讓它燎原，
豈知這廂她壓抑得苦，那廂別的女人就纏上了他！

你牽我的手讀情詩，我伴你此生不離棄／北棠

若說讓涼州城百姓萬分驚訝、足以八卦一整年的，莫過於這樁了──
第一富戶沈家千金竟在成親的半路上悔婚，沈家還將女兒拒於門外！
無人知道原因，但沈蓁蓁心裡清楚，這是她重生後作的最正確的決定。
前世，她百般求嫁，終於如願成為心上人的妻，
以為從此與子偕老，殊不知這一切都是貪圖她家財產的算計！
她貴為正室，卻被小妾處處欺凌，最後慘死於毒藥下；
這世，她重生在成親前那一刻，難道是上天賜予她重獲新生的契機？
退親後，她不願連累家人，離家至千里外的小城定居，
四周住著性格各異的鄰居，有熱心腸的，也有愛嚼舌根的，
而隔壁每每傳來如陳酒般醇厚溫潤的讀書聲，時常安定她的心緒，
她不禁好奇有這副好嗓音的男子，究竟是何等人物？

9 月 收藏愛的果實

PUPPY

DoghouseXPUPPY

愛上你

人生何處不相逢，
相逢未必會相愛，
想愛，得多點勇氣、耍點心機；
愛上的理由千百種，
堅持到最後，幸福才會來……

NO／527

心懷不軌愛上你 著 宋雨桐

她不小心預知了這男人未來七天內會發生的禍事，
擔心的跟前跟後，卻被他當成了心懷不軌的女人！
她究竟該狠下心來不管他死活？還是……繼續賴著他？

NO／528

果不其然愛上你 著 凱琍

寶島果王王承威，剛毅正直、勇猛強壯，無不良嗜好，
是好老公首選，偏偏至今未婚，急煞周遭人等！
只好辦招親大會徵農家新娘，考炒菜、洗衣、扛沙包……

NO／529

不安好心愛上妳 著 辛蕾

他對她的興趣越來越濃厚，對她的渴望越來越強烈……
藉口要調教她做個好秘書，其實只是想引誘她自投羅網，
好讓他在最適當的時機，把傻乎乎的她吃下去！

NO／530

輕易愛上你 著 蘇曼茵

對胡美俐來説，跟徐因禮的婚姻就像一場賭局，
她沒有拒絕的餘地，既然沒有愛情，她不必忙著經營，
可沒想到她很忙，忙著跟他戰鬥，別讓自己輕易愛上他──

Hi-Life

9/21 到萊爾富體驗愛的震撼 單本49元

為流浪貓狗加油 和貓寶貝 狗寶貝 廝守終生(一定要終生喔！)的幸福機會

對人來說，貓寶貝狗寶貝只是生活的一部分，但妳（你）對牠們來說，卻是生活的全部，領養前請一定要考慮清楚——

▲ 我也想有家！ 親和力十足的Luck

性　　別：男生
品　　種：米克斯
年　　紀：3個月大
個　　性：親人、愛撒嬌
健康狀況：已施打第一劑五合一、已結紮
目前住所：台中市太平區

『Luck』的故事：

幾個月前，Luck誤闖入台中工業區裡的一家機械工廠，工廠的員工花了三天時間，耗費了不少心力，才終於抓到這個機靈的小傢伙。原本他們決定要將Luck原放，然而在當時那段期間，每天都大雨連連；此外，Luck在那個地方也沒有其他貓咪的陪伴。於是，工廠的某位員工便將Luck交給一位貓咪中途，讓Luck從此能得到較安穩的生活。

Luck目前在中途的家中住了一段時間，已經十分習慣與人互動，而且與其他成貓也都相處得極為融洽，到了晚上的就寢時間，甚至還會跑到中途的身邊一起睡，十分可愛！中途表示，Luck是個適應力很好的孩子呢！

想要有隻親和力十足，又容易打成一片的貓咪的作伴嗎？歡迎來信leader1998@gmail.com（陳小姐），或傳Line：leader1998，或是私訊臉書專頁：狗狗山-Gougoushan。

認養資格：

1. 認養者須年滿20歲，有穩定經濟能力，並獲得全家人的同意。
2. 須同意簽認養寵物切結書，並讓中途瞭解Luck以後的生活環境。
3. 同意送養人日後之追蹤探訪，對待Luck不離不棄。
4. 同意讓Luck絕育，且不可長期關、綁著Luck，亦不可隨意放養。
5. 為讓中途對您有更深入的瞭解，中途會先有份線上問卷請您填寫。

來信請說明：

a. 個人基本資料：姓名、性別、年齡、家庭狀況、職業與經濟來源等。
b. 想認養Luck的理由。
c. 過去養寵物的經驗，及簡介一下您的飼養環境。
d. 若未來有結婚、懷孕、出國或搬家等計劃，將如何安置Luck？

文創風
678

梁緣成蓁 2

國家圖書館出版品預行編目資料

梁緣成蓁 / 北棠著. --
初版. -- 臺北市 : 狗屋, 2018.10
冊 ; 公分. --（文創風）
ISBN 978-986-328-915-9（第2冊 : 平裝）. --

857.7 107014235

著作者 北棠
編輯 王冠之
校對 沈毓萍 周貝桂
發行所 狗屋出版社有限公司
地址 台北市104中山區龍江路71巷15號1樓
電話 02-2776-5889～0
發行字號 局版台業字845號
法律顧問 蕭雄淋律師
總經銷 知遠文化事業有限公司
電話 02-2664-8800
初版 2018年10月
國際書碼 ISBN-13 978-986-328-915-9

本著作物由北京晉江原創網絡科技有限公司授權出版

定價250元
狗屋劃撥帳號：19001626
網址：love.doghouse.com.tw E-mail：love@doghouse.com.tw